MOCHILEIRO E PEREGRINO

MOCHILEIRO E PEREGRINO
A PÉ PELA VIA FRANCIGENA ATÉ ROMA

HARRY BUCKNALL

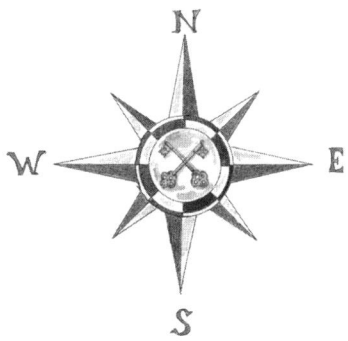

Tradução
Cecília Camargo Bartalotti

martins fontes
selo martins

© 2016 Martins Editora Livraria Ltda., São Paulo, para a presente edição.
© 2014, Harry Bucknall.
Esta obra foi originalmente publicada em inglês sob o título
Like a Tramp, Like a Pilgrim: On Foot Across Europe to Rome por Bloomsbury Publishing Plc.

Publisher	*Evandro Mendonça Martins Fontes*
Coordenação editorial	*Vanessa Faleck*
Produção editorial	*Susana Leal*
Adaptação da capa	*Douglas Yoshida*
Preparação	*Daniele Costa*
Revisão	*Renata Sangeon*
	Julio de Mattos

Dados Internacionais de Catalogação na Publicação (CIP)
(Câmara Brasileira do Livro, SP, Brasil)

Bucknall, Harry
    Mochileiro e peregrino : a pé pela via Francigena até Roma / Harry Bucknall ; tradução Cecília Camargo Bartalotti. – São Paulo : Martins Fontes - selo Martins, 2016.

    Título original: Like a Tramp, Like a Pilgrim: On Foot, Across Europe to Rome.
    ISBN 978-85-8063-280-4

    1. Aventuras e aventureiros 2. Bucknall, Harry - Viagem - Europa Ocidental 3. Europa Ocidental - Descrição e viagens 4. Peregrinos e peregrinações 5. Viagens - Narrativas pessoais I. Título.

16-05034   CDD-914

Índices para catálogo sistemático:
1. Europa : Descrição e viagens 914

Todos os direitos desta edição reservados à
Martins Editora Livraria Ltda.
Av. Dr. Arnaldo, 2076
01255-000 São Paulo SP Brasil
Tel.: (11) 3116 0000
info@emartinsfontes.com.br
www.emartinsfontes.com.br

Com meus contínuos agradecimentos a Santo Espiridião de Corfu, este livro é dedicado à memória de David Parkinson, um bom amigo e um nobre homem.

O caminho é que sempre nos ensina... e nos enriquece...
Paulo Coelho, O diário de um mago, 1987

Sumário

	Agradecimentos	IX
	Ilustrações	XIII
1	Esperando a água ferver...	1

Parte 1: Inglaterra

2	Da Catedral de São Paulo ao Castelo de Chilham, Kent	14
3	Cantuária, Dover e a travessia do Canal da Mancha	22

Parte 2: França

4	De Pas de Calais a Camblain l'Abbé	32
5	De Arras a Frières-Faillouël	43
6	De Laon a Villiers-Franqueux	55
7	De Reims a Epernay	66
8	De Châlons-en-Champagne a Brienne-le-Château	79
9	De Claraval a Langres	91
10	De Champlitte a Besançon	102
11	Ornans e o Vale do Loue até a fronteira suíça	115

Parte 3: Suíça

12	De Sainte-Croix a Lausanne e Genebra	128
13	Villeneuve, os Alpes e o Passo do Grande São Bernardo	141

Parte 4: Itália

14	De Aosta a Santhia	160
15	De Vercelli a Pavia	174
16	De Belgioioso a Piacenza	191
17	De Fidenza a Marinella di Sarzana	203
18	De Marina di Pietra Santa a Gambassi	223
19	De San Gimignano a Monteriggioni	241
20	Monte Benichi, San Leolino e Siena	249
21	De Monteroni d'Arbia e San Quirico a Radicofani	261
22	De Radicofani a La Storta	277
23	A Roma!	289

Epílogo 299

Agradecimentos

A cada dia em que me sento à minha mesa com vista para os Dorset Downs, nunca me esqueço do grande privilégio que é escrever. Trabalhar neste livro trouxe-me muita alegria, não só pela aventura em si, mas por todas as pessoas que conheci pelo caminho. Essa foi uma viagem que começou cinco anos antes daquela manhã de maio de 2012 em que parti da Catedral de São Paulo. Incontáveis amizades foram feitas e várias foram reacendidas no processo, em alguns casos depois de trinta anos ou mais, e só por isso a experiência já teria valido a pena. Mas foi necessário o esforço de muitos – antes, durante e depois da aventura – para ajudar a completar este livro. A maioria aparece nas páginas a seguir; um ou dois tiveram seus nomes alterados por motivos meus ou deles, enquanto muitos outros, nas sombras, puseram desinteressadamente a mão na massa por mim.

Ao longo de dois longos invernos e um verão glorioso, enquanto eu redigia meu manuscrito, essas pessoas especiais, cuja bondade e generosidade ajudaram a dar vida a estas páginas, raramente estiveram longe de meus pensamentos.

Agradeço a meus pais, Robin e Diana, por aguentarem meus voos de fantasia; meu irmão, James, por me deixar ficar escondido das distrações da vida cotidiana, e Tessa, sua esposa, que conviveu com cada etapa deste livro nesses últimos dois anos; minha irmã, Kate Benson, e James e Azucena Keatley, por serem guardiões diligentes de cada rascunho; meus leitores, Peter e Anne Williams, Alan Ogden, David Prest e Nicholas Armour, que me dedicaram tanto de seu tempo a questionar, persuadir e esquadrinhar o texto a fim de lhe dar alguma forma e evitar disparates.

Anthony Weldon e Christopher Lee, por incentivarem o esquema; Phillip Sturrock, por sua consultoria; Artemis Cooper, George Waud, Barnaby Rogerson, Stephanie Allen, Anthea Gibson Fleming, Ben e Tessa Fisher, pelas apresentações; Mark e Alexandra James, por suas palavras de incentivo; Annie Maguire, por seu lembrete oportuno; William, Bronwyn Marques e Joe Paterson da Confraternidade dos Peregrinos a Roma, pelas explicações e informações inestimáveis; Edmund Hall, Lucy Dichmont, Philip Noel, Christopher Page, Cassian Roberts, Sergio Gimenez, Graeme Moyle e Martha Bofito, pela inestimável assistência para me pôr a caminho; Rose e Andy Keir, em casa, por cuidarem de meu cachorro, Sam; cônego Mark Oakley, os reverendos Ewen Pinsent e Darren A'Court, por suas bênçãos e orações; Vishal Raghuvanshi, Michael Harm, Sue Quinn e Henrietta Green, por sua despedida; Capitão Billy Matthews do Regimental Headquarters na Coldstream Guards, por seu apoio jovial; Keith e Sandra Robinson, Scott Veitch e Guy Cholerton, Edward e Wheezie Cottrell, por sua hospitalidade; e Robert Woods da P&O Ferries, por me transportar na travessia do Canal da Mancha.

Major-general Carsten Jacobson da Bundeswehr, Max Arthur e William Horstmann-Craig, por sua pesquisa sobre Arras; Charles Goodson-Wickes, Charles e Sarah Daireaux, Emmanuel Barbaux e Jean-Baptiste de Proyart, por me ajudarem em minha passagem pela França.

Cláudio Sebasti, por sua acolhida em Genebra, e meu querido amigo Raúl Santiago Goñi, por aparecer de forma tão inesperada; Mark Ridley, por fazer que eu me sentisse em casa na Itália, e John Gibbons, pelos conselhos sobre os tijolos de Pavia.

O príncipe e grão-mestre Fra' Matthew Festing, Lucia Virgilio e Rebecca Chalmers da Ordem Soberana e Militar de Malta, por sua alegre recepção em Roma e pelas roupas limpas; Tim Baxter, por sua poesia; Hugh McKenna, por festejar minha volta para casa; abade Timothy Wright, padre Andrew Cole, o falecido padre Gerard Hughes e padre Matthew Power, por terem feito comentários espirituais sobre a peregrinação; monsenhor Philip Whitmore do Venerável Colégio Inglês em Roma, por suas descobertas, e o reverendíssimo dr. Robert Willis, diácono da Catedral de Cantuária, por ter sido tão generoso e prestativo em inúmeras ocasiões.

David Anderson, Joan Witts, Alfredo Tavares, Salvatore Cantanzaro, Alfred Kelp, Joaquin Santos, Lucca San Martino, Djaffar Namane, Lukasz Pyra, Chris Pineda, Antonio Silva, Michal Pyra e Tomasz Naporski, por terem mantido o café fluindo enquanto trabalhavam no segredo mais bem guardado de Londres; Martin Morrisey, por sua sabedoria; Rosemary Etherton, por sua preleção sutil sempre que adivinhava que minha produção estava perdendo ritmo; Nick e Kim Hughes e sua enorme fotocopiadora; Alan Titchmarsh, por suas palavras inquiridoras e sempre entusiasmadas que significaram tanto; Justine "Freds" Hardy, minha eterna musa, por manter o barco à tona com quantidades infinitas de risadas durante as tempestades ocasionais que inevitavelmente balançavam o navio de tempos em tempos. Não posso deixar de mencionar Nick Edmiston e seu agora bem desgastado boné, que ainda é um nível acima dos demais, e Jools Holland, cuja música nunca deixa de me fazer sorrir – referência no Capítulo 7.

Não posso terminar sem agradecer a Robin Baird-Smith, meu paciente editor na Bloomsbury, por sua orientação gentil, fé e diversão durante todo o tempo; Nicola Rusk, Joel Simons, Jamie Birkett, Kim Storry, Dawn Booth, Tristan Defew, Adam Smart e Jane Tetzlaff, por terem dado ordem ao meu texto em tempo recorde; Ros Ellis, Helen Flood e Maria Hammershoy, por gritarem meu nome dos terraços da Bedford Square tão perfeitamente; Lachlan Campbell, por seus mapas maravilhosos e as ilustrações de final de capítulo; Louise Sheeran, por ilustrações tão evocativas criadas com sua amada caneta explosiva; Clive Chalk, por suas fotografias pacientes; e Chris Wormell, por criar uma capa tão maravilhosa. Por fim, Ernest Brown, por favor, agora coma seu chapéu!

HCB, Everley, Dorset
Dia de São Patrício, 17 de março de 2014

Ilustrações

1	Catedral de Cantuária	26
2	Notre-Dame de Laon	59
3	Floresta de Reims	74
4	Castelo de Brienne	84
5	Forte de Joux	124
6	Os Alpes	134
7	Atravessando o lago de Genebra	142
8	O vale de Aosta	165
9	Abadia de Santo Albino, Mortara	181
10	Os contrafortes dos Apeninos	212
11	Catedral de Siena	255
12	Radicofani	274

1

Esperando a água ferver...

Nada acontece se não for primeiro um sonho.
Carl Sandburg, Washington Monument by Night, 1922

Enquanto esperava a água ferver na chaleira, peguei o jornal; a página interna chamou instantaneamente minha atenção: em toda a sua extensão, havia um grande mapa medieval da Europa traçando uma rota, em vermelho, de Cantuária a Roma, a Via Francigena. Era uma terça-feira, 31 de julho de 2007.

Minutos antes, eu havia acabado de digitar o último ponto-final de In the Dolphin's Wake [Na esteira dos golfinhos]. Satisfeito, recostei na cadeira e olhei pela janela; os cavalos pastavam no cercado, Sam, meu Jack Russell terrier, descansava ao sol, as galinhas agitavam-se junto às sebes e, no alto, uma cotovia cantava. Essa era a minha vista.

Então, sem aviso prévio, o céu tornou-se cinza-chumbo, uma lufada de vento subiu do vale e, em questão de segundos, o cenário tranquilo foi substituído por uma confusão de galinhas, cachorro, passarinhos e cavalos espalhando-se por todas as direções, perseguidos por torrentes de chuva. Do santuário de minha escrivaninha, observei com curioso distanciamento enquanto esse quadro turbulento se desenrolava diante de mim, até que, do alto, uma explosão de magnitude estrondosa transformou minha expressão em uma de completa incredulidade quando o cabo que ligava meu computador ao mundo exterior brilhou momentaneamente em um azul iridescente e, em aparente câmera lenta, uma faísca atingiu o coração da máquina com a precisão de um míssil guiado. A tela ficou preta.

"Isso não aconteceu", tentei convencer a mim mesmo. Mas tinha acontecido. Oitenta e oito mil palavras haviam, literalmente, desaparecido em uma bola de fumaça. Uma pequena nuvem dissipou-se nas vigas do teto. Por um momento, fiquei ali sentado, entorpecido. Gritar teria sido inútil, então, em vez disso, desci as escadas para fazer um café.

Aquele mapa, instantaneamente evocativo, levou minha mente a vaguear enquanto eu traçava a linha com o dedo: uma viagem de 2.200 quilômetros pela Inglaterra, França, Suíça e Itália até alcançar Roma, a Cidade Eterna. Uma aventura de proporções elisabetanas que me levaria a terras mergulhadas em história, cultura e, sem dúvida, incidentes e peripécias. Foi a sensação de futuro que tornou a ideia da peregrinação tão empolgante. Era uma chance de me libertar mais uma vez das cadeias da realidade: escritórios, reuniões, orçamentos, em suma, o teatro burocrático cotidiano em que todos nós estamos envolvidos, que parece tão importante, mas, na maioria das vezes, é muito desimportante. Ou talvez fosse o último grito da juventude? Uma última excursão despreocupada antes de finalmente ceder aos assuntos sérios da meia-idade e definir o curso para os meus anos crepusculares.

A Via Francigena, rota que ligava Cantuária a Roma desde os tempos mais antigos, é praticamente uma linha reta na direção sudeste, como se poderia esperar de qualquer viagem entre dois pontos, especialmente quando, por boa parte dos dois últimos milênios, uma viagem de ida e volta, feita a pé ou a cavalo, durava quase seis meses. A Francigena nunca foi uma estrada estabelecida como tal; era mais um corredor de movimento pelo qual mercadores comercializavam, exércitos marchavam, embaixadas se moviam e peregrinos viajavam. No entanto, é incrível que, apesar da invasão da Bretanha por Júlio César em 55-54 a.C., da chegada de Santo

Agostinho de Roma em 595 d.C. ou dos milhares de outros que devem ter viajado por ela para cima e para baixo por uma razão ou outra, o primeiro itinerário registrado da Via tenha sido feito por Sigérico, o Sério, arcebispo de Cantuária, para o rei Etelredo, o Imprudente, de 990 até sua morte, em 994. Sigérico teve mais sorte do que um de seus predecessores, Elfsige (ou Elfsy), que morreu congelado nos Alpes enquanto fazia essa mesma viagem.

Esquecido por seu papel significativo em tentar salvar o país das repetidas invasões do rei dinamarquês Sueno Barba-Bifurcada, Sigérico é hoje lembrado quase unicamente pelo fato de ter anotado, provavelmente por tédio, os oitenta e poucos lugares onde parou em seu retorno de Roma à Inglaterra depois de ser oficialmente investido, pelo papa, com o pálio, vestimenta semelhante a uma echarpe usada em volta do pescoço e símbolo do ofício de arcebispo. Seu relato não é mais do que uma lista, sem ano, sem data, nem sequer comentários; de fato, alguns dos lugares que ele citou, enfiados nas prateleiras da Biblioteca Britânica em uma Miscelânea Anglo-Saxã, intrigam historiadores até os dias de hoje. Ainda assim, é nesse documento banal encontrado nas páginas de uma Miscelânea Anglo-Saxã no fundo da Biblioteca Britânica que se baseia a atual rota da Via Francigena.

A imagem popular do peregrino cristão data da Idade Média e é celebrada de forma mais notável pela história ficcional de Chaucer sobre um grupo de personagens comuns a caminho de Southwark para visitar o túmulo de São Tomás Becket, o primeiro santuário da Inglaterra, em *The Canterbury Tales* [*Contos da Cantuária**]. Para dar uma ideia de quão popular era a peregrinação nessa época, acredita-se que mais de 2 milhões de pessoas seguiram para Roma de toda a Europa em 1300, e, em 1450, estima-se que

---

* Geoffrey Chaucer, *Contos da Cantuária*, tradução José Francisco Botelho, São Paulo, Companhia das Letras, 2013.

surpreendentes 40 mil pessoas por dia enchiam a Basílica de São Pedro.

São Vilfrido de Hexham foi o primeiro peregrino inglês identificado pelo nome a fazer a viagem, em meados do século VII; outros incluíram Alfredo, o Grande, enviado por seu pai, e o rei Canuto. Os ricos faziam a viagem a cavalo, passando em todos os palácios de bispo, enquanto os pobres viajavam a pé, de mosteiros e conventos a hospitais administrados por ordens religiosas. Apesar da renovada popularidade do Caminho de Santiago, a peregrinação cristã a pé nunca mais teve tantos seguidores quanto na última metade da Idade Média – talvez devido às guerras e ao tempo e esforço requeridos, e, também, ao fato inescapável de a Igreja, em geral, ter um papel cada vez menor na sociedade ocidental atualmente. Em comparação, hoje muito poucos britânicos caminham para Roma a cada ano.

No entanto, peregrinos têm viajado para lugares distantes desde bem antes da Idade Média, em busca de relíquias sagradas – entre elas, muitas falsificações – para prestar homenagem a pedaços santificados de dedos, crânios e outras partes obscuras disso ou daquilo que eles acreditavam que os levariam para mais perto de Deus quando os visitavam para tocá-los – ou, pior, bebê-los –, na esperança de fazer uma prece tornar-se realidade, curar doenças e males ou aumentar a virtude. A morte de um santo significava um desmembramento quase imediato, com as várias partes sendo espalhadas pelo mundo cristão, como na forma de novas peças expostas na Academia Real Inglesa – um pedaço do osso de Becket até acabou no Venerável Colégio Inglês, em Roma. Os únicos outros que sofriam destino similar eram criminosos depois da execução.

Era tamanho o clamor para ver essas relíquias, como o Véu de Verônica, o sudário com que a santa teria enxugado o rosto de Cristo, que frequentemente pessoas morriam esmagadas na multidão. Os peregrinos, na verdade turistas religiosos, eram bons para os negócios; o enorme número de devotos em movimento precisava de abrigo, alimentação e água. Recursos vindos dos peregrinos ajudaram a reconstruir a Catedral de Cantuária depois que pegou fogo no século XII. E, em uma época em que o cristianismo era referência para tudo, sair em peregrinação era fazer a viagem de uma vida e uma oportunidade muito desejada de ganhar, no processo, alguns bônus (na forma de indulgências) para apresentar nas Portas do Céu a fim de dispensar castigos temporais devidos em penitência pelos pecados perdoados. Isso era ainda mais importante porque a perspectiva assustadora do inferno, conforme proclamado do púlpito todos os domingos, devia ser evitada a todo custo.

Outra razão forte para alguém ir especificamente a Roma era a recompensa do perdão de todos os pecados; isso soou particularmente atraente para mim: a chance de recomeçar do zero após 42 anos não inteiramente angelicais nesta terra tinha um apelo especial por si só.

Mas ainda seriam mais quatro anos antes que qualquer coisa de importância acontecesse. A ideia se dissipou, e a vida seguiu em frente até que um dia meu editor, durante um almoço, soltou no meio da conversa que "seria uma pena se aquele livro sobre Roma não fosse escrito...", pausando sugestivamente no final. Esse comentário casual resultou em uma rápida troca de e-mails, e, três dias depois, concordamos que eu partiria para a Itália no início de abril, depois da Páscoa, no que era para mim, naquele estágio, uma "aventura romântica".

Em um jantar de um amigo mais tarde naquela semana, anunciei a novidade. Houve um silêncio incômodo.

– Você encontrou Deus? – alguém perguntou.

Não, respondi, eu ia andar até Roma porque queria. Nada de carros, táxis ou ônibus. Seria do jeito antigo, a pé. Mas acrescentei que não acreditava que alguém pudesse entrar em um projeto dessa magnitude e ficar à mercê de seus próprios recursos por tanto tempo sem alguma forma de reflexão espiritual.

– Como você vai fazer com a bagagem? – indagou outro.

Quanto mais eu explicava, mais o consenso na mesa era de que viajar para Roma por qualquer outro meio que não por avião era, nos tempos atuais, completa loucura.

De volta à minha casa, tornei a consultar o mapa: era de fato um caminho muito longo. Só a parte francesa tinha duas mãos de extensão e a Itália, quase três, sem contar as seções inglesa e suíça. Como eu ia caminhar para uma grande capital, pareceu apropriado partir de uma grande capital, então decidi começar em Londres, acrescentando mais cinco dias e quase 150 quilômetros à minha jornada. Nos últimos vinte anos, eu não tinha andado nem quinze quilômetros em um dia, quanto mais trinta quilômetros por dia durante três meses seguidos.

E havia a questão da "minha bagagem", que seria, claro, uma mochila, a incômoda versão moderna do "embornal" ou bolsa de couro que levava todas as necessidades de meus colegas medievais e me transformaria em uma inconveniente besta de carga. Eu tinha poucas semanas para me preparar. A partida em abril rapidamente tornou-se começo de maio. O tempo, disse a mim mesmo, estaria melhor nessa época.

Quanto mais eu avançava em minhas preparações, mais ficava claro que aquela não era uma empreitada comum; na verdade, seria um evento decisivo em minha vida, em que o conhecido seria trocado pelo desconhecido. Quase monástica em sua execução, a natureza do empreendimento, como logo aprendi, era a mesma agora que suspeito que tenha sido na Idade Média ou antes, e não menos arriscada. Minha vida reduzida a uma existência de tempo liberado e limitação material quando me desfiz de meu apartamento, meu emprego, meu cachorro e minhas posses permitiu-me embarcar tão desembaraçado quanto possível dos acessórios do cotidiano, livre para divagar, livre para imaginar e livre para devanear. Como o costume no passado ditava, mas o bom senso ainda exigia, renovei meu testamento e estabeleci alguma ordem na confusão de minhas coisas: conforme a tradição há muito perdida em partes da Europa, caso eu não retornasse dentro de um ano e um dia, deveria ser declarado morto e meus bens, distribuídos de acordo.

Livrar-se de acessórios e confortos cotidianos que podiam ser razoavelmente considerados comuns foi doloroso e carregado de emoção; era como se eu estivesse arrancando a pele de minhas costas.

Aprendi mais uma vez a arrumar a bagagem pensando em peso e não em elegância, habilidade que estava perdida desde o tempo do serviço militar; minha única condescendência com a moda foi a compra de um cajado enquanto estava com meu irmão mais velho, Charlie, em Northumberland, o qual achei que poderia fazer que eu parecesse um pouco mais autêntico, até rústico; e um frasco de colônia pós-barba Black Tea na Murdock, um perfumado lembrete de que eu só estava abandonando o mundo real temporariamente – pelo menos, eu só cheiraria a andarilho durante o dia.

Alice Warrender, Andrew Bruce e Brian Mooney, veteranos da estrada para Roma, instruíram-me sobre questões específicas que eu encontraria pela frente. Andrew me alertou para ficar de olho em minhas botas em hotéis de estrada, Brian comentou sobre lobos nos bosques nas proximidades de Radicofani, e Alice só falava dos pés doendo como se tivessem sido presos em um torno.

Andrew me arrastou para a loja Cotswold Camping na localização mais improvável no centro de Knightsbridge. Fui entregue às mãos de Tamzin Norbu, filho de um pastor de iaques ladakhi que conhecia bem os Himalaias. Meus pés foram medidos deste e daquele lado, tive de ficar de pé, sentar, caminhar em terreno plano, caminhar pela área e até sobre uma pequena ponte enquanto o montanhês examinava seu novo cliente. Então, de trás de uma cortina de veludo, um enorme par de botas foi trazido com alguma cerimônia. De cor cinza e repletas de buracos de cadarços e tachões, sua aparência era horrível. Mas foi-me garantido que aqueles monstros me levariam até Roma sem nenhum problema. "Nenhuuum problema!", Andrew ecoou, sorrindo de alegria como se tivesse acabado de dar à luz um bebê.

Seguiram-se mochilas em todos os tamanhos e formas. Contrariando minhas lembranças, elas eram, na verdade, muito confortáveis; uma vez escolhida, minha nova casa foi devidamente recheada de meias, garrafas de água, coisas reluzentes para me fazer brilhar no escuro, kits para bolhas e, por fim, um conjunto reconfortante e caro de roupas à prova d'água em vermelho vivo, o que havia de mais moderno em vestimentas respiráveis "para fazer você se destacar na chuva e não ser atropelado por caminhões", Andrew sussurrou para mim quando questionei a cor.

De volta a Dorset, fui abordado por meu velho amigo Mike Marshall na Village Shop:

– Você precisa levar uma chave como símbolo de sua peregrinação.

Olhei para ele com ar confuso.

– É uma chave para São Pedro, assim como levam uma concha para Santiago. Vou fazer uma para você.

Seguiu-se uma conversa técnica sobre desenho e estética, e, então, o mestre-escola e construtor de motores a vapor aposentado partiu com um aceno e seguiu para sua bem-equipada toca de bancadas, ferramentas, tornos e trapos sujos de óleo como Caractacus Potts* lançando-se a uma nova invenção. Duas semanas mais tarde, fui chamado à cozinha de Mike, onde uma grande caneca fumegante de chá foi posta em minha mão e um pacote do tamanho de um

---

* Personagem do filme *O calhambeque mágico* (1968). Caractacus Potts é o excêntrico inventor do carro que dá nome ao filme, que anda, voa e flutua. (N. E.)

livro, embrulhado em folhas de papel, me esperava sobre a mesa. Eu o abri, com o odor apimentado de polidor de metais pairando à minha volta enquanto desfazia a embalagem, para revelar duas belas chaves de cor dourada; as robustas cabeças das chaves eram entalhadas com uma cruz e tinham buracos em cada diagonal de tamanho suficiente para caber meu dedo. Elas reluziam ao sol da tarde. As hastes estavam gravadas com meu nome e o palhetão era serrilhado e gravado dos dois lados com o crucifixo. Chaves adequadas para as Portas do Céu e, por terem sido feitas por um maquinista, do tamanho certo também.

– Por que duas? – Não tive coragem de acrescentar que elas pesavam uma tonelada.

– Bem, eu achei que você ia precisar de uma para o Vaticano e de outra para vender aqui na igreja quando voltar. Não é todo dia que alguém desta cidade vai a pé até Roma, afinal.

No correio, Rose carimbou a primeira página de meu Passaporte do Peregrino, documento emitido para mim pela Confraternidade de Peregrinos a Roma, organização estabelecida para ajudar almas com propósitos semelhantes a chegar a São Pedro, diferenciando-me do viajante comum. Aquele cartão simples me dava direito aos três privilégios básicos do peregrino: o direito à hospitalidade, passagem segura e isenção do pagamento de pedágios. Ele me poria sob custódia da Igreja e funcionaria como prova de passagem conforme eu fosse avançando pela Europa. O carimbo diário seria minha rotina de agora em diante em todos os lugares em que eu parasse para passar a noite até chegar à Cidade do Vaticano. Aberto sobre o balcão de madeira, o passaporte novo em folha parecia nu e vazio. Andy, o taxista, me observou com uma expressão séria e, em sua pronúncia suave de Dorset, desejou "todo o melhor para sua caminhada, Harry. Tome cuidado e veja se volta inteiro".

E assim, involuntariamente, mais uma vez, eu me vi seguindo os costumes antigos, já que não só eu, mas também meu cajado e as enormes chaves fomos abençoados no altar da igreja com muita comoção, como um cavaleiro partindo em uma cruzada. Cantamos *To Be a Pilgrim* [Ser um peregrino] e eu parti para minha jornada com a exortação de que Deus me mantivesse na palma de Sua mão até meu retorno. Aquele que for corajoso...

2.270 quilômetros para Roma.

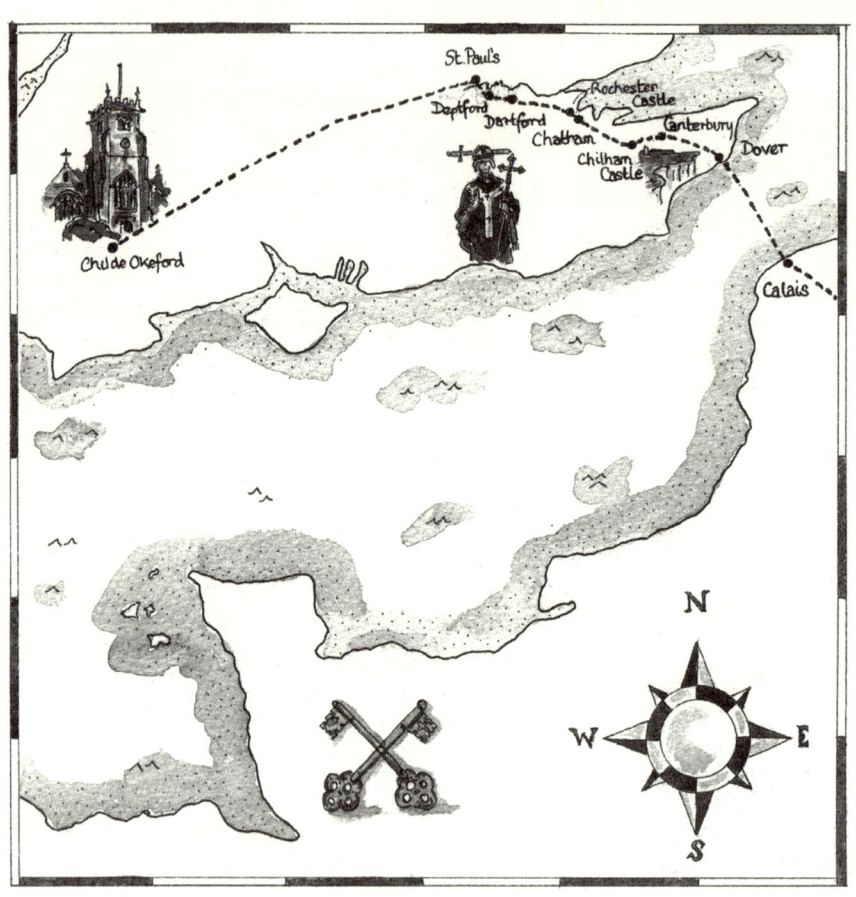

Parte 1

Inglaterra

...Essa pedra preciosa engastada no mar de prata...
William Shakespeare, *Ricardo II*, aprox. 1595

2

Da Catedral de São Paulo ao Castelo de Chilham, Kent

> *Quando caem as férteis chuvas de abril*
> *Pondo às secas de março um fim...*
> *Ora, então sai o povo em peregrinações*
> *E peregrinos anseiam por terras estranhas*
> *E santuários distantes em locais estrangeiros.*
>
> Geoffrey Chaucer, *The Canterbury Tales*,
> final do século XIV

A Catedral de São Paulo erguia-se acima de mim quando, às oito horas, os sinos soaram em badaladas profundas para chamar os poucos ali reunidos para uma comunhão matinal naquele 7 de maio. Éramos dez, agrupados em uma capela lateral caiada: minha madrinha, alguns amigos próximos e uma senhora da Nigéria que estava ali por acaso. O cônego me abençoou, meu passaporte foi carimbado e, depois de uma obrigatória fotografia nos degraus, partimos como uma trupe itinerante em direção à Millennium Bridge; ao fazermos isso, notei um melro no alto do grande pórtico. Havia silêncio e, naquele momento, o passarinho cantou, e seu chamado alegre ressoou uma despedida para todos ouvirem.

Tomamos o café da manhã no abrigo da Catedral de Southwark. Todos os outros, exceto eu, que vestia bermudas e camiseta, estavam prudentemente envoltos em sobretudos e cachecóis; por alguma razão naquela manhã – talvez tenham sido os nervos –, eu estava alheio ao frio. Comemos sanduíches de bacon com canecas de chá, algumas garrafas de champanhe apareceram, e eu já estava me acomodando quando Andrew Bruce olhou para seu relógio e, sendo uma pessoa muito sensata, me lembrou de que eu tinha mais de trinta quilômetros para percorrer até chegar a Dartford naquela noite.

Foi um caminho deteriorado que eu tracei ao longo do Tâmisa, por um labirinto de ruas secundárias e vielas, passando por depósitos e oficinas de paredes escurecidas, que no passado recebiam cargas de lã ou madeira, o construtor de barcaças ou o fabricante de velas; hoje residências mais valorizadas para funcionários de escritório com interesses materiais em Canary Wharf, destituídas de propósito e da movimentação de outrora, elas davam uma sensação melancólica. Segui na direção leste para Greenwich, sobre pontes giratórias e eclusas e passando por docas de água ociosa, até Deptford, o Pátio do Rei, o cais mais importante da Inglaterra seiscentos anos antes e, mais tarde, o principal armazém de abastecimento para a frota local da Marinha Real; hoje, é um memorial silencioso aos grandes aventureiros de um longínquo passado marítimo. Drake partiu daqui para a volta ao mundo no *Golden Hind*; foi em Deptford que Raleigh estendeu sua capa diante de sua Rainha Virgem, que Cook partiu para os mares do sul e onde boa parte da frota de Nelson foi construída.

Na primavera de 1698, em sua "Grande Embaixada" para buscar apoio contra o Império Otomano, o jovem Pedro, o Grande, czar da Rússia, passou três meses em Deptford. Por solicitação do rei Guilherme III, o cronista John Evelyn alugou Sayes Court, que não existe mais, para Pedro e sua enorme comitiva, que evidentemente desfrutaram de tudo que a área tinha a oferecer, levando o servo de Evelyn a escrever que "há uma casa cheia de pessoas, definitivamente detestáveis". Quando chegou o momento da partida, em abril, o lugar estava destruído. Para a Rússia, foi enviada uma conta que incluía a substituição de trezentas janelas, doze portas quebradas, vários móveis de nogueira, roupa de cama que havia sido rasgada, um piso de cozinha estourado e retratos de família que tinham sido usados para prática de tiro ao alvo.

Em Blackheath, entrei na Watling Street, a antiga estrada de Londres a Dover, que me levaria a Dartford; estabelecida inicialmente pelos antigos bretões, ela foi melhorada pelos romanos e é mais conhecida como A2, uma estrada horrível, dominada por caminhões em impetuosa investida para o litoral.

Fui recebido em Bexley com um "fiu-fiu" – "belas botas, colega!", o casal gritou enquanto seguia de braços dados, cuspindo na calçada. Mas Bexley, na minha mente, que estava começando a divagar um pouco depois de dissipada a excitação da partida, era um lugar notável. Imaginava que seria possível comprar uma casa em uma imobiliária no alto da High Street e, ao chegar ao fim da rua, ter equipado o lugar de cima a baixo – banheiros, cozinhas, pátio –, terminando a tarde com uma manicure em um dos muitos lugares para fazer as unhas e comprando comida para viagem no Balti House ou no restaurante polonês local para comer na frente de sua TV recém-entregue; em suma, um país das maravilhas... Até que vi cartazes do Partido Nacional Britânico pendurados nos postes de iluminação.

Dartford, hoje pouco mais do que muitas pistas de tráfego, uma ponte enorme e algumas grandes lojas, continua sendo a primeira parada no caminho dos peregrinos para Cantuária. Peter Longbottom, professor aposentado, colaborador dedicado da St. John's Ambulance e entusiasta de trens a vapor, mas um total desconhecido para mim, havia telefonado do nada uma semana antes, depois de ler uma nota publicada pelo padre de sua paróquia, para dizer que eu podia dormir naquela primeira noite em seu quarto extra.

Ele foi uma visão bem-vinda quando bati em sua porta no fim da tarde. Eu estava animado, nem um pouco desgastado pela distância que havia caminhado. Naquela noite, o gentil Peter me ofereceu torta de carne e torta quente de cereja no jantar; comi tudo a uma velocidade alarmante, tendo aprendido rápido que uma das vantagens de minha aventura era que açúcar, creme, chocolate e doces estavam de volta ao cardápio em abundância. Eu podia comer o que eu quisesse, quando quisesse – eu precisava disso.

Vestido em um vermelho fluorescente como um gnomo de jardim fugido de seu canteiro, na manhã seguinte eu me aventurei na chuva e de volta à terrível A2. Sentia-me bastante entusiasmado; tinha caminhado uns trinta quilômetros no dia anterior sem nenhum incidente, nenhuma dor, nem mesmo uma pontada; então parei para me sentar um pouco junto a uma ponte. Tudo estava bem até que tentei me levantar... e não consegui. Era como se meus joelhos estivessem travados. Depois de muitos grunhidos indecorosos, rolei até ficar de quatro, engatinhei até a ponte, levantei usando o corrimão e cambaleei até a rústica Kent, onde logo me vi em uma paisagem verdejante de alamedas margeadas por choupos, velhas casas rurais, couves em plena floração e campos cheios de cordeiros e potros.

*

No final desse terceiro dia, a sensação de que alguém havia amarrado balas de canhão aquecidas atrás de minhas pernas estava começando a diminuir; no entanto, as solas de meus pés começaram a reclamar amargamente, como Alice havia dito que aconteceria – embora, para meu constrangimento, antes do que eu havia imaginado. Quando o dia ia chegando ao fim, também meus passos desaceleravam até que, no momento em que chegava ao meu destino, me sentia acabado. Meu aliado constante em todo esse caminho foi meu cajado; o acessório de estilo que eu havia comprado apenas pelo efeito era agora minha muleta. Essa foi apenas a primeira indicação de quanto eu viria a precisar dele.

Ainda não tenho muita certeza de como cheguei a Challock naquela noite; estava em um quadrado do mapa que eu não tinha.

Amanda Cottrell, minha anfitriã e velha amiga da família, que, em virtude de suas boas obras, é, para todos os fins e propósitos, a rainha de Kent, também não sabia. Mas, ah!, que alegria e alívio quando larguei minha mochila no piso de carvalho antigo de seu saguão de entrada – ato que me deixou temporariamente sem peso e me fez, por um momento, andar aos pulos como se estivesse jogando futebol na lua.

Depois que seus cachorros pararam de saltitar à minha volta, fui conduzido ao andar superior para me deleitar em uma enorme banheira com um copo de uísque – banhos de banheira eram importantes nesse estágio; eu só tinha mais três dias antes de partir para o continente. Minhas roupas molhadas foram recolhidas e, sentindo-me restaurado, fui chamado para me reunir com amigos exilados do Zimbábue em sua grande cozinha, onde foram servidos pratos de ensopado de veado, seguidos de tigelas de *Gypsy tart*, uma torta de açúcar mascavo, feita em casa por Sissy Heath, com uma espessa camada de creme de leite fresco direto do laticínio. Quando, depois, tomando café, a conversa mudou para o momento difícil de melancolia europeia e a vitória de François Hollande nas eleições presidenciais na França, fiquei pensativo – dez anos antes, sentados na mesma mesa, a mãe norte-americana de Amanda, Gracia, que nós todos chamávamos de "Vovó Hotdog", havia falado sobre um convite incomum para um chá.

– Meu pai tinha acabado de morrer e minha mãe decidiu que deveríamos fazer uma viagem pela Europa – ela me contou. – Era 1936, antes da Anschluss. Bem, eu queria ver o que era essa história de Nacional Socialismo e, então, fui a um dos comícios. Eu lhe digo, a atmosfera era *in-crí-vel*, e Hitler era muito empolgante. Harry – ela continuou, em seu sotaque sulino –, eu poderia muito facilmente ter me tornado nazista naquele dia. Enfim, no fim daquela tarde, logo depois que Hitler saiu, um de seus oficiais se aproximou e me perguntou se eu gostaria de tomar um chá com o Führer. Bem, "claro", eu disse, "sim!" – com os olhos arregalados de animação. – Chegamos lá antes dele. Meu namorado não foi convidado e ficou esperando no carro. Fui encaminhada a um elevador que levou séculos para chegar aos andares principais, que tinham a visão mais deslumbrante de todo o Tirol por enormes vidraças. A sala estava fervilhando, eu me lembro... – ela fez uma pausa, olhando para um ponto imaginário em algum lugar do teto – quando entra o próprio Hitler, cercado por oficiais de aparência importante e ajudantes. Ele era um homem pequeno em comparação com todos à sua volta. Trouxeram uma cortina, ele entrou atrás, trocou de casaco e veio sentar-se ao meu lado, na cabeceira da mesa. Sabe, ele tinha aqueles olhos elétricos azuis penetrantes, era cativante e, puxa, muito interessante. Ele me perguntou se eu estava com muito calor e, quando eu disse que sim, ele apertou um botão no braço da cadeira e as janelas abaixaram automaticamente. Nunca tínhamos visto isso antes – ela acrescentou, saudosa – e, então, começamos a conversar. Por cerca de 45 minutos, talvez uma hora, tivemos a conversa mais, e Harry, eu realmente quero dizer a *mais* – ela levantou o dedo sobre sua toalhinha individual e bateu-o acompanhando cada palavra para dar ênfase – fascinante, interessante e informativa que se pode pensar. No final, virei para ele e disse, "*herr* Hitler, acabamos de ter a mais incrível discussão sobre arte, literatura e teatro; como os jornais dizem que o senhor é tão louco?". Bem, outro botão foi apertado, os guardas vieram e meus pés nem tocaram o chão até eu ser levada de volta àquele elevador e para dentro do carro e, como o oficial da ss sucintamente me aconselhou, seguindo sem demora para a fronteira austríaca...

Não estava tão molhado no meio do bosque quanto fora dele quando parti para Chilham; as enormes faias em King's Wood estavam magníficas e frescas em suas folhas novas, campânulas floresciam em abundância e, no silêncio, exceto por uma raposa de passagem e o olhar zangado de um gaio, havia uma sensação mística antiga, como se o lugar fosse minha reserva exclusiva sem mais ninguém e eu pudesse correr pela floresta desimpedido, gritando "meu, meu, meu!".

A chuva continuava e, quando cheguei à serra que desce para as margens do rio Stour, me vi no meio de um impenetrável emaranhado de arbustos de espinhos. Tentei atravessar, mas, na investida abrupta, acabei sendo catapultado para um sulco profundo que cruzava o espigão – mesmo de cabeça para baixo, era evidente que, no alto de uma colina, a vala não servia a nenhuma finalidade óbvia de agricultura. Eu havia caído direto na trincheira que Hilaire Belloc, em seu livro *The Absence of the Past* [A ausência do passado], descreveu como o lugar onde "começou a grande história da Inglaterra". Em 54 a.C., a trincheira em que eu agora me encontrava ficava no lugar da última posição dos bretões antes de serem derrotados pela x Legião de Júlio César; ainda levaria, no entanto, quase mais um século até que Cláudio estabelecesse Londínio em 43 d.C.

Sujo de lama, picado por espinhos e completamente molhado, deslizei colina abaixo em direção à elegância torreada do Castelo de Chilham, construído no século v. Lar de reis saxões e de Kent, ele foi habitado pelo meio-irmão ilegítimo de Guilherme, o Conquistador, Odo, bispo de Bayeux e conde de Kent. O rei João encontrou tempo para caçar aqui e Capability Brown participou do desenho dos jardins. Cheguei pelo gramado de *croquet*. Otto, um belo cão lurcher com listras de tigre, veio correndo para me receber, apesar das tentativas inúteis de conter seus avanços entusiásticos vindos da janela da cozinha.

Tessa Wheeler, usando calças de couro e botas de caubói, estava bem bonita. Eu me senti constrangido em comparação e seguiu-se uma torrente de explicações de que aquela não era minha aparência habitual, enquanto, puxando e arrastando a mochila atrás de mim, eu era conduzido por passagens de lajotas, escadarias espirais, corredores revestidos por tapeçarias e salas de estar de portas abertas até um quarto do tamanho de uma pequena casa. Havia uma fogueira que parecia ter sido um pórtico de uma mansão georgiana e uma cama de dossel camuflada sob uma quantidade de edredons e travesseiros dignos de alguém da baixa realeza. Chilham era um lugar mágico. Tessa, no entanto, também pediu desculpas, porque, como explicou – entre ordens para Otto "fazer o favor de deixar Harry em paz!" –, tinha de ir ao teatro em Londres; mas um jantar delicioso havia sido preparado para mim e para Otto, na cozinha.

Na manhã seguinte, eu me despedi de Tessa e desci pelo caminho; os cavalos estavam sendo conduzidos pelo gramado para os campos. Era um dia glorioso quando segui pelo meio da cidadezinha enfeitada de rosas em direção ao rio Stour, cujo curso volumoso eu acompanharia até Cantuária e o início da Via Francigena.

2.144 quilômetros para Roma.

3

Cantuária, Dover e a travessia do Canal da Mancha

> Ó, Tomás, retorna... retorna à França.
> Vens com aplausos, vens com júbilo, mas vens trazendo a morte...
> Uma ruína para a casa, ruína para ti, ruína para o mundo.
>
> T. S. Eliot, *Murder in the Cathedral* [Assassínio na Catedral*], 1935

As ruas de paralelepípedos naquele fim de tarde estavam abarrotadas de gente quando entrei em Cantuária; os velhos prédios me espiavam como se para averiguar quem eu poderia ser. No caminho para o grande portal ornamentado de Christchurch, me acotovelei com turistas e estudantes que se aglomeravam em torno de um músico ambulante irlandês barbudo e de chapéu-coco que tocava ukulelê. Eu me sentia tão pouco deslocado como se fosse um viajante no século XIII e aquele fosse um direito de passagem divino devido a mim.

– Passe, peregrino! –, o homem de óculos na barreira anunciou quando me viu em meu estado encardido. Depois desse reconhecimento, meu passo acelerou e eu caminhei decidido sob o arco de arenito; ao fazer a curva, a Catedral de Cantuária ergueu-se diante de mim como um carvalho solitário, inequivocamente inglês; a torre Bell Harry, subindo para o céu emoldurada pelas árvores, foi uma visão esplendorosa.

---

* T. S. Eliot, *Assassínio na Catedral*, tradução José Blanc de Portugal, Lisboa, Cotovia, 2007. (N. E.)

Inclinei-me para frente, apoiando todo o meu peso no cajado, e olhei para a grande construção. A catedral foi fundada por Santo Agostinho, um monge beneditino e, mais tarde, o primeiro arcebispo de Cantuária, mais de 1.400 anos atrás, depois de ter sido enviado à Inglaterra pelo papa Gregório, o Grande, para converter Etelberto, o rei anglo-saxão de Kent. A catedral levou quinhentos anos para ser concluída.

A viagem de Agostinho foi notável. Ele partiu de Roma em 596 d.C. com quarenta seguidores, mas, ao chegar à França, seu grupo havia perdido o ânimo; a recepção prevista na Inglaterra não os atraía. O infeliz Agostinho foi enviado de volta a Roma para conversar com seu mestre papal. Gregório, no entanto, via a questão de outra maneira e ordenou que o monge retornasse para onde estavam seus irmãos com zelo renovado e novas cartas de encorajamento para prosseguirem até a Inglaterra. Desembarcando na Ilha de Thanet, Agostinho foi recebido pelo pagão Etelberto, que, casado com Berta, filha cristã de Cariberto I, o rei merovíngio de Paris, converteu-se quase imediatamente. De fato, o ministério do santo foi tão bem-sucedido que, no dia de Natal desse mesmo ano, acredita-se que 10 mil pessoas tenham sido batizadas no rio Swale.

Cansado, dormi ao sol por uma boa hora até ser acordado pelas badaladas do sino de minuto a minuto. Tentei ignorá-las, mas elas soavam em minha consciência como um aviso para a reunião dominical da revista paroquial, e, assim, apesar das articulações emperradas, coxeei até a catedral. A temperatura estava congelante.

Túnicas voejavam por toda parte, enquanto a multidão de clérigos e funcionários da igreja se apressava de um lado para o outro, sempre sorrindo para os desorientados e curiosos que iam sendo educados, mas firmemente direcionados para os confins do coro – um complexo gótico entalhado e escuro, encimado por pilares e arcos que levam os olhos a admirar o teto decorado que se estendia imponente acima, o qual, por sua vez, era iluminado por feixes de luz caleidoscópica dos vitrais que observavam em volta.

O coro liderou a procissão, seguindo para bancos iluminados por velas. Eles eram comandados por um diretor entusiasmado que regia com movimentos agitados dos braços, enquanto seus pupilos arrumados com esmero juntavam-se em sublime união vocal ao toque do órgão; agudos, tenores, baixos ressoavam pelos corredores enquanto hinos, versículos e respostas, salmos, "Magnificat" e "Nunc Dimittis"* foram todos cantados até que as vésperas chegaram ao fim.

Na porta de meu quarto, comecei a procurar a chave. Cheio de bolsos laterais, bolsos para ingressos, bolsos para mapas, um pequeno bolso na manga em que cabia minha bússola, bolsos de camisa e bolsos internos, havia em mim uma infinidade de oportunidades de perder coisas, e, naquele momento específico, minha chave me havia escapado. A rústica Louise – que não era baixa e tinha uma densa cobertura de cabelos castanho-avermelhados – estava "apenas em visita de Dundalk"; ao passar, ela me dirigiu um olhar entendido.

– Nem precisa dizer, você perdeu a chave, não é? – disse ela.
– Para ser sincera a Deus, eu lhe digo que já perdi a minha três vezes hoje.

Admiti que sim, havia perdido.

– Não se preocupe. Eu sempre rezo para Santo Antônio nessas situações, e ele *nunca* me decepciona.

– Quem é Santo Antônio? – não foi a melhor, mas a mais honesta resposta deste novato peregrino.

– O santo das coisas perdidas... já vai trazer a sua! – Louise respondeu com ar de repreensão e fechou os olhos em oração. E, do nada, minha chave apareceu nas dobras de meu lenço.

– Ele *nunca* falha, eu garanto – ela disse, levantando o rosto –, mas santos às vezes são almas estranhas, não se esqueça de dar

---

* "Magnificat" e "Nunc Dimittis" são cânticos da liturgia cristã, especificamente do Antigo Testamento. O "Nunc Dimittis" é tradicionalmente entoado nas orações da noite (conhecidas como completas); já o "Magnificat" é entoado nas orações de tarde (as vésperas). (N. E.)

algum dinheiro para ele de vez em quando, ou ele não vai achar mais nada para você *nunca* mais! Cantuária, de onde os peregrinos de Chaucer fizeram meia-volta e retornaram para casa, marca o início oficial da Via Francigena, e, assim, eu não devia ter me surpreendido, quando cheguei à cripta obscurecida pouco antes das oito horas na manhã seguinte para a comunhão, por encontrar um homem forte de cabeça raspada sentado diante de mim e vestido de maneira quase idêntica. Murmuramos cumprimentos. Depois, fiquei sabendo que Alain Boucher, um fotogravurista dos arredores de Paris recentemente aposentado, havia percorrido o caminho para Santiago de Compostela quatro vezes, mas, como eu, aquela era sua primeira caminhada para Roma. A nós juntou-se a cônega Clare, uma mulher prática, gentil e peregrina experiente, que nos conduziu por uma rota tortuosa até a porta principal de saída da catedral; a conversa foi animadora, essencialmente sobre remédios para bolhas, sendo consenso que furá-las com uma agulha e um fio era "sem dúvida" a melhor e mais satisfatória solução. Foi então que começamos a falar sobre Tomás Becket, o santo mais famoso da Inglaterra.

Apresentado a Henrique II em 1154 pelo então arcebispo Teobaldo, Tomás tornou-se amigo próximo do rei, que o nomeou chanceler. Ele foi importante na expedição de Henrique a Toulouse em 1159, quando a província de Quercy foi capturada, havendo registros de que lutou bravamente. Não muito tempo depois de seu retorno em 1161, quando Teobaldo morreu, Henrique convenceu Tomás a se tornar chefe da Igreja, apesar das dúvidas deste. Em um intervalo de dois dias em junho de 1162, ele foi ordenado sacerdote e consagrado bispo, despiu-se dos trajes exuberantes de conselheiro principal na Corte, renunciou à posição de chanceler e abraçou com vigor o estilo de vida espiritual de um clérigo humilde – papel que, como Tomás avisou a Henrique, o forçaria a se opor à ambição do rei de reduzir a autoridade e a influência da Igreja.

Catedral de Cantuária
...de onde os peregrinos de Chaucer fizeram meia-volta e retornaram para casa...

Em dois anos, como resultado de sua oposição resoluta aos planos de Henrique II, Tomás foi forçado a fugir para a França, disfarçado, e procurar a proteção de Luís VII e do papa, Alexandre III, que residia então em Sens. Em dezembro de 1170, após uma reconciliação entre o rei e o arcebispo, Tomás achou que poderia retornar a Cantuária, mas recusou-se firmemente a absolver os bispos de Londres e Salisbúria por seu papel no apoio à coroação de Henrique, o Jovem, como rei da Inglaterra, realizada pelo arcebispo de York – uma tentativa de Henrique II de evitar as disputas pela sucessão que ele havia sofrido quando jovem. Essa posição viria a custar caro para o arcebispo.

A cônega Clare ficou tristonha quando nos aproximamos do lugar onde, em 29 de dezembro de 1170, Tomás foi morto por Reginald FitzUrse, William de Tracey, Hugh de Morville e Richard le Breton – quatro cavaleiros da corte do rei Henrique II que, tomando literalmente as palavras de seu monarca, decidiram livrar o mundo "desse padre turbulento". A cabeça de Becket foi partida ao meio, e um dos golpes de seus assassinos tão forte que a lâmina da espada se quebrou na pedra, deixando pedaços do cérebro do arcebispo espalhados para serem chutados pelo chão da catedral por um subdiácono adequadamente chamado de Hugo, o Mau.

– Ele sabia que ia morrer – disse a cônega Clare, apontando para a porta que os monges haviam insistido para que Tomás trancasse. – Foi aqui que o grupo de assassinos invadiu a atmosfera silenciosa das vésperas naquela noite fria de inverno. "Não é adequado que se faça de uma casa de oração, de uma igreja de Cristo, uma fortaleza" – disse ela, citando Tomás. – A morte de Becket criou uma enorme agitação, e não só na Inglaterra; ele desafiou a autoridade irrestrita da Coroa sobre a Igreja, e, como consequência de seu martírio, sua estatura como santo espalhou-se pela Europa. Muitos milagres foram atribuídos a ele, e Cantuária tornou-se um dos maiores santuários da cristandade – ela nos contou, apontando os degraus gastos por onde os devotos, há séculos, subiam para rezar no local do santuário original, hoje marcado por uma vela solitária; nesse momento, Bell Harry badalou em um tom lamentoso acima de nós.

– O santuário – ela continuou – foi destruído na Reforma por ser muito "romano". Essa não é a palavra certa, mas vocês entendem o que quero dizer. E, desde então, ninguém nunca soube com certeza onde foram parar os restos do santo.

Sob o sol matinal e o vento cortante, Clare nos levou a um pequeno gramado. No meio dele, havia uma laje entalhada com um disco azul, dentro do qual se via uma figura de barba e túnica, levando um bastão e um saco pendurado ao ombro; a inscrição em volta dizia "La Via Francigena. Cantuária-Roma". Clare pediu que Alain e eu nos ajoelhássemos; ela fez uma oração por nossa proteção durante a viagem que tínhamos à frente. Nós nos despedimos com apertos de mão e seguimos nossos caminhos: eu para Dover e Alain para desvendar os segredos de Cantuária, que ele nunca havia visitado antes.

Continuei pela antiga rede de trilhas para pedestres e trilhas para cavalos, onde escrevedeiras-amarelas, trigueirões, cotovias e pintarroxos enchiam o céu de música, cucos anunciavam sua chegada, lebres corriam e éguas pastavam. Seguindo para a costa, passei por aldeias como Bekesbourne e Adisham no Hundred de Eastry e parei na igreja normanda de Barfreston para me maravilhar com suas esculturas de pedra e o sino pendurado no teixo próximo.

Saindo dos Downs, eu estava coberto de uma espessa camada de pólen depois de ter percorrido os campos de couves que, como tudo o mais, estavam em plena floração. Essa magia de perfeição rústica foi rompida, porém, quando tipos sinistros com cara de fuinha, em jaquetas de couro de tamanhos inadequados, perscrutando em esquinas de rua empoeiradas, me receberam em Dover. Sua presença fazia que a antes elegante cidade vitoriana parecesse decadente e pouco hospitaleira. Embarcar no *The Pride of Burgundy*, no entanto, produziu um arrepio de emoção, com os motores vibrando ruidosamente por todo o barco e o cheiro inconfundível de óleo misturado com mar pairando no convés. Quando passamos pelo quebra-mar, olhei para meu telefone celular e desabilitei o serviço de dados. Chega de e-mails. Eu estava sendo gradualmente puxado para um mundo secreto de peregrinos, exclusivo de poucos selecionados, um lugar especial distante das correntes do tempo e do cotidiano. Com frio, eu me virei e, deixando o convés, disse adeus à Inglaterra.

2.079 quilômetros para Roma.

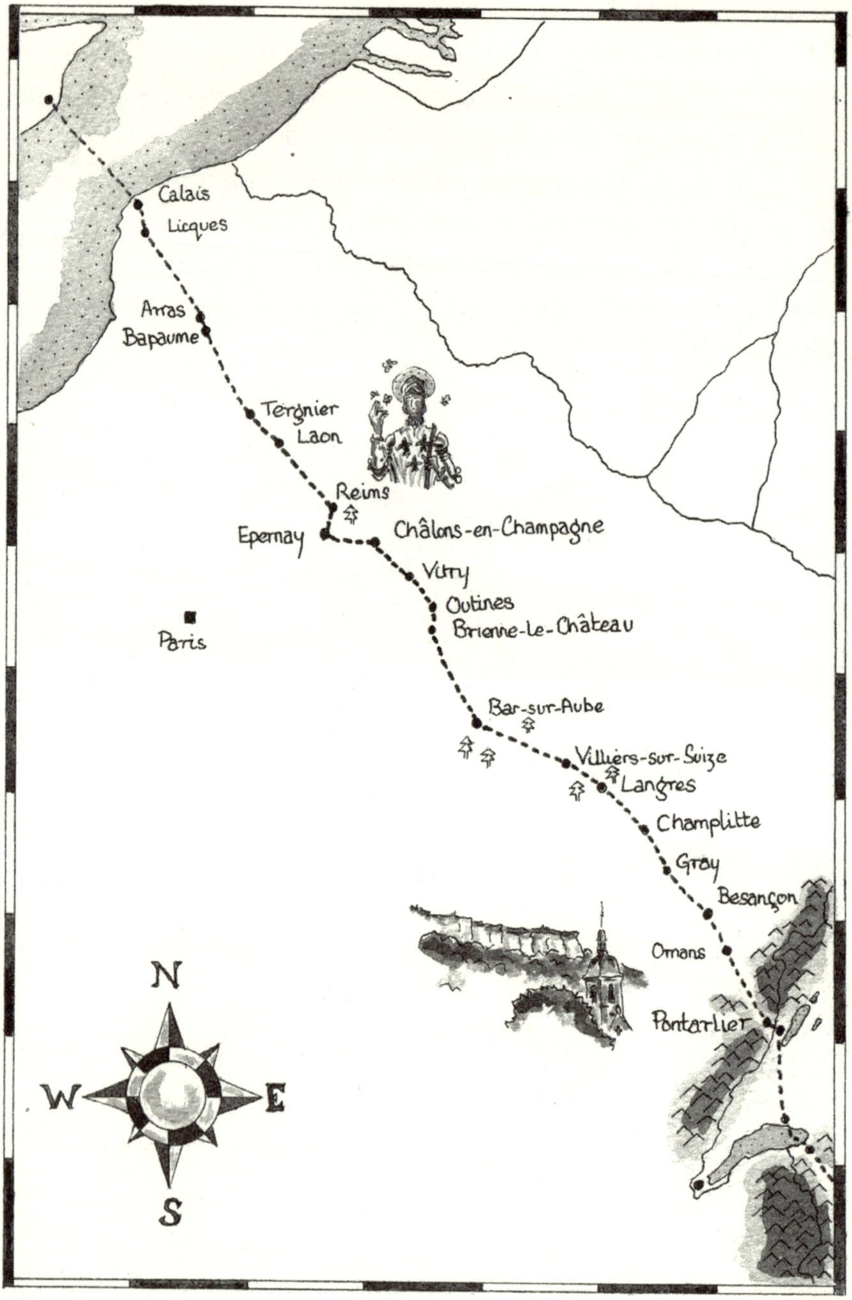
Calais
Licques
Arras
Bapaume
Tergnier
Laon
Reims
Epernay
Châlons-en-Champagne
Vitry
Outines
Brienne-Le-Château
Paris
Bar-sur-Aube
Villiers-sur-Suize
Langres
Champlitte
Gray
Besançon
Omans
Pontarlier
N
W
E
S

Parte 2

França

Primeira a seguir a Verdade e última a deixar velhas Verdades para trás – França amada por todas as almas que amam seus companheiros!

Rudyard Kipling, *França*, 1913

4

De Pas de Calais a Camblain l'Abbé

> *Mil cavaleiros pararam seus cavalos*
> *Para admirar a linha de dunas arenosas,*
> *Ao longo do nunca silente Estreito,*
> *Para Calais reluzindo ao sol...*
>
> Matthew Arnold, *Calais Sands* [Areias de Calais], 1850

Dick Whittington, no século xv, foi duas vezes prefeito de Calais, ou *"the Staple"*, como também era conhecida – uma estratégia inteligente por parte do homem de negócios que, como comerciante de sedas finas e linho, juntou uma fortuna considerável suprindo a Coroa*. O porto, conquistado por Eduardo III em 1347, após onze meses de sítio, depois da Batalha de Crécy, foi a última possessão inglesa em solo francês e, durante duzentos anos, o centro do comércio do país com a Europa. A *"Company of the Staple"* em Calais controlava todas as exportações de estanho, chumbo, renda e lã, mercadorias básicas que estavam sujeitas a tributação e eram uma fonte importante de receita para a Coroa. A Companhia, em troca do monopólio, era responsável pela defesa da cidade, até que o duque de Guise a recapturou em 1558.

Assim como em Dover, porém, em cada canto pareciam espreitar os mesmos personagens furtivos e deslocados, talvez espe-

---

* Staple, na historiografia da Europa, refere-se a todo o sistema medieval de comércio e sua taxação. Por meio desse sistema, o governo exigiu que todo comércio exterior de certas mercadorias fosse tratado em cidades ou portos específicos, referidos como "portos de estábulos". (N. E.)

rando uma chance de escapar atravessando o Canal. Eu só podia imaginar as lastimáveis histórias de fuga que haviam arrancado aquelas pobres almas da privação, da tortura, da pobreza e da guerra e as levado para diante daqueles rochedos brancos que estavam tão próximos... porém tão distantes.

    O tempo frio não era muito propício a incentivar as pessoas a pensar no verão. Na vila de Licques, na noite seguinte, fui "promovido" de um reboque para um chalé quando cheguei a uma parada popular entre os peregrinos, o Trois Poissons Camping, recomendado por Alice Warrender antes de eu partir de Londres. Depois de uma noite sob dois edredons e agarrado ao aquecedor, deparei com a cafeteria do camping e pedi um café e um *croissant*. Catherine, minha anfitriã, pediu para eu assinar o livro dos hóspedes, nesse caso um grande caderno verde cheio de comentários, página após página, de peregrinos franceses, ingleses, canadenses, norte-americanos, italianos, neozelandeses e australianos; alguns autoconfiantes, outros menos. Ainda era o começo da estrada para Roma. Eu me perguntei se todos eles teriam chegado ao final. A parede, coberta de postais de São Pedro, parecia indicar que, com toda probabilidade, eles tinham chegado; o Vaticano parecia muito distante mesmo assim.

    – São os peregrinos que nos encontram, não o contrário – disse Denis, o marido grandalhão de Catherine, ao passar com um martelo na mão. – Acho que sempre foi assim, um fala para o outro. Alain nos avisou que você ia chegar. – Ele se referia a meu companheiro de Cantuária, agora à minha frente depois de eu ter tirado um dia de descanso.

    – De vez em quando as pessoas precisam de uma pausa na vida – disse Catherine com seu suave sotaque francês –, elas precisam desfrutar de alguma calma e refletir. A peregrinação tem a ver com os prazeres simples que tantas vezes esquecemos.

No alto da colina íngreme, deixando a vila de Journy para trás, algo chamou minha atenção: na margem do bosque havia uma grande laje de construção caída, como uma peça tombada de Stonehenge, mas três, talvez quatro vezes maior. Estranho e deslocado, o objeto me atraiu como um canto de sereia. Subi a rampa, larguei a mochila e corri pelo campo fortemente ondulado.

Algumas centenas de metros adiante, encontrei um enorme pedaço de concreto, abaixo do qual havia uma espécie de *bunker*. Tentei não pensar mais naquelas ruínas, mas algo nelas parecia estranho. Apesar da tranquilidade do bosque à minha volta, do gado pastando nas proximidades, havia uma atmosfera de mistério criada pelas curiosas estruturas dormentes e mutiladas espalhadas para todo lado. Caminhei um pouco mais e, na beira de um grupo de faias, encontrei duas muralhas em rampa, perfeitamente paralelas. Parei entre elas e olhei para baixo na colina escarpada. Quase podia ver Calais. Não precisei consultar minha bússola para saber que estava em linha direta de visão de Londres, a 180 quilômetros de distância – ou trinta minutos de voo para os foguetes V1 que foram lançados daqui, criando o caos em nossa capital no verão de 1944. Tudo fez sentido, então: as fortes ondulações que eu tinha atravessado eram, na verdade, crateras deixadas pelos bombardeiros que haviam silenciado o lugar.

Um carro parou abruptamente ao lado de minha mochila. Pulei sobre a cerca e corri; o motorista, ao me ver, foi embora a toda velocidade. Foi por pouco. Eu não me imaginava caminhando até Roma sem nenhum equipamento. As rampas foram as primeiras cicatrizes da guerra que me perseguiriam pelas três semanas seguintes.

Em 16 de maio, dez dias e 259 quilômetros desde a partida de Londres, eu estava me ajustando à rotina um tanto monástica de minha existência de peregrino. Sempre parecia, no entanto, que a última hora do dia, quando eu me aproximava de meu alojamento para a noite, era a mais longa; que nenhum lugar para descansar uma cabeça cansada podia ser alcançado sem provação: seria uma recompensa pelo trabalho árduo feito ou apenas que nenhum dia seria repousante até a chegada final a Roma?

O Mosteiro Beneditino de Notre-Dame em Wisques não foi exceção; a colina que conduzia até ele não acabava nunca. Agradeci à minha estrela da sorte por minha hospedagem não ser no Mosteiro de São Paulo, um quilômetro e meio adiante. O de Notre-Dame, quando finalmente cheguei à sua entrada de cascalhos, era uma grande construção do século xix em tijolos claros com uma capela de tamanho desproporcional anexa a seu lado direito. Toquei a campainha e a ouvi soar lá dentro.

A irmã Lucie recebeu-me à porta. Tinha um rosto desgastado, um sorriso fixo e dentes tão brancos quanto sua touca. Ela levou o dedo aos lábios e me fez entrar nas vésperas, onde as outras freiras celebravam o início da Festa da Ascensão; havia uma sensação de expectativa no ar.

A congregação, composta, em grande parte, por mulheres de meia-idade da aldeia, ficava na obscuridade atrás do altar de mármore em uma das extremidades da capela; estávamos separados das freiras, que se sentavam a distância na extremidade oposta, por uma grade sólida como uma gaiola que percorria toda a largura da nave. O canto delas, claro e doce, era um alívio bem-vindo para os rigores do dia. Com frio, eu me apertei com meus próprios braços, lamentando pelo casaco quente que estava dentro de minha mochila do outro lado da porta.

Quando as vésperas terminaram, irmã Lucie me conduziu para o interior do terreno onde, em um canto, havia uma pequena casinha – aposentos de hóspedes que tinham sido, no passado, um alojamento de caça. Quando entramos, não pude deixar de notar como a velha freira parecia em paz e nem um pouco desinformada, apesar de sua existência enclausurada do mundo; ela não queria nada além do que tinha e só via bem em tudo. Contou-me que, quando entrou para o mosteiro no início da década de 1960, havia 65 irmãs; agora, restavam apenas 25. Mas havia uma grande sensação de atemporalidade na irmã Lucie quando ela diminuía a importância do declínio; para ela, era apenas a roda dos tempos, e, no esquema mais amplo das coisas, um dia, talvez dali a cem anos, talvez menos, o mosteiro prosperaria como comunidade novamente.

Dentro da casa de hóspedes, meu quarto era simples, de paredes caiadas, com uma pia em um canto, uma mesa e um crucifixo feito de gravetos na parede sobre a cama, que, cheia de cobertores empilhados sob uma colcha, dava a impressão de que já havia alguém dormindo nela.

Quando a freira perguntou de onde eu vinha, a resposta fácil sendo Londres, respondi:

– Do sul, perto de Salisbúria; a catedral tem o mais alto pináculo da Europa.

Ela me olhou fixamente, como se eu tivesse dito algo errado.

– Qual é a altura do pináculo?

– Ahn, bem, para ser honesto, eu não sei, mas é muito alto.

Ela riu. A irmã Lucie também sabia ser travessa.

– O jantar será às sete horas – disse ela, colando um adesivo dourado em meu passaporte. – Estaremos na mesma sala, mas separados.

– Claro – respondi. – As senhoras atrás de uma grade.

Ela sorriu.

– *Nós* preferimos pensar que são *vocês* que estão *atrás* da grade.

No jantar, fui acompanhado por Melanie, uma divorciada que estava tendo dificuldades para enfrentar sua situação e havia procurado a tranquilidade do mosteiro por alguns dias; enrolada em um grande casaco acolchoado com colarinho e punhos de pele, ela parecia ter a mente em outro lugar. Ficou surpresa com a ideia de minha caminhada até Roma. Mas sua surpresa deu lugar a espanto quando testemunhou a velocidade com que ataquei a comida, depois que a irmã Lucie fez a oração. Mal parando para respirar, agarrei o pão, enfiei dois ovos na boca, engoli uma tigela de sopa e, sem remorso, perguntei se era possível repetir. O risoto recebeu o mesmo tratamento, uma garrafa de vinho desapareceu, assim como o queijo e a sobremesa depois. A irmã Lucie deu risada quando levei meus pratos para a copa.

– Estes são para lavar também? – Eu os havia limpado de qualquer resto de comida, de tão esfomeado que estava.

Parei em Thérouanne na manhã seguinte para um café. Sentado junto à janela da cafeteria, com o sol finalmente começando a aquecer o dia, não pude deixar de pensar comigo mesmo como a caminhada estava se tornando uma experiência solitária; não havia ninguém mais em volta. Eu estava sempre em movimento, um constante estar apenas comigo mesmo, mas para qualquer outra pessoa que me encontrasse era apenas um momento de passagem, aqui um minuto, de partida no próximo. Levantei-me para pagar.

– Você é um peregrino? – a velha senhora perguntou.

– Sim – respondi –, a caminho de Roma.

– Ah, muitos como você passam por aqui – ela comentou.

– É mesmo?

Nisso, ela apontou para a silhueta inconfundível de um homem com uma mochila que obscurecia momentaneamente a janela. Corri para alcançá-lo.

– *Vous allez où, M'sieur**? – gritei para o outro lado da rua.

– Poderia falar em inglês, por favor? Meu francês não é muito bom.

Só foi preciso um único carro para me fazer perceber que o meio de uma rua movimentada não era o lugar mais seguro para

---

* Para onde o senhor vai? (N. E.)

trocar simpatias. Alfredo era um médico de Turim, alto, magro e de barba grisalha. Com o tempo, eu viria a aprender a distinguir as diferentes nacionalidades pelo jeito como eles arrumavam sua bagagem. Italianos, por exemplo, não põem as coisas *dentro* da mochila; eles preferem pendurar tanto quanto possível do lado de fora: botas, toalhas, capas de chuva eram todos presos em alças e cintas ou simplesmente amarrados, dando-lhes a aparência de um funileiro itinerante que tinha algo para cada ocasião. Alfredo, que ia para Roma porque gostava de andar, não era exceção. Ele também havia ficado a noite anterior em Wisques, mas com os monges.

– Quanto você pagou? – ele perguntou, com um movimento da cabeça.

– Vinte euros, eu acho – falei, um pouco surpreso com a pergunta direta.

– Vinte euro?! Vinte euro?! – disse ele, surpreso. – Eu não pago *na-da* – continuou, fazendo um zero com os dedos para enfatizar a vitória – e eu como sem pagar também...

A reação de Alfredo, como eu viria a descobrir, não era incomum entre meus colegas peregrinos, muitos dos quais pareciam se orgulhar de obter o máximo pelo mínimo possível; isso me parecia um pouco errado, haja vista a hospitalidade que nos era oferecida.

Alfredo, porém, estava com pressa; ele tinha mais trinta quilômetros para percorrer naquele dia, enquanto me faltavam apenas vinte para chegar a Amettes, portanto ele decidiu seguir pela Brunehaut, que era agora uma rodovia frenética. Eu o aconselhei a pegar as estradas secundárias.

– Não – ele revidou. – Eu detesto o Pas de Calais, é muito deprimente. Só quero sair o mais rápido possível.

E assim nos separamos, sem sentimentos ruins, sem contratos rompidos. Observei Alfredo desaparecer a distância, com um bastão em uma das mãos, um guia na outra e uma mochila caótica balançando em suas costas. Nunca mais o vi.

Um carro passou de repente em alta velocidade. Não olhei para ele com inveja, mas com pena; o motorista com tanta pressa, para quê, eu me perguntei? Uma reunião muito importante? Eu sabia onde preferia estar.

O irmão Jo me disse que Camblain l'Abbé era um lugar pequeno – "você não vai ter dificuldade para nos encontrar". Dei duas voltas pela vila inteira e perguntei a três pessoas antes de achar a Escola João Batista de La Salle que, para os não iniciados, com seu mastro de bandeira, praça de armas e profusão de prédios de um só andar, parecia um campo do exército. No centro desse quadro de precisão militar, havia um bangalô com um pórtico em estilo italiano anexado toscamente à frente e pilares circundados de glicínias; vinte anos antes, aquela era uma fórmula conhecida para mim: tinha de ser um *quartel*.

Abri a porta em expectativa e entrei devagar; o saguão com papel de parede azul escuro de flor-de-lis era como um quarto de despejo espiritual, repleto de estátuas da Virgem, esculturas de Cristo e retratos de papas, cardeais e arcebispos. Havia um forte cheiro de cera de chão. Encontrei um sino de navio e toquei... " ding-ding!".

Sem um som, um homem miúdo de hábito preto apareceu de trás de um enorme Cristo segurando o Sagrado Coração. Ele usava um cachecol em volta do pescoço e um blusão para se proteger do frio.

– Sou o irmão Jo – ele sorriu. – Foi fácil nos encontrar?

Eu menti.

Passando por mais bustos de mármore e esculturas resgatadas, o irmão Jo me levou à enfermaria, que seria meu quarto para a noite. No caminho, ele explicou que a escola estava em férias, mas normalmente o lugar estaria animado com mais de duzentas crianças de nove a dezenove anos.

A enfermaria era um local peculiar. Limpo em um padrão clínico, como o nome poderia sugerir, tinha as duas camas arrumadas como para inspeção: cobertores empilhados, toalhas dobradas. Havia uma mesa, tediosa em sua arrumação perfeita, com um pote de lápis de colorir cor-de-rosa cuidadosamente apontados em um canto; ao seu lado havia um par de armários cinza com chave, com modelos de tanques e uma coleção de capacetes de exército em cima. As paredes eram decoradas com cartazes com conselhos de saúde, advertindo-me, principalmente pelo medo, a cuidar da boa saúde; em um sobre minha cama, um homem grande espirrava em um lenço. "Está gripado? Procure seu médico!", o aviso gritava, como Kitchener convocando para o serviço militar. Meu favorito, porém, foi ANIOS – uma cura miraculosa que tinha figuras do início do século XX alinhadas no alto de rochedos proclamando "Micróbios, aqui está o inimigo!". Soldados, cozinheiras, empregadas e homens de negócios, todos despejavam e, em alguns casos, disparavam baldes do "desinfetante sem cheiro" sobre bichos e insetos em fuga que pareciam ter pulado direto de um quadro de John Anster Fitzgerald, entre eles peste, pústulas malignas (eca), tísica galopante (argh), tifo, cólera, míldio e, claro, doença do pé e da boca. Eu me senti diminuído – aquilo era *hardcore*; o melhor que havíamos conseguido quando eu estava na escola era impetigo.

Ao lado de minha cama havia um grande balde de sementes; do lado de fora no pátio fechado, canários e periquitos voavam entre as paredes, doces criaturinhas, lindas e adoráveis também quando cantavam. Então, em uma mesa, notei que alguém havia deixado atenciosamente uma garrafa de vinho tinto e um copo; as coisas estavam melhorando.

A sala comum onde nos reunimos para o jantar mais tarde era uma utopia de sofás de couro e paredes revestidas de madeira cobertas de livros. Havia um fogo de lenha na grelha, e o cheiro de comida caseira vinha da cozinha ao lado; a sala tinha uma atmosfera senhorial que desmentia o exterior de concreto. Enquanto o irmão Jo se ocupava na cozinha, o padre Robin, um jovem sacerdote que já havia sido advogado, me recebeu. Ele agora ensinava latim e inglês. O irmão Jean, um homem de fala doce cujo talento era o desenho, juntou-se a nós. Ele havia servido com distinção no Líbano com os Caçadores Alpinos, a infantaria de montanha de elite do exército francês.

Depois que Robin fez a oração, nós nos sentamos para comer *fondue* de queijo com vinho da Alsácia, e a sala logo se encheu de risadas e dos crescentes laços de amizade. Eu sentia que estava na companhia de pessoas boas cujo amor por sua vocação na vida era muito tangível. Para eles, ensinar era um privilégio, como se tivessem sido selecionados entre toda a humanidade para uma tarefa especial.

Enquanto comíamos, comecei a descrever os mistérios da enfermaria em grandes detalhes; o irmão Jean, ouvindo com interesse, começou a sorrir, até que finalmente não conseguiu mais conter a risada, especialmente à menção dos lápis de cor; era ele, claro, o médico da escola. Mas era o irmão Jo quem mantinha o domínio do jantar, e não o padre, conduzindo a conversa habilmente para este ou aquele lado, como fazia com suas lições de catecismo ou de canto gregoriano, assegurando com afabilidade que a noite amistosa não descambasse para a desavença caso a conversa se desviasse para os pontos mais delicados da crença religiosa, como a existência do arcanjo Miguel. Bem alimentados, fomos dormir satisfeitos.

Gostaria, no entanto, de poder dizer que acordei no mesmo estado de espírito. Os canários começaram a cantar às 4h30 da manhã. Já não eram tão doces, belos e adoráveis naquela hora imprópria; minha vontade era poder enfiar a mão pela tela nas janelas. Relatei minha experiência ao irmão Jean durante o café da manhã, e ele sorriu com conhecimento de causa, acrescentando que aquela era uma penitência adequada pela minha descrição do quarto na noite anterior – não era surpresa que ele dormisse tão longe. Com o passaporte devidamente carimbado com uma grande insígnia barroca que encheu a página, era hora de minha partida.

Partir já estava se tornando uma violência emocional; a cada noite um lugar novo, uma amizade nascida em poucas horas intensas, apenas para serem jogadas como migalhas para os cães na manhã seguinte. Na maioria dos casos, eu nunca mais viria a encontrar meus hospedeiros. No pórtico, acenei em despedida, segui pelo caminho e virei à direita em direção a Arras.

1.938 quilômetros para Roma.

5

De Arras a Frières-Faillouël

> *"Bom dia; bom dia!", disse o General*
> *Quando o encontramos semana passada a caminho do front.*
> *Agora quase todos os soldados para quem ele sorriu estão mortos,*
> *E amaldiçoamos seu pessoal de porcos incompetentes.*
> *"Ele é um cara alegre", resmungou Harry para Jack*
> *Enquanto subiam penosamente para Arras com mochila e carabina.*
> *Mas, com seu plano de ataque, ele deu cabo dos dois.*
> Siegfried Sassoon, The General [O General], 1918

Não fui diretamente para Arras naquela manhã, como minha rota sugeria; em vez disso, atravessei campos de feno recém-ceifado, sobressaltando bandos de perdizes em meu caminho e abaixando-me pelo meio de árvores até chegar, por fim, aos portões do Cemitério Neuville-St. Vaast – e não, como seria de esperar, La Targette ou Roclincourt. St. Vaast é a morada de quase 45 mil mortos de guerra alemães.

Do lado de dentro, um gramado bem cuidado estendia-se diante de mim em todas as direções, marcado por filas de escuras cruzes teutônicas; em comparação com as lápides brancas quase alegres dos cemitérios dos Aliados, com suas roseiras e flores, essa clareira de dor parecia austera, quase deslocada e esquecida – talvez esse tenha sido o motivo de eu ter resolvido ir até lá. Fui seguindo pelas fileiras, passando por *Ersatz Reservists**, *Unterofftziers*

---

* Os *Ersatz reservists* (reservistas substitutos) eram uma reserva do exército alemão (como na Segunda Guerra Mundial) utilizada quando necessário para reforçar as unidades regulares e composta de homens não qualificados para o exército regular ou fortificações em iminência de guerra. (N. E.)

e *Kanoniers**; *Reinhards*, *Hermanns* e *Johanns*; judeus e cristãos, até finalmente encontrar quem eu tinha vindo procurar: Gregor Hämmerling, o mosqueteiro.

Não importa como Gregor morreu; eu, você, nós, só podemos imaginar. Era a data em que ele morreu que importava: 3 de maio de 1917. Ajoelhei na grama em frente ao túmulo e pensei no rapaz do telegrama abrindo o portão para atravessar o jardim portando a notícia da morte de um filho para uma família desavisada; primeiro descrença, depois dor, em um instante, rasgando a casa, dilacerando as paredes, golpeando portas e batendo em janelas, gritando, berrando e chorando, "meu filho está morto, meu lindo filho está morto!" – 3 de maio de 1917, a data em que meu tio-avô Walter foi morto, talvez a alguns metros de Gregor, possivelmente no mesmo ataque. Nunca saberemos.

Walter, um capitão dos Fuzileiros de Northumberland, tinha apenas vinte anos quando morreu. Sua história não é diferente da de muitos dessa geração, exceto que, diferentemente de Gregor, ele não tem um túmulo, é apenas um nome perdido entre incontáveis outros no memorial de Arras; sua lembrança, como um barco distante sumindo no horizonte, agora era pouco mais do que algumas fotografias envelhecidas em um álbum.

Tirei um punhado de papéis do bolso; uma fotografia de Walter olhou para mim: com uma bengala militar sob o braço, ele parecia tão elegante no uniforme de serviço do 5º Regimento de Infantaria, ou "*Fighting Fifth*", como seu regimento era conhecido. Embaixo, minha bisavó havia escrito o registro de guerra dele em letras redondas e caprichadas: ferido aos dezoito anos na Segunda Batalha de Ypres, combateu no saliente, esteve nas trincheiras na Batalha de St. Eloi, depois trauma de guerra. Tinha dezenove anos.

---

* Sargentos e artilheiros, respectivamente. (N. E.)

No final de 1916, de volta ao *front*, Walter foi ferido outra vez, agora pela explosão de uma bomba, mas, em março do ano seguinte, retornou à França para comandar a Companhia "Y", no Primeiro Batalhão, tendo comemorado seu vigésimo aniversário apenas duas semanas antes.

"Quo Fata Vocant" ou "Para onde o destino chamar" é o lema dos fuzileiros de Northumberland, e, no amanhecer daquele 3 de maio, o destino de fato chamou; ao atacar o Bois des Aubépines, "seu irmão... foi atingido na cabeça por um atirador logo depois de entrar no bosque", conforme escreveu o cabo Parker a lápis para meu avô, então capitão do Regimento de Middlesex, servindo mais adiante no pessoal de apoio da 114ª Brigada. Em seu diário naquela noite, ao receber a notícia da morte de seu irmão mais novo, ele escreveu "saí em meu cavalo, para pensar". Mais nada.

Quase cem anos depois, ser vencedor ou vencido é irrelevante; o tempo seguiu em frente, felizmente, e aqueles túmulos são agora um marco para "não esquecermos". Um carro passou, rompendo a paz por um segundo, depois nada, só silêncio; minha mão se estendeu pelas gerações e passei o polegar delicadamente sobre o nome de Gregor, as letras duras ao toque e o metal quente ao sol. Por um momento, segurei a barra da cruz e fechei os olhos.

Fiz uma oração, dobrei os papéis e me levantei para ir embora. Encaminhando-me para os portões, passei pelo túmulo de um soldado judeu e, como é o costume, coloquei uma única pedra sobre ele.

Arras é notável porque, dada a destruição que sofreu em ambas as guerras mundiais, foi quase totalmente reconstruída sem marcas ou sinais. É uma cidade majestosa de avenidas largas, praças secretas, pátios elegantes e ruas íntimas, que faz lembrar partes de Paris. Naquela tarde, a cidade estava movimentada e eu me entusiasmava com a perspectiva de minha primeira noite de sábado na

França, principalmente porque domingo seria um dia de descanso para mim. A primeira parada era para obter o carimbo de meu passaporte; nunca senti que havia de fato chegado a algum lugar antes de fazer isso.

Tinha sido um dia longo, o primeiro realmente quente, quando subi os degraus da Catedral St. Vaast. Como não encontrei ninguém por lá, fiquei um pouco frustrado – a gente tende a ficar assim no fim de um dia carregando nos ombros tudo o que possui –, então dei uma olhada pelo lugar até me deparar com uma pequena loja enfiada em uma antiga capela lateral. A senhora atrás do balcão estava envolvida em uma conversa com um velho gay francês em busca de um suvenir. Pacientemente, esperei minha vez, inclinando-me para frente e apoiando todo o peso de minha mochila sobre o cajado.

Seguiu-se uma longa conversa sobre as muitas publicações nas prateleiras: quais valiam mais a pena, quais tinham as melhores fotografias, e assim por diante; os comentários eram recebidos com exclamações de "ah, *não diga*" e "que *lindo*". A princípio, ouvi pacientemente, mas, quando o peso em minhas costas começou a me pressionar e o tempo ia passando, meus pensamentos tornaram-se progressivamente menos cristãos. Mantive a calma, oferecendo alguns olhares malévolos em vez disso. Por fim, alguns cartões foram comprados, e a senhora os colocou em uma sacola e carimbou.

– O que é isso?

– *Isso* – ela anunciou – é o *carimbo* para os Passaportes dos Peregrinos; Arras fica no caminho para Compostela.

Gemi quando se seguiu uma curta preleção sobre Santiago, após a qual, com um gesto vago, o homem foi embora.

– O que *você* quer? – a madame perguntou, olhando-me com desdém.

– Um carimbo.

– *O quê?*

– Um carimbo em meu passaporte – respondi sem paciência.
– Sou um peregrino.

– Ah, sim, Compostela?

– Não, Roma – omitindo o comentário de que "é duas vezes mais longe"; ela de repente amoleceu, sorriu, carimbou meus papéis e me deu um guia gratuito; eu me senti bastante envergonhado.

Mas meu dia de descanso mostrou-se qualquer coisa, menos isso; no início da tarde de domingo, senti-me tomado por uma vontade insaciável de voltar à estrada. Era como se a Via Francigena fosse agora minha vida e alma, sem a qual eu me sentia nu, vulnerável. Com tudo o mais parecendo uma irrelevância, a estrada me chamava como uma voz distante, sussurrando gentilmente em meu ouvido, "Roma... Roma... Roma!".

O cinza e o frio retornaram na segunda-feira de manhã quando parti. Tempo bom para caminhar, o melhor, pensei, enquanto saía à rua, com a respiração prendendo no ar. Fora de Arras, o campo estava mergulhado em uma névoa profunda, a temperatura caiu, e um vento impiedoso vindo do norte chicoteava minhas costas. Com a visibilidade de menos de cem metros, peguei a estrada principal, pretendendo ser mais rápido, mas acabei esbofeteado pelos respingos dos caminhões. Gelado, molhado e envolto em uma paisagem macabra de sons abafados, exceto pelo "*uuush*" espectral dos trens que passavam e desapareciam, havia pouco em que me concentrar além dos poucos metros à minha volta. O dia ficou escuro, cheio de pensamentos sombrios, como se eu estivesse preso em um réquiem inescapável enquanto cada um dos tristes cemitérios e memoriais solitários que eu saudava ao passar rasgava meu coração. A tristeza se instalou rapidamente sobre meus ombros quando a solidão, que vinha me perseguindo há dias, finalmente me alcançou e atormentou minha alma.

Encapuzado como um monge coberto, segui no melhor passo que pude pelo Artois, um vazio estéril aparentemente desprovido de vida, onde a humanidade havia voltado o rosto para a parede.

O Castelo de Morchies, perto de Bapaume, foi meu salvador naquela noite. Ensopado até os ossos, no momento em que atravessei seus recém-construídos portões palacianos, eu estava cada vez mais confuso e atordoado, sem condições de ver ou ser visto por qualquer pessoa, e um princípio de hipotermia fazia de tudo para se apossar de mim. Um funcionário obsequioso abriu a porta. Conduzido por salas onde pude deixar as botas molhadas, por corredores com as paredes forradas de citações familiares para a Legião da Honra e retratos de reis, rainhas e políticos, e por salas de refeições com aromas sedutores em cujas paredes havia gravuras de Napoleão, fui levado a um quarto aconchegante com uma cama marquesa enfiada em um canto.

Mas, apesar dessa imagem de herança atemporal, o castelo era, como a maioria dos prédios da área, um relativo impostor. Construído em um só nível, o lugar tinha uma atmosfera bastante discreta e cavalheiresca. O exército do kaiser destruiu a construção original do século xix, com torres e vários andares, quando se retirou para a Linha Hindenburg, em 1917.

Cansado de um dia que havia se abatido sobre mim, assim que o funcionário saiu eu me enfiei em uma banheira e fiquei lá até sentir o retorno de uma aparência de normalidade. Tinha o lugar só para mim; meu anfitrião, que, ironicamente, estava fazendo uma caminhada na Espanha na ocasião, mais tarde telefonou do meio da chuva para brincar que estava desfrutando de condições igualmente agradáveis.

Enquanto cozinhava o jantar, vasculhei a cozinha à procura de uma bebida. Eu precisava de um drinque. Não era possível, raciocinei, estar em um castelo francês onde vigorasse a lei seca. Como o pior dos hóspedes, portanto, comecei a procurar álcool em todos os armários e todos os cantos. Já estava a ponto de desistir de toda esperança quando, por fim, enfiada no fundo de uma gaveta, avistei uma garrafa antiga de conhaque de cozinha. Atirei-me sobre ela como uma criança em uma loja de doces, mas meu entusiasmo de chegar ao líquido era tanto que puxei a rolha com força demais e ela se partiu. Desastre. Então remexi todas as gavetas em busca de uma rolha avulsa. Nada. Enrubesci como um menino que é pego fazendo algo errado; a rolha estava partida e minha transgressão não poderia ser disfarçada. Servi-me um copo grande, seguido por mais uma dose em meu chá e outra igualmente generosa na sopa. Senti-me melhor quase imediatamente. Mais animado, cobri a cama com todos os cobertores que pude juntar e busquei o santuário do sono.

*

O Castelo de Frières-Faillouël, a 460 quilômetros do começo de minha viagem, era um bonito prédio de tijolos vermelhos com acabamentos de arenito e um telhado inclinado, caprichado, mas não espalhafatoso, de linhas comedidas e de bom gosto. Ficava diante do memorial de guerra entre as cidadezinhas de Frières e Faillouël, emoldurado por um par de pilares altos, acima dos quais pendia uma grande insígnia familiar.

A passagem entre os portões e pela entrada de cascalho proporcionava uma chegada majestosa; malcheiroso e malvestido para a grandiosidade do local, fui para a porta dos fundos, em vez da porta da frente, que se erguia sobre aquele idílio gaulês no alto de uma longa escada como um mordomo orgulhoso. Eu tinha chegado incomumente cedo; toquei a campainha repetidas vezes, sem resposta, até que, por fim, uma cabeça espiou pela lateral de uma grande sebe de faias ao lado.

– O senhor é o peregrino? – a moça perguntou. – Charles Edouard está fora, em campanha. – Mas, antes que minha imaginação pudesse conjurar imagens de sabres, cavalaria e tambores em marcha, ela logo me lembrou de mais uma eleição nacional dali a dez dias; os franceses devem ficar tão entediados de tanto votar, que eu me compadeci. Assim, foram Nathalie, a criada, e Fouquet, um terrier de pelo duro, que me receberam; Fouquet achou que eu tinha o cheiro perfeito.

Descemos aos estábulos e, entre meus dois acompanhantes, fiz um tour pelo jardim da cozinha – com Fouquet sempre desaparecendo entre as sebes. Não demorou para que o pátio ecoasse o som de cascos, quando Cecilia, esposa de Charles Edouard, entrou, vinda do bosque como Ártemis da caça, com seu cavalo baio castrado reluzente e suado; pitoresca e elegante, ela não demonstrava nenhum sinal do galope evidentemente longo.

Ela desmontou, deixou o cavalo com Nathalie e nós caminhamos de volta ao castelo para nos sentarmos sob um plátano frondoso e beber limonada fresca. Não pude deixar de notar como os tijolos do prédio pareciam novos.

– Mais ou menos – Cecilia respondeu. – Este, na verdade, é o terceiro castelo neste local; o original foi queimado pelos prussianos em 1870. Depois, em 1917, os alemães encheram o segundo castelo de explosivos, estacionaram dois obuses do lado de fora do portão, no lugar onde o memorial de guerra está agora, e o explodiram em pedaços. A avó de Charles Edouard reconstruiu o prédio na década de 1920 e, incrivelmente, ele sobreviveu à Segunda Guerra Mundial, apesar de a Luftwaffe* tê-lo usado como base aérea.

Olhei além do pátio para cercados de cavalos e campos cobertos de trigo até o bosque a distância; era difícil imaginar qualquer avião pousando por ali.

Fui levado a um quarto arejado com papel de parede Toile du Jouy vermelho e um banheiro do tamanho de um galpão de locomotiva que dava para o exterior. As portas e os assoalhos polidos rangiam de modo acolhedor, enquanto a água saía em um fio da

---

* Termo alemão que significa literalmente "arma aérea" e é comumente utilizado para designar a força aérea alemã. (N. E.)

torneira como se tivesse de ser buscada no Hades; levei uns bons quinze minutos para encher a banheira.

Não havia nada pretensioso no castelo. Ele tinha a atmosfera de um lar muito amado; em tudo havia uma história para contar. Eu estava admirando um busto de mármore de um marechal do exército no alto da escada quando Charles Edouard colidiu comigo; ele era alto, de cabelos grisalhos rebeldes e trazia um sorriso permanente.

– Meu ancestral, Alexandre – disse ele. – Teve uma vida e tanto. Foi um oficial muito admirado na artilharia, salvou o dia para Napoleão em Wagram, combateu os britânicos na Guerra Peninsular e foi nosso embaixador na Rússia. Também foi capturado pelo prussiano Blücher em Leipzig. Mas sua decisão mais inteligente, ao contrário de outros que voltaram para Napoleão, foi permanecer leal a Luís XVIII durante os Cem Dias; em dois anos, o rei o nomeou marquês de Lauriston.

Charles Edouard convidou-me para acompanhá-lo ao jardim, que era sua maneira de relaxar do cansaço das reuniões com eleitores. Enquanto caminhávamos e conversávamos, percebi que as pessoas eram tudo em que o marquês realmente pensava ou com que se importava; ele portava seu título com um grande senso de responsabilidade, vivendo e respirando para a comunidade da qual era prefeito havia mais de trinta anos.

– Estamos aqui há mais de três séculos, este é o nosso lar – disse ele quando perguntei se ele nunca pensara em voltar para as propriedades de sua família na Normandia, onde o risco de ser deposto, por mais remoto que pudesse ser agora, era certamente menor. – Mas, sabe, Harry, as pessoas aqui têm muitas cicatrizes da guerra; é muito profundo em nossa memória... – A conversa foi interrompida por um som de galhos quebrando entre as árvores enquanto dois meninos surgiam do meio dos ramos pesados e passavam velozmente em suas bicicletas em um borrão de pedais e correias. "Boa noite, papai!", gritou seu filho Erik. Charles Edouard gritou em resposta a ele, mas a dupla já havia desaparecido em um labirinto de sebes. – ... e talvez só agora que essa geração está crescendo – ele apontou na direção em que as crianças tinham desaparecido – as cicatrizes finalmente fiquem para trás.

O chamado de Cecilia anunciou que o jantar estava pronto e, em um amplo círculo, retornamos lentamente para o castelo. No salão decorado com galhadas, olhando à sua volta, Charles Edouard sorriu com expressão pensativa.

– No fim da Primeira Guerra Mundial, um coronel alemão pôs em engradados o conteúdo de nossa casa e despachou-os para sua própria casa, mas não pagou os dois soldados que fizeram o trabalho. Minha mãe os encontrou, foi atrás do coronel e trouxe nossos bens de volta. Por esse ato, o coronel foi sentenciado à morte, *in absentia*, porque já tinha fugido para a África. Ele sobreviveu.

Seguiram-se, como um tour em um museu particular, descrições singulares do que havia viajado para longe contra a vontade de sua proprietária: relógios, bronzes, retratos, mesas e candelabros; o coronel tinha sido diligente em suas escolhas.

Antes de nos sentarmos para comer, Charles Edouard mostrou uma velha fotografia em preto e branco; mais ou menos do tamanho de uma carta de baralho, ela estava dobrada em um dos cantos. Era a foto de um jovem oficial alemão de aparência arrojada, em uma jaqueta de couro preto de piloto com a Cruz de Cavaleiro no pescoço. Usava seu quepe de serviço em um ângulo jovial; cheio de estilo, ele me lembrou de imediato Marlon Brando em *O selvagem*.

– Este é o major Theodor Weissenberger. Um dos maiores ases de caças da Luftwaffe; ele comemorou seu abate número duzentos na Segunda Guerra Mundial, com seus colegas oficiais, aqui em nossa sala de jantar.

Comemos em esplendor, à luz de velas, em uma das extremidades da longa mesa de jantar. Havia quadros de couraceiros, ancestrais de rosto sério, grupos de caçadores e veados desafiadores nos observando enquanto Charles Edouard, com suas maneiras corteses e naturalidade amistosa, desculpava-se por sua família ter estado tradicionalmente em desavença com os ingleses.

– Somos, na verdade, de ascendência escocesa; meus antepassados eram banqueiros, os Law de Lauriston, onde possuíamos propriedades. Foi John Law, talvez um pouco adepto demais dos jacobitas para o seu próprio bem, que se estabeleceu na França. Em 1694, ele foi desafiado para um duelo na Bedford Square por um homem chamado Wilson, pela afeição de Elizabeth Villiers, que havia sido por um tempo amante do rei Guilherme. Ele matou seu desafiante com um único golpe de espada, foi sentenciado à morte por enforcamento, mas fugiu para Amsterdã. Acabou se associando a Filipe de Orléans, que, como príncipe regente, o nomeou controlador geral das finanças para restaurar a riqueza nacional depois que o país foi à falência por causa do belicista Luís XIV. Ele se saiu muito bem, na verdade. Foi um dos primeiros defensores da flexibilização quantitativa e imprimiu muito papel-moeda, até ter a ideia da Companhia do Mississippi, que se aventurou em um nível de comércio muito além de suas possibilidades e sofreu um colapso simplesmente enorme. Os tumultos em Paris foram tão generalizados e violentos que ele teve de fugir vestido de mulher. Falida, minha família estabeleceu-se e prosperou por algum tempo na Índia, em Pondicherry, nos territórios de possessão francesa, até que Jacques, que você conheceu na escada, voltou para a França, em um trajeto um tanto tortuoso. Mas, Harry – ele riu –, esses dias estão muito distantes agora!

Pouco antes de nos retirarmos para dormir, Charles Edouard anunciou que tinha de ir a Laon na manhã seguinte.

– Gostaria de uma carona? – Foi uma oferta sincera, bem-intencionada, que, de certa forma, sublinhava como era bizarra a ideia de caminhar qualquer distância nestes tempos modernos.

– Você é muito gentil – respondi –, mas realmente preciso fazer o caminho inteiro até Roma a pé.

1.810 quilômetros para Roma.

6

De Laon a Villiers-Franqueux

> *Nunca me canso de grandes igrejas.*
> *É meu tipo favorito de paisagem de montanha.*
> *A humanidade nunca teve uma inspiração tão feliz como quando construiu catedrais.*
>
> Robert Louis Stevenson, *An Inland Voyage*
> [Uma viagem pelo interior], 1877

Ainda não sei bem o que deu errado no dia seguinte: levei uma eternidade para percorrer os 47 quilômetros até Laon. Entrei na cidade me arrastando, como um vagabundo patético, exausto, sedento, queimado e retorcido. Se me tivessem dado uma passagem de volta para casa naquele momento, eu a teria pego; amaldiçoei a catedral na colina acima de mim.

A salvo dentro do santuário de um quarto de hotel com cheiro de mofo, fui para o chuveiro, onde a emoção finalmente se abrandou e eu desabei como um saco vazio no chão. Em que aventura doida eu havia me metido? Nunca me sentira tão solitário, tão fraco e, no entanto, confessar isso depois de toda a festa de despedida três semanas antes teria sido uma admissão de derrota inconcebível. Eu tinha partido sozinho e tinha de me conciliar sozinho com o fato de que não havia alternativa a não ser continuar até Roma; um retorno prematuro não era uma opção.

Conforme a água quente fluía sobre mim, a vida também começou a se infiltrar de novo em minha alma esgotada. Devo ter ficado ali por uma hora ou mais, até sentir confiança para sair. Cuidei das bolhas, fiz curativos nos cortes e massageei o corpo para que ele voltasse a ter a sensação de existência; gradualmente, minha vontade retornou. Olhei outra vez para a catedral; de modo algum eu seria derrotado por aquele prédio, por mais intimidador que ele tenha me parecido naquele momento. Agarrei meu cajado, saí do quarto e tomei a direção dos degraus que levavam ao cume cem metros acima.

Tamanho era o fervor pelo cristianismo na França durante a Idade Média que havia umas duzentas pessoas para cada igreja construída; os franceses escavaram pedras para sua adoração a Cristo entre os séculos XI e XIV mais do que em toda a história do Antigo Egito.

A Catedral de Laon, ou Notre-Dame de Laon, iniciada em 1160, foi uma das primeiras catedrais construídas em estilo gótico. Essas estruturas complexas, cujas torres pareciam tocar os céus, com janelas ornadas, tetos em abóbada e arcobotantes, eram os Estádios de Wembley, os Campos de Críquete de Melbourne e o Memorial Coliseum de Los Angeles de seu tempo: enormes templos para o culto de Deus, projetados para acomodar milhares de pessoas, tão impressionantes de se admirar na época quanto hoje.

Ao chegar ao alto do platô de Laon naquele fim de tarde, foi como se toda a Picardia estivesse estendida à minha frente. Até onde os olhos podiam ver, havia ferrovias, estradas e campos, uma paisagem tão grande que a sensação era de que quase se pudesse ver a curvatura da própria Terra. Eu tinha observado a catedral ficar cada vez maior enquanto serpenteava em meu trajeto pelo campo naquela tarde, mas foi só ao virar em uma curva que fui assombrado por toda a sua magnitude; então me dei conta da incrível obra de arquitetura que era Notre-Dame de Laon; sua beleza me fez parar, espantado.

Esse foi um momento definitivo. A peregrinação, que era o único propósito de minha vida na época, de repente tornou-se clara;

aquela catedral, um monumento à glória de Deus em todas as suas formas, exsudava o poder da Igreja: para qualquer peregrino na Idade Média, independentemente de sua posição social, ela deve ter sido uma visão avassaladora. O cristianismo daquele tempo não era o show secundário e enfraquecido de hoje: ele ditava o ciclo do dia, o padrão da semana e a mudança das estações como algum programa de computador que controlasse tudo; era a ferramenta pela qual monarcas governavam, assegurando que seus súditos pagassem seus tributos e andassem na linha. Em suma, o cristianismo era a vida, e construções enormes como Notre-Dame de Laon eram declarações poderosas e duradouras na paisagem, para o caso de alguém ousar se esquecer. Assim, ser apresentado pela primeira vez àquele monumento colossal no alto de uma colina, que se elevava da planície da Picardia como um cervo saltando, devia ter sido, naqueles dias longínquos, um momento especial para qualquer peregrino, quanto mais para um que tivesse caminhado até lá desde Londres. Eu também parei ali à sua vasta sombra e olhei para cima com espanto, pois, mesmo séculos depois, eu também estava atordoado e sem fala pela impressionante beleza à minha frente.

Sir Nikolaus Pevsner, o famoso especialista em arquitetura, escreveu que os exteriores das catedrais góticas do final do século XII e começo do século XIII eram desenhados para estar em perfeita harmonia com seus interiores, mas poucas eram finalizadas de acordo com o plano, a não ser Notre-Dame de Laon, a única que dá uma verdadeira ideia de como se pretendia que uma catedral fosse, provavelmente porque, iniciada no começo do período de construção de grandes catedrais no fim do século XII, teve a sorte de ser concluída antes da Guerra dos Cem Anos, que resultou em escassez de recursos e mão de obra habilitada e no fechamento de um grande número de oficinas e ateliês.

Circundei a catedral por uma boa hora, maravilhando-me com sua magnificência. Em todos os lados, havia um enorme conjunto de vitrais. Em cada elevação, havia algo novo para admirar: gárgulas na forma de hipopótamos e rinocerontes alados, raposas, onças, leões e figuras grotescas de língua pendente. Mísulas com duendes e bestas adornavam torres em que vacas e bodes destacavam-se de camadas de galerias de pilares, e, por fim, três grandes portas com maciços contornos esculpidos, talhados com cavaleiros, bispos, anjos, santos, apóstolos e o próprio Cristo no centro, atraíam os passantes como a boca aberta de alguma baleia monstruosa.

Mas o que me fez refletir ainda mais foi que, se eu fiquei tão impressionado com aquela grande construção agora, o que meus antecessores medievais deviam ter pensado? Comecei a imaginar como, ao retornar, eles se sentariam em pousadas, hospedarias e lares enfumaçados contando com emoção suas experiências pelas terras e que aquela catedral, de todas que haviam visto, estaria ali em um pedestal especial. Notre-Dame de Laon foi, muito possivelmente, a construção mais maravilhosa que eu já tinha visto até aquele momento.

Virei-me e, quase imediatamente, oscilei para cima de um homem com um bigode enrolado e largo demais para o seu rosto; talvez notando que eu estava precisando me sentar, ele me conduziu a seu restaurante e me instalou em uma mesa que dava para a catedral, agora iluminada e se destacando com orgulho contra o céu noturno.

Didier, sem recorrer ao cardápio, começou a me encher de comida, começando com *une pelle Thiérachienne*, um prato de variedades locais: um punhado de *cassoulet*, batatas, bacon e uma *tarte au maroille* que, apesar de crocante e apetitosa, cheirava como se estivesse me dizendo para deixá-la de lado. *Roti du porc moelleux à la bière du garde* (literalmente, porco assado embebido em cerveja de guarda) veio logo em seguida, acompanhado de jarras generosas de vinho tinto. Não demorou para que todos os outros clientes fossem

Notre-Dame de Laon
...parei ali à sua vasta sombra e olhei para cima, com espanto...

embora e Didier, dando uma olhada furtiva para se certificar de que a costa estava limpa, começasse a tocar música de gaita de foles bastante entusiasmado, o que, soando ruidosamente pela pequena praça, pareceu, por alguma razão insondável, inteiramente apropriado. Apesar dos 32 quilômetros na agenda para o dia seguinte, meu anfitrião foi irredutível em não me deixar sair sem que fizéssemos um brinde com sua *eau-de-vie* feita em casa, servida de uma grande garrafa de gim Hendrick's em formato de frasco de farmácia; hesitei a princípio, até ser repreendido por um grito de *"chacun à sa croix!"**. A catedral estava escura quando finalmente saí; um letreiro luminoso em uma farmácia marcava 21 graus. Não tenho nenhuma lembrança de minha descida de volta à base da colina.

    Levantei cedo na manhã seguinte; dali em diante, a única maneira de cumprir a tarefa seria completar a maior parte do trajeto antes do meio-dia. Subi a colina para uma última visita à catedral.

    Ao chegar ao topo, o sol mal havia aparecido e o ar já estava quente. Caminhei mais uma vez em volta da construção colossal. Não havia nenhuma alma por perto e, com alguma ansiedade, empurrei a grande porta vermelha, que, para minha surpresa, abriu. Eu tinha o lugar só para mim.

    Lá dentro, tudo estava quieto. Nenhum som, o ar fresco e parado. Olhei por toda a extensão da nave até o coro no outro extremo e então, em um canto distante, ouvi um leve ruído. Ansioso pelo carimbo em meu passaporte, segui o som e encontrei um homem velho e enrugado, usando um boné de tecido e carregando uma bela bengala polida, uma Malacca marrom brilhante com um punho redondo. Ele se ocupava em trocar as velas nas capelas laterais. Sua respiração doce de vinho já àquela hora recebeu-me em um tom suave e assobiado, "venha, senhor, veja esta catedral magnífica! Vou lhe

---

* *Chacun à sa croix* (cada um que carregue sua cruz): provérbio francês originado do evangelho de Mateus. Significa que cada um é responsável pelos seus atos. (N. E.)

mostrar seus segredos", e, assim, ele me levou para um dos cantos.

– Olhe para esta coluna – ele instruiu, enquanto dava uma batidinha nela e a pedra respondia com um som metálico de sino, profundo e ressoante.

Olhei para ele com descrença.

– É oca?

– Não, senhor, é sólida, uma só peça. – Dessa vez, eu bati e ele ressoou outra vez no silêncio. – Ela foi extraída no sentido dos veios e, por ser em uma só peça, ressoa como um sino. Não é oca, eu garanto – ele riu.

Ele me levou para outra coluna do outro lado do corredor, na qual também deu uma batidinha – nada, só um som seco.

– Está vendo? Esta foi cortada em dois, mas aqui... – ele levou sua palma para outro grande pilar e – ... bonggg! – a pedra ressoou mais forte e mais profundamente, com uma sonora nota de baixo.

No final da área do coro, ele apontou para a abside quadrada, "como eles têm em York e Colônia; todas as outras catedrais têm extremidades arredondadas e aqui, veja as cores vibrantes". Como Merlin com sua varinha, ele apontou a bengala para cima, indicando os resquícios dos afrescos que, no passado, haviam circundado o Grande Vitral em Rosácea.

– Nos velhos tempos, toda a igreja devia ser decorada assim e, onde não havia afrescos, havia tapeçarias penduradas.

Caminhamos sobre túmulos de mármore, alisados pelo tempo, até chegarmos a uma pequena capela lateral retirada do mundo.

– Veja! – Ele fez um sinal para que eu olhasse para cima, no canto do teto, onde um pedreiro havia entalhado uma minúscula figura, "uma sereia" – sua voz doce e musical, quase enfatizando a beleza da sereia medieval sinuosa. Quando saímos ao sol brilhante, os sinos tocaram a hora; o velho sorriu, me deu um tapinha no braço e disse:

– Boa viagem a Roma!

Saindo de Laon, a paisagem passou por uma mudança considerável; a planície deu lugar a colinas, tijolos vermelhos, calcário branco, ardósia cinza, telhas curvas, e os cães ferozes que tinham latido para mim desde Calais agora pareciam satisfeitos em cochilar ao sol. A vida parecia menos rebuscada e, de um modo geral, mais tranquila.

Vinhedos começaram a aparecer com regularidade crescente, e eu encontrei os primeiros mosquitos do verão nos bosques em volta de Corbeny, no passado um lugar de grande importância para os reis e rainhas recém-coroados da França. No dia seguinte à coroação na vizinha Reims, eles faziam uma peregrinação ao santuário de São Marcoult e lá agradeciam pelo "toque real" que, segundo a crença, podia curar escrófula.

Já era final de maio e a terra, como uma gigantesca barraca de mercado para a admiração de todos, estava em seu melhor momento. Ao atravessar o rio Aisne, porém, tomei consciência de um novo fenômeno: catedrais dos tempos modernos que agora salpicavam os campos. Igualmente grandes, os altos silos de grãos, em comparação a seus equivalentes eclesiásticos, eram uma interrupção deselegante e brutal, e, pior, espalhados agora por todo lado.

*

Quando Hélène Spanneut, ou "LN", como ela se denomina, não está abrigando peregrinos empoeirados em sua casa em Villiers--Franqueux, ela pode ser encontrada quase sempre a centenas de metros do chão, no céu, dedicando-se à sua paixão como recordista mundial de balonismo de ar quente. Era difícil imaginar aquela figurinha miúda lidando com cordas, manejando tanques de gás e transportando cestos repletos de passageiros aos sessenta e poucos anos, mas, por trás de sua aparência sorridente, espreitava uma personalidade corajosa com uma vontade de ferro.

A abordagem de LN para tudo é fundamentada em disciplina. Logo depois de eu ter sido recebido por seus cachorros, Djinn e Shannon, fui chamado à cozinha com um "Venha, peregrino" que teria causado inveja a qualquer sargento. Ela não estava para brincadeiras – bem, pelo menos não naquele estágio da viagem.

Para LN, a peregrinação representava um desafio da mesma maneira que o balonismo. Ela trocava altitude por peso, planejamento do vento por planejamento da rota e, como se esperaria de uma recordista mundial, era enciclopédica em seu conhecimento e meticulosa em suas pesquisas. Conhecia tudo, o que era bom para mim, já que, ao sul de Reims, eu estava em território desconhecido.

Depois de eu ter tomado banho, LN apareceu com um punhado de livros, mapas e roteiros.

– Siga a GR 654, os trechos não são tão longos e o caminho é mais agradável e, veja, há muitos lugares para ficar. Eu disse o mesmo a Alain ontem.

Então meu amigo de Cantuária, de quem eu não ouvia falar há algum tempo, ainda estava um dia à frente e, aparentemente, com boa disposição; as notícias de boca a boca ainda eram o método atemporal pelo qual os peregrinos ficavam sabendo do progresso uns dos outros.

Ouvimos o ruído do cascalho na entrada quando o marido de LN, Alain, voltou de Reims, onde o casal ajudava a administrar o escritório que registrava e atendia as necessidades dos peregrinos que vinham visitar a catedral. Homem grande e barbudo, Alain me serviu uma taça de vinho de nozes caseiro para bebermos sentados no jardim. LN surgiu da cozinha com uma grande travessa e, enquanto nos servia, explicou que ia encontrar uns amigos em Lausanne dentro de quatro semanas para completar sua própria viagem para Roma; a julgar pelo seu avanço atual desde Cantuária, eles estavam viajando depressa e, sem dias de descanso, planejavam chegar a Roma no começo de agosto.

De manhã, LN saiu comigo para Reims, com Djinn e Shannon

sempre desaparecendo atrás de coelhos, faisões ou veados. Curioso, perguntei a ela sobre o balonismo; à mera menção da palavra *"Montgolfier"**, seus olhos se iluminaram.

– Tudo começou uns quarenta anos atrás, em um pequeno encontro de balões perto daqui, e, para mim, foi *"coup de foudre"*, ou, como você diz, "amor à primeira vista". Comecei como navegadora para o projetista do balão, Jacques Bernardin. Juntos, vencemos os campeonatos nacionais franceses e trabalhamos com Don Cameron, o balonista britânico. Então encontrei um maravilhoso parceiro de balonismo, Michel Arnould. Ele tinha tanta determinação, tanto caráter. Com ele, decidimos ir atrás de recordes, não de corridas.

Minha mente vagueou de volta para o escritório dela: paredes de troféus e fotos de uma bela jovem parecida com Farrah Fawcett ao lado de um homem *sportif* barbudo e bonito, cercados de certificados e lembranças; como objeto de destaque sobre sua lareira estava o capacete que Michel tinha usado quando ganhou o recorde de altitude em um balão de cesto aberto. Sem parar para respirar, ela prosseguiu:

– Era tão empolgante, nós éramos revolucionários; festejados como pioneiros da aviação, vivíamos para o esporte, cruzando o Mediterrâneo, o Canal da Mancha, e quebrando recordes de distância e resistência também. Mas, engraçado, o caso mais famoso foi uma manhã em 1986, quando meu balão ficou preso nas torres da Catedral de Reims. Demos sorte, só saímos do cesto e descemos as escadas, mas *uh la la*!, leram sobre isso até em Nova York!

Então seu entusiasmo se dissipou.

– Um dia, estávamos em um festival. Michel disse que queria voar em um desses novos ultraleves que estavam começando a aparecer. Ele era um piloto experiente, tinha licenças para balões, planadores e aviões de asa fixa, quer dizer, ele sabia o que estava

---

* Sobrenome dos irmãos inventores franceses Joseph-Michel e Jacques-Etienne, que construíram o primeiro balão planejado do mundo. (N. E.)

fazendo. Ele me disse, "segure meu uísque, eu só vou pegar essa máquina para um voo de teste, não mais do que uns rápidos cinco minutos". – Soube o que estava por vir. A voz trêmula dela, a mudança no tempo da narrativa e a visão fantasmagórica daquele capacete vazio. – Fiquei observando sua decolagem e foi a última vez que o vi; ele foi pego em uma corrente de vento para baixo, bateu em cabos de alta tensão e... buff! Michel morreu instantaneamente. Ah! Não se passaram seis meses da morte de meu parceiro de balonismo e meus problemas realmente começaram. Minha nossa! Tínhamos acabado de abrir uma empresa de fabricação de balões, mas, sem Michel, eu não tinha a menor ideia de como administrá-la. Tudo mudou; meu casamento se desfez e, com ele, foram-se minha vida social e minha empresa. Como eu era a proprietária, não tinha seguro-desemprego, nenhum benefício trabalhista, e, de repente, aqui estava eu nesta grande casa, com filhos, cachorros e nenhum centavo em meu nome. É aí que você descobre quem são seus verdadeiros amigos. Nos bons tempos é fácil, não é? Eu fiz uma lista de pessoas e liguei para o primeiro nome no alto da página. Ele me ofereceu um pequeno emprego em Paris e, dia a dia, comecei a me reconstruir. De algum modo, nós conseguimos. Mantive a casa e, alguns anos depois, conheci meu Alain – nisso, ela sorriu outra vez. – Aí está, seu caminho para Reims é direto em frente, Harry.

1.711 quilômetros para Roma.

7

De Reims a Epernay

> *Gentil Rei,*
> *Que seja feita a vontade de Deus,*
> *Que queria levantar o cerco de Orléans*
> *E trazê-lo a Reims,*
> *Receba seu manto sagrado,*
> *mostre que você é o verdadeiro rei*
> *E aquele a quem o reino deveria pertencer.*
>
> Joana d'Arc na coroação do rei Carlos VII, 1429

Em 17 de julho de 1429, Joana d'Arc, ou *La Pucelle*, a Donzela, tendo derrotado o exército inglês depois de romper o cerco a Orléans, conduziu o delfim à Catedral de Reims onde ele aceitou as esporas e a espada como Primeiro dos Cavaleiros, recebeu os símbolos da realeza e foi coroado Carlos VII, em um dos momentos mais emocionantes da história francesa. É irônico que, menos de um ano depois, Joana tenha sido capturada pelos borgonheses, comprada pelos ingleses, julgada em um tribunal fictício em Rouen e, aos dezenove anos, sentenciada à morte na fogueira sob a acusação de heresia. Mais seiscentos anos se passariam antes que ela fosse santificada.

Os baluartes calcários da catedral eram curiosas variações de bege. A enorme estrutura é uma obra em constante progresso, uma vez que as condições meteorológicas e o desgaste cobram seu preço; suas 2.300 esculturas e decorações, perpetuamente em diferentes estágios de deterioração, mantêm ocupado um exército de artesãos. Assim, a qualquer momento há partes da construção que parecem novas enquanto outras parecem perto da ruína.

Eu estava tomando uma taça de champanhe em um bar virando a esquina quando Jacques Bolelli entrou e pediu mais dois copos. Ele pediu desculpas porque o congestionamento na estrada vindo de Paris o havia atrasado. Trânsito, eu respondi com algum prazer, raramente era um problema para mim no momento.

Jacques é um mestre-artesão francês apaixonado pela conservação das mais antigas e individuais tradições de manufatura de seu país. De pontes levadiças e espingardas para tiro esportivo a urnas nos jardins de Versalhes, ele agora incluía o ateliê Simon Marq em seu repertório, a empresa familiar que, desde 1640 e pelas últimas doze gerações, tem sido responsável pela criação e manutenção dos vitrais da catedral.

Ao entrar na nave silenciosa, com os tetos em abóbada ecoando as falas abafadas dos muitos turistas e peregrinos, Jacques virou-se e apontou para o vitral em roseta no alto, do lado oeste.

– Uma catedral não pode ser um monumento aos tempos passados; ela é algo vivo, em constante estado de evolução. Talvez caiba a Benoît e Stéphanie Simon restaurar este vitral magnífico daqui a dois anos, assim como o avô de Benoît, Jacques, restaurou a roseta do lado sul oitenta anos atrás.

Enquanto caminhávamos pela nave, Jacques explicou como, na Idade Média, os vitrais destinavam-se a complementar a decoração de uma catedral, inspirar os cultuadores a rezar na beleza da luz e ajudar a contar a história do cristianismo para aqueles que não sabiam ler.

– Mas, claro – ele continuou –, também tinha a ver com o culto às relíquias, não é? – Eu concordei com a cabeça. – Com milhares de pessoas se apinhando nas catedrais nos dias de festas, eles tinham de fazer construções suficientemente grandes para comportar todos. Mas também precisava haver luz suficiente para que os fiéis pudessem ver as antiguidades e relíquias de maneira satisfatória.

Aqui em Reims, por exemplo, eles tinham a Sainte Ampoule, a Santa Ampola, usada pelo bispo Remígio, ou St. Rémi, para batizar Clóvis, o primeiro governante de todos os francos e o primeiro rei cristão da Gália. A Sainte Ampoule foi usada para ungir todos os governantes franceses desde então. A crisma, ou óleo dentro da ampola, era considerada divina; ninguém sabia como ou de onde tinha vindo, exceto o próprio Deus. Os frascos sagrados, infelizmente, foram esmagados durante a Revolução.

Jacques fez uma pausa, como se estivesse refletindo, e, então, olhando para as paredes nuas, continuou.

– Eles destruíram muito naqueles tempos, mas não chegou nem perto do que aconteceu nos saques que as igrejas sofreram no século XVII e começo do século XVIII. Os cristãos naqueles dias simplesmente não acreditavam que obras medievais permitissem uma glorificação digna de Deus. É estranho como nós, católicos, não tínhamos estômago nem mesmo para nossos próprios gostos católicos naquele momento da história. Em consequência, igrejas tornaram-se pátios de demolição, e só podemos imaginar sua beleza anterior. O abade Suger, a força motriz por trás da construção dessas grandes estruturas, estaria rolando no túmulo se pudesse ver a austeridade monótona destes fantásticos lugares de culto atualmente.

Ao alcançar a abside, chegamos ao inconfundível azul dos vitrais de Chagall que, quando foram instalados no início da década de 1970, atraíram muitas críticas. Hoje, eles parecem conservadores quando comparados aos fragmentos caleidoscópicos abstratos de cores vibrantes que compõem os vitrais vizinhos criados pelo artista alemão Imi Knoebel para marcar o aniversário de oitocentos anos da catedral, em 2011.

– Eu gosto deles – Jacques declarou, como se quisesse me puxar para o assunto –, e, por uma perspectiva técnica, esses vitrais são muito difíceis de fazer. Os desenhos dos dois artistas são complexos e, quanto a Chagall, bem, ele foi um pioneiro do modernismo, o perfeccionista absoluto. Tudo tinha de sair certo; não podia haver espaço para nenhuma imprecisão. Ele começou estes vitrais colando pedaços de tecido em um modelo em escala. Só nos resta admirá-lo. Olhei para o novo com o antigo, os tons teatrais vistosos, a crucificação destacada em branco, reluzindo como um farol no centro da criação; o todo exigindo atenção como se o observador fosse mantido refém até formar uma opinião. Observei as pessoas pararem nos dois conjuntos de vitrais. Para mim, talvez por aquelas serem obras de um grande artista judeu e um grande artista alemão, os desenhos simplesmente transmitiam uma mensagem poderosa de perdão e reconciliação. Esse valor atemporal, por si só, já me fez gostar deles.

Almoçamos em grande estilo no Café du Palais, nas proximidades, sob uma cobertura *art déco* de mais vitrais: o eclesiástico deu lugar a cinzas e azuis, formando um céu em que andorinhas mergulhavam e cortavam o espaço. Era uma obra de Jacques Simon feita anos antes. Bebemos garrafas de refrescante Bouzy Rouge e pedimos pratos de presunto de Reims, saladas de *foie gras* e peito de codorna defumado, terminando com morangos recém-colhidos e um obrigatório digestivo.

Assim fortalecidos, seguimos pelas ruas secundárias até um prédio de pedras desajeitado com uma vidraça de três andares na frente, o ateliê Simon Marq. Dentro, o piso térreo era um labirinto de pequenas salas. Uma em particular chamou minha atenção: um cubículo quase vazio, contendo apenas uma prateleira de madeira e um grande ralo. Com paredes brancas impecáveis, era perfeito para se desfazer de um corpo. Era a sala de gravação com ácido, onde o vidro era tratado para produzir cor. Passando por fornos chiantes, Jacques me conduziu ao piso superior, onde os moldes são cortados, um trabalho difícil, com bancadas cheias de furos onde pregos seguravam as chapas de vidro no lugar.

Alain, um sujeito magro e ágil, apareceu na sala; ele estava trabalhando em um pedido para a Rússia, e nossa chegada foi um intervalo bem-vindo em uma complicada junção em chumbo que precisava ter a forma perfeita. Ele trabalhava no ateliê há mais de 37 anos. Alain nos mostrou sobras de cortes, roxos, azuis e marrons, em uma caixa de madeira empoeirada.

– Estes – disse ele – são do século XIII, ficaram opacos. Na Idade Média, eles usavam muito mais potássio para fazer vidro, era mais fácil de trabalhar. Consegue ver as bolhas e o modo como ele é ondulado? – Ele apontou com o dedo. – O problema é que o vidro também era mais poroso nessa época, absorvia fuligem e pó, criava mofo e acabava ficando inutilizável. Nós trabalhamos com mais de mil cores aqui, então podemos substituir praticamente qualquer coisa e manter estoques em salas de depósito que têm, em alguns casos, mais de duzentos anos. – Ele lançou um olhar disciplinado na direção de um jovem profundamente concentrado que marcava um desenho. – Aquele é meu filho Eric; ele está estudando na Catedral de Chartres como aprendiz.

Fomos conduzidos por uma porta que era uma curiosa mistura ao estilo Dali de orelhas, olhos, mãos, rostos e narizes.

– Restos, salvos e descartes. Isto foi feito na década de 1930, de pedaços que chegam a ter até oitocentos anos – Alain murmurou, enquanto a abria para revelar uma grande sala espaçosa que tinha uns bons dois andares de altura. – Este prédio foi especialmente construído para o ateliê Simon Marq. Aqui, examinamos os vitrais em seu tamanho total, para ter certeza de que está tudo certo. O mestre vidreiro tem de casar seu trabalho com o do mestre pedreiro, não pode haver espaço para erro. Tem de ser exato. – Ele fez um gesto de reconhecimento com a cabeça indicando o estúdio onde Chagall trabalhou durante anos em suas detalhadas composições, não só para Reims, mas também para outras grandes instituições, como a catedral em Metz, a sede das Nações Unidas em Nova York e a Sinagoga Abbell, em Jerusalém.

Um gato preto dormia em um sofá, ao lado do qual havia uma grande estante envidraçada cujas prateleiras eram preenchidas por uma coleção substancial de livros com capa de couro gravada em dourado.

– Estes – disse Alain, enquanto enrolava um cigarro – são os livros de referência da empresa. – Ele enfiou o cigarro enrolado atrás da orelha. – A Enciclopédia de Diderot e d'Alembert em 28 volumes, uma de apenas duzentas existentes ainda em uso de uma edição original de 4.250; o restante está em museus. Ela baseou-se na enciclopédia inglesa de Ephraim Chambers. Conhece?

Confirmei com a cabeça.

– Aqui na França – Alain continuou –, as autoridades consideraram a obra perigosa porque dava conhecimento às pessoas e encorajava o livre-pensamento, que podia questionar as regras da ordem estabelecida. Mas, sempre que precisamos saber alguma coisa, ainda a consultamos primeiro; era a internet de sua época, cheia de informações. Uma obra notável.

De fato, tal era a preocupação das classes governantes que, em 1752, um ano depois de Denis Diderot ter lançado o primeiro volume de sua enciclopédia, a publicação foi suspensa pelos tribunais. Ele foi detido pelas autoridades por suas referências sobre religião e as leis da natureza, e sua casa foi revistada em busca de mais rascunhos escandalosos, os quais haviam sido todos escondidos na residência de Guillaume-Chrétien de Lamoignon de Malesherbes, na época diretor da biblioteca, que autorizou a ação, mas era secretamente a favor da ideia. Voltaire, Rousseau e Montesquieu, talvez as melhores mentes do período, contribuíram no início da obra, ajudando a criar um grupo de trabalho que muitos consideravam estar à frente de seu tempo. Mas, para Diderot, que morava próximo de Langres e era amplamente festejado como uma das figuras proeminentes do Iluminismo ao lado de Jefferson e Newton, editar a enciclopédia tornou-se um considerável trabalho por amor, já que a sociedade via cada vez mais os livros como não ortodoxos e sediciosos. Seus colegas colaboradores, entre eles o coeditor d'Alembert, abandonaram o projeto, deixando a conclusão dessa enorme tarefa praticamente apenas para Diderot.

Em 1759, a publicação foi uma vez mais bloqueada por decreto e, embora o trabalho continuasse tenazmente, Diderot vivia sob permanente ameaça de assédio policial. Foram necessários quase 22 anos para completar a enciclopédia, e só quando o último volume foi produzido, o último lance da história foi revelado: o editor e livreiro de Diderot, André Le Breton, vinha removendo arbitrariamente na prova final as passagens que considerava polêmicas. Depois de todos os esforços de Diderot, os volumes publicados eram mutilados e incompletos.

Reims era um marco importante. A três semanas de minha partida, eu estava agora fazendo um progresso apreciável. Saindo das garras da Inglaterra e do Pas de Calais, o tempo melhorava a cada dia e eu havia estabelecido uma rotina e ritmo em vez de ser apenas o desajeitado participante de uma progressão diária para o sul.

Sentado em um café, eu estava ouvindo um acordeonista tocar o "Tema de Lara" de *Dr. Jivago* quando a paz foi abruptamente quebrada por uma garçonete que derrubou uma bandeja de copos.

– Ih! – exclamou a senhora sentada à mesa ao meu lado com o marido.

Anne e Bert, de Melbourne, estavam de férias viajando de carro até a Holanda. Em 1944, pelo que entendi, o pai de Bert tinha sido dono de uma loja ao lado da malfadada ponte de Arnhem, "e então nos vimos bem no meio daquilo. Quando os paraquedistas aterrissaram e o bombardeio começou, papai disse 'vamos embora', e, se não fosse por isso, Anne e eu nunca teríamos nos conhecido, pois acabamos no mesmo abrigo antiaéreo".

– Bem, na verdade é até mais sinistro do que isso – disse Anne. – Eu era uma de nove irmãs e sofria de sonambulismo, então as outras costumavam me amarrar na cama. Um dia, uma bomba nos acertou diretamente. Não sei como sobrevivemos, mas fomos todas salvas pela cama, que virou e nos salvou da explosão!

– Então, como vê – Bert interveio –, a guerra acabou trazendo algum bem. Estamos casados há 54 anos. Mas acho que esta vai ser nossa última viagem pelas estradas. Nossa filha vai nos encontrar em um ou dois dias. Pode parecer estranho, mas, com a idade que ela já tem, nunca esteve na Holanda, embora seja totalmente holandesa.

Antes de eu me despedir, estava intrigado em descobrir sobre o destino da loja.

– Incrivelmente, o lugar sobreviveu – Bert disse –, mas, puxa, foi terrível, você não ia querer ter passado por aquilo. Mas quer saber? Quando voltamos, o pessoal do mercado negro tinha vendido o tapete da nossa sala da frente para nossos vizinhos. Eles ficaram muito constrangidos. Nós o pegamos de volta na mesma hora.

De volta ao meu quarto, ao revirar o conteúdo de minha mochila, o espaço logo foi tomado por rasgos e retalhos. Nada foi poupado de uma avaliação rígida, enquanto esteira de dormir, meias reservas, embalagens, capas e folhas de guarda de guias, uma faca, um saca-rolhas, lenços antissépticos suficientes para limpar um hospital e, por fim, meu único luxo – um exemplar de *War in Val d'Orcia* [Guerra no Vale de Orcia], de Iris Origo – foram todos descartados em uma tentativa de diminuir ainda mais o peso de minha mochila, deixando uma pequena pilha de destroços ao pé de minha cama. Mas o que realmente me incomodava era um saco de lona muito pequeno em tamanho, mas que pesava mais de um quilo. Ele estava cheio de todos os cabos e adaptadores para as necessidades de um peregrino do século XXI e de qualquer tomada entre Londres e Roma. Mas jamais poderia me desfazer de meu iPod, sem o qual eu teria ficado louco poucos dias depois de partir.

No espelho, notei que havia adquirido uma cor estranha: um punho esquerdo marrom, um braço direito combinando, pescoço cor

Floresta de Reims
...uma faixa de quinhentos quilômetros quadrados de carvalhos e faias...

de mogno, ponta do nariz vermelha e belos joelhos e canelas dourados que se interrompiam pouco antes de revelar, como todo o resto de mim, pés e tornozelos preservados em perfeito branco marfim.

Deixei Reims em direção a Epernay ao longo do canal Aisne às seis horas da manhã. Os vinhedos eram abundantes; por toda parte, trabalhadores faziam a poda enquanto máquinas esquisitas como *sputniks* avançavam pelas fileiras soprando nuvens brancas sulfúricas para proteger as uvas de pragas e pestes. Seguindo pela ferrovia Reims-Epernay, subi para a floresta da montanha de Reims, uma faixa de quinhentos quilômetros quadrados de carvalhos e faias.

Eu adorava os bosques, não só pela tranquilidade e respiro que eles proporcionavam em relação às estradas, mas pela privacidade que permitiam também. Foi Dustin Hoffman quem disse, certa vez, que "a música é a coluna vertebral da vida", e nas florestas, sem constrangimento ou preocupação, eu podia dançar. Com frequência, era possível me encontrar saltitante como se fossem onze horas da noite de uma sexta-feira na balada. No começo, as coreografias eram bem tranquilas, um arrastar de pés, um pouco de ginga, nada muito extravagante; mas, conforme a viagem avançava, minha autoconfiança crescia: com os braços bem abertos, o cajado rodando no ar, eu girava, balançava e rebolava com meu equipamento de peregrino em um transe extático não muito distinto de alguma obscura dança da chuva. Meu iPod me transportava para planícies musicais distantes onde tocava de tudo, de Barry White a Amy Winehouse, Mozart, Louis Prima, Chet Baker, Kings of Leon e Black Sabbath; dez quilos de mochila nas costas acrescentavam um decidido impulso para frente.

Pouco era poupado de minhas interpretações coreográficas e corais, pois a flora e fauna impotentes das florestas da França eram rotineiramente submetidas aos meus gritos em falsete, gemidos de tenor e grunhidos de barítono, enquanto música após música seguia em pleno volume com meus fones de ouvido firmemente implantados. Um dia, valsando por uma trilha, com toda a graça e estilo de um Teletubby no gelo, tal era meu prazer despreocupado enquanto cantava *Dancing Queen* do Abba que quase me enfiei sob os garfos de um trator que se aproximava.

Mas talvez meu momento favorito, nesse estágio, fosse o almoço, quando, sem nada em volta a não ser a quietude da tarde, eu encontrava um lugar na beira de uma clareira, tirava as botas, me acomodava sobre meu casaco e comia salsichas secas, baguetes, frutas e queijos; era uma chance de fazer um balanço e tomar consciência de minha boa sorte: a essência da peregrinação.

– Mas o que diabos é isso?! – disse, encolhendo-me diante do mau cheiro.

– Ah, Harry, isso é muito francês! – respondeu Hubert de Billy, meu corpulento anfitrião. Aquela era uma maneira nova de descrever linguiças feitas de cólon de porco. Na França, o *andouillette* é considerado *comfort food*. O prato é rejeitado no mundo todo por seu cheiro forte e sabor questionável, comentado variadamente pelos críticos de gastronomia não gauleses como "o prato da morte", "cheira a banheiro público" ou, mais diplomaticamente, como um "paladar a ser adquirido pelo hábito... mesmo para os gastrônomos mais aventureiros", que deixa a pessoa "um pouco traumatizada". Por mais que esse prato camponês medieval grosseiramente produzido seja bem temperado, por mais lentamente que ele seja cozido ou quaisquer que sejam os molhos ricos e imaginativos com que seja disfarçado, não há como escapar do fato inquestionável de que seu principal ingrediente vem do lado errado de um porco.

Para os franceses, no entanto, essa variedade específica de linguiça é uma iguaria com tantos seguidores que uma associação profissional, a Associação de Amigos Amantes da Autêntica Andouillette, foi estabelecida para garantir que os padrões sejam mantidos. Para mim, naquele momento indutor de vômito, havia pouco de amigável no ato de consumir um fumegante *andouillette*.

Hubert, um Pol Roger em tudo, exceto no nome, estava me servindo uma garrafa do Blanc de Blanc 2002 de sua família quando, olhando profundamente os finos fios de minúsculas bolhas que espiralavam pelo vinho dourado, disse o quanto respeitava o trabalho dos *barmen*, "mas, sabe, o *Kir Royal* para mim é um crime. Não se pode bater o prazer da coisa real, ela é simplesmente a melhor". Ele continuou explicando que foi o monge do século XVII Dom Pérignon quem estudou o processo de produção do champanhe em detalhes, identificou a importância da poda e do estudo dos microclimas locais em relação a diferentes variedades de uva e características individuais de crescimento.

– Para ele – disse Hubert –, as bolhas da segunda fermentação eram um problema. As garrafas explodiam, às vezes com as mais devastadoras consequências se ocorresse uma reação em cadeia. Mais tarde, os cientistas apreenderam o processo, refinaram as técnicas de produção, fizeram as garrafas mais fortes, introduziram rolhas melhores e, de um problema, veio uma regra. Mas foram vocês, ingleses, desde o início do século XVII, que se deliciavam com as bolhas e, provavelmente, foram os primeiros que entenderam como fazer a segunda fermentação acontecer acrescentando açúcar extra em um estágio posterior. E vocês ainda representam a maior fatia de nosso mercado, mais de 35 milhões de garrafas por ano, e, de ano para ano, todos nós achamos cada vez mais difícil atender o crescente apetite por... *rosé* – ele acrescentou, referindo-se ao fato de a indústria do champanhe ser a única no mundo centrada em um único pedaço de terra de trinta quilômetros quadrados. – Todos nós nos conhecemos, todos nós frequentamos a Escola Jesuíta em Reims e, com muita frequência, somos parentes. Meu tio dirigiu a Perrier-Jouët; é tudo muito amistoso.

Depois do almoço, não pude deixar de notar que Epernay era diferente de todos os outros lugares por onde eu havia passado;

era como uma cidade petrolífera em estado de auge permanente, sempre rica graças à produção do popularíssimo vinho, com largas avenidas e belos prédios que tinham algo de imperial; até o lixo era grandioso: a onipresente lata de cerveja era substituída pela garrafa de champanhe.

À noite, para completar o quadro de perfeição alcoólica do dia e como se os Sparnaciens, como são conhecidos os moradores de Epernay, quisessem provar que podem fazer qualquer coisa que envolva levedura e um barril, a praça do mercado foi transformada em uma aldeia de barracas, braseiros e mesas dispostas lado a lado como nos aposentos de empregados no Campo do Pano de Ouro. Era como se toda a França, em formas e tamanhos variados, tivesse comparecido para se divertir com o festival de cerveja local e uma banda tributo francesa-irlandesa. Cervejas de todos os sabores e cores conhecidos pelo homem estavam disponíveis nesse maravilhoso acampamento, e, depois de experimentar um punhado de cervejas claras, acabei me decidindo pela Duchesse de Bourgogne, uma Flanders red que era borbulhante, doce na língua, me fez sentir bem e me ajudou a cantar todos os cinco versos de *Dirty Old Town*, do The Pogues, em francês; pouco depois, tive de admitir minha derrota.

1.640 quilômetros para Roma.

8

De Châlons-en-Champagne a Brienne-le-Château

> *"Não é por minha coroa que estou lutando, mas para provar que os franceses não nasceram para ser governados por cossacos."*
>
> Napoleão Bonaparte, em 1814

A França tem a maior rede de canais da Europa; quase 9 mil quilômetros deles, para ser exato, construídos para ligar o país em uma teia de vias aquáticas de um lado a outro, com Paris situada como uma aranha no centro. Meu amigo, o jornalista e caminhante Brian Mooney, é apaixonado por eles por causa das distâncias que se pode cobrir em um curto espaço de tempo ao caminhar seguindo por eles – compreensível, mas, para mim, canais são como comer flocos de milho sem leite: muito chatos e sem muita graça. Mais retos do que uma estrada romana, com árvores plantadas em ambas as margens para dar sombra, eles oferecem uma vista em túnel que leva o caminhante à insanidade; até a água parece morta.

No fim do primeiro dia no canal Latéral à la Marne, cheguei a Châlons-en-Champagne, que se confunde com Châlons-sur-Marne, já que este foi o nome da cidade desde a Idade Média até 1998. Na verdade, há muito para se confundir em Châlons, uma cidade bonita, com um quarto do tamanho da vizinha Reims. Um pomo de discórdia sensível entre as duas é que Châlons, e não sua vizinha muito maior e de genealogia célebre, é a capital do Departamento de Marne porque permaneceu leal à Coroa durante as Guerras Religiosas.

E, para aqueles de vocês com pressa depois de um longo dia descendo por um canal de flocos de milho aborrecidamente seco, o carimbo para o Passaporte do Peregrino não é encontrado na Catedral de Santo Estêvão, onde a lógica indicaria, mas mais distante, na Igreja de Notre-Dame-en-Vaux. Aprendi essa lição importante na marra, quando, atrasado, procurei por toda a volta da primeira achando que era a segunda, até que tive de procurar por toda a volta da segunda o que deveria estar na primeira. Finalmente, encontrei uma pobre senhora com sua almofadinha de tinta pronta, sentada com ar divertido junto à porta por onde eu tinha entrado correndo. Ela estava lá todo o tempo, bastando eu ter virado à esquerda em vez de à direita.

Como resultado, foi em um estado de afobação que bati à porta da casa século XVI dos Cuvelettes, a menos de um quarteirão da igreja que estava agora indelevelmente gravada em minha mente como a catedral. Os Cuvelettes recebem em sua casa, rotineiramente, peregrinos de passagem. Fui atendido por François, um ex-cirurgião alto de cabelos brancos que teria sido um sósia de Abraham Lincoln se este tivesse vivido mais do que a bala de Wilkes Booth lhe permitiu. Sua esposa, Brigitte, me ofereceu um copo de água de cevada. Ela declarou o quanto amava nossa rainha e me desejou um "Feliz Jubileu" antes de o casal anunciar que precisava se encontrar com amigos em Les Jards para um festival de artes que estava sendo realizado na cidade naquela noite. Eu seria muito bem-vindo se quisesse me juntar a eles depois de ter me refrescado. Eles se despediram, fecharam a porta e lá estava eu, chegado havia nem cinco minutos, um completo estranho na casa deles, totalmente sozinho.

Que fique bem entendido que não foi o ato de Brigitte e François que achei estranho, mas a fé incondicional que eles depositaram em mim: uma demonstração de gentileza do Velho Mundo, de generosidade de espírito e acolhida sincera que parece tão deslocada no mundo atual.

Encontrei-me com eles novamente em uma tenda de circo no centro de Les Grands Jardins, às margens do rio Marne. Não tive como não notar que a cidade parecia uma feira de roupas usadas, com a praça principal cheia de velhos casacos em cabides enquanto fileiras de camisas dobradas em formação bloqueavam as ruas, para perplexidade da população local, que parecia aceitar aquela perturbação artística com bem-humorada indiferença.

Depois do jantar, junto com alguns milhares de outros, fomos conduzidos tal qual um rebanho seguindo um flautista mágico para o Hôtel de Ville, que, agora cercado por um grupo de cadáveres aos gritos e pulos cuja intenção era aterrorizar, divertir e surpreender em iguais medidas, havia sido zumbificado – bem de acordo com a preocupação do mundo ocidental com essas criações felizmente ficcionais. As camisas bem dobradas e os casacos velhos, depois de algum grau de cabriolas elaboradas, acabaram em uma grande fogueira, enquanto os cadáveres ficavam nus, o que não foi tão agradável, uma vez que o orçamento evidentemente não se estendia a um elenco com "qualidade de modelos". Depois de saltitar algumas voltas em torno da fogueira, os zumbis nus saíram cantando pelo meio de uma multidão agora muito confusa e não foram mais vistos, deixando o público ali reunido totalmente atordoado. François comentou que, o que quer que tivesse sido aquilo, fora "uma experiência única"; desconcertados, voltamos para uma bebida em casa.

*

Outro dia acompanhando o canal, seguido por uma noite com algumas freiras monossilábicas, e eu me vi à beira do "Meio de Lugar Nenhum". Uma paisagem bonita, mas não há nada no "Meio de Lugar Nenhum", nem um rosto, ou café, ou loja por quilômetros. Há até uma placa quando se entra no vilarejo de Outines apontando o caminho para *"Au Milieu de Nulle Part"*. Não estou brincando.

De longe, o Castelo de Brienne domina o horizonte de uma maneira desagradavelmente semelhante a Colditz. Isso é estranho, porque o "Versailles do Aube", como ele é conhecido, é bem o oposto quando se chega mais perto, o que ainda significa uma certa distância, já que o lugar é hoje um lar para pessoas com doenças mentais. Essa magnífica construção do século XVIII, de proporções perfeitas, com uma larga estrada levando a uma adequadamente grandiosa entrada principal, permaneceu, para minha frustração, fora do alcance, uma vez que eu não tinha uma "certificação".

Desde o século X, o castelo foi lar de algumas das maiores famílias da França, todas as quais estiveram de posse do título de conde de Brienne em diferentes estágios de sua história. Um herdeiro que oferece um capítulo fascinante na história ilustre da cidade foi Jean de Candia-Nevers, segundo filho sem um tostão de Erardo II, o sexto conde. Jean, que tinha sido originalmente destinado à Igreja, optou, em vez disso, pela vida mais excitante de um cavaleiro. Depois de vinte e poucos anos na corte, ele ascendeu à posição de um dos principais barões do rei Filipe Augusto e foi muito respeitado por sua habilidade em torneios de cavalaria.

Em 1208, por solicitação de enviados de Outremer, como os Estados Cruzados eram conhecidos, o rei indicou seu nobre de confiança para assumir e assegurar o trono de Jerusalém. O reino era agora centrado em Acre, a própria cidade tendo caído diante de Saladino em 1187. A rainha de Jerusalém, Maria, tinha dezessete anos. Jean, no entanto, só poderia obter o título casando-se, e assim, aos quarenta anos, já na meia-idade pelos padrões do século XIII, ele fez os votos conjugais e foi regiamente recompensado por seus esforços pelo papa e pelo monarca, com um pagamento de 40 mil livres, moeda da época, de cada um. O casamento viria a ser um acontecimento que mudaria a vida de Jean.

Dois anos mais tarde, sua esposa morreu, deixando-o como regente no lugar de sua filha bebê, Iolanda. Pelo resto da vida de

Jean, parece que sua situação seria dominada quase inteiramente por guerras e casamentos – tudo que alguém poderia desejar para seus anos maduros.

Em 1214, ele se casou com Estefânia, filha mais velha do rei Levon I, governante da Cilícia armênia. Não muito tempo depois, viu-se desempenhando um involuntário papel de liderança ao lado do rei André II da Hungria, do duque Leopoldo VI da Áustria e do rei Hugo de Chipre, de dezenove anos, na fracassada Quinta Cruzada para recapturar Jerusalém, que teve problemas desde o início. Após oito anos, sem nenhum ganho territorial e com Jerusalém ainda firmemente nas mãos dos aiúbidas, a Cruzada foi concluída com uma trégua de oito anos e a promessa de devolução de uma parte de Vera Cruz, que o sultão Al-Kamil, o líder aiúbida, na verdade não tinha.

Durante o conflito, a segunda esposa de Jean morreu. Nesse meio-tempo, ele deu a mão de sua filha Iolanda em casamento a Frederico II, imperador do Sacro Império Romano. Casar-se em uma das monarquias mais poderosas do mundo parecia ser uma decisão sensata. Frederico, no entanto, era uma pessoa detestável; certa vez, um muçulmano comentou que o imperador teria saído a preço de banana no mercado de escravos. Ele seduziu a prima de Iolanda enquanto estava em lua de mel e, depois de ter aceitado o título de rei de Jerusalém, pôs Jean de lado.

Depois da Quinta Cruzada e agora sem emprego, Jean viajou pela Europa, casando-se pela terceira vez, em 1224, com Berengária, filha mais nova do rei Afonso IX de Leão e da rainha Berengária I de Castela. Em 1228, aos 58 anos, em revide pelo tratamento ultrajante que havia recebido de seu genro Frederico, Jean liderou as tropas papais que invadiram as possessões do imperador no sul da Itália, enquanto este estava na Terra Santa, na Sexta Cruzada.

Aos sessenta anos de idade, Jean foi convidado pelo Império Latino de Constantinopla a se tornar imperador-regente sob a condição de que sua filha Marie se casasse futuramente com Balduíno

Castelo de Brienne
...essa magnífica construção do século XVIII, de proporções perfeitas...

de Courtenay, na época com doze anos. Jean aceitou, mas, mais uma vez, sua regência não seria uma tarefa fácil; em 1235, durante um verão, a cidade foi sitiada por João III Ducas Vatatzes, imperador de Niceia, e pelo czar João Asen II, da Bulgária. Epítome do cavaleiro errante, Jean morreu dois anos depois, aos 67 anos, depois do que só pode ser descrito como uma vida plena.

Em seu apogeu, meu anfitrião no Hotel Austerlitz em Brienne teria sido uma boa aposta em um combate de boxe. Era um homem grande e sólido, que enchia o espaço apertado atrás do bar com desenvoltura e não era dado nem a muita solicitude, nem a conversas casuais. O ramo da hospitalidade, não demorei a concluir, provavelmente não havia sido sua primeira escolha na solicitação de emprego – talvez ele estivesse fazendo um favor a um amigo e substituindo-o pelo dia. É difícil dizer, mas de uma coisa eu tenho certeza: ele certamente não ficou feliz em me ver. Eu o fiz interromper a leitura de um livro e, por mais agradável que eu tentasse ser, a expressão de hostilidade incomodada em seu rosto, como um cão de guarda despertado do sono, disse-me que simplesmente não estava funcionando.

Quando ele se levantou de sua cadeira, o saguão escureceu momentaneamente como um eclipse solar; o homem era tão sólido quanto uma máquina de jogos eletrônicos, com um punhado de cabelos grisalhos rebeldes e olhos redondos. Ele usava um avental preto coberto de marcas brancas de dedos e um enorme par de botas que não teria parecido estranho em Boris Karloff. Enquanto ele andava, balançava de um lado para outro da maneira desordenada de um orangotango privado de árvores. Fez um sinal para que eu o seguisse escada acima até o meu quarto, que, no escuro, dava a impressão de estar em bom estado de conservação.

Depois que ele se foi, abri bem as cortinas, esperando uma visão excepcional do castelo, mas, em vez disso, fui recepcionado por um par de joelhos sujos e uma mão calosa manejando uma pá de pedreiro. Um jato de água dançou pela vidraça. Fechei a cortina e voltei à obscuridade; minha cama para a noite era barata por boas razões.

No começo de 1805, Napoleão ficou no Castelo de Brienne por uma noite. Ele fez algumas sondagens com Madame de Lomenie, sua proprietária, visando comprar o lugar. "Significa tanto para mim", disse ele.
"Significa tudo para mim", ela respondeu, e a questão foi encerrada.
Brienne tinha deixado uma impressão duradoura no imperador. Era a sede de uma das doze escolas militares regionais estabelecidas para preparar os alunos para entrar na Escola Militar em Paris, a instituição de treinamento de oficiais franceses na época. Napoleão, filho de um empobrecido aristocrata corso, Carlo Buonaparte, foi enviado para a pequena escola aos dez anos de idade, sob o patrocínio do conde de Marbeuf, governador militar da Córsega e amigo próximo da mãe do futuro imperador.
Os prédios da escola não são maiores ou mais notáveis do que os de qualquer escola de cidade pequena. Naquele dia de verão, olhando para o estacionamento que antes havia sido a área de recreação, era difícil imaginar que o talento de Napoleão como comandante militar tenha sido supostamente notado pela primeira vez aqui, quando ele comandou seus colegas durante uma guerra de bolas de neve no inverno de 1784.
Brienne foi também o cenário da primeira batalha de Napoleão em solo francês quando a Sexta Coalizão avançou sobre Paris, liderada pelos marechais de campo Von Blücher e o príncipe Karl Philipp de Schwarzenberg, em janeiro de 1814. Esse foi o prelúdio do que alguns consideram as mais belas vitórias do imperador durante a Campanha dos Seis Dias naquele meio de fevereiro, quan-

do Napoleão enfrentou o poder dos Exércitos Aliados, cerca de 500 mil homens no total, com seu grupo de 70 mil inexperientes *Marie--Louises*, apelido dado aos jovens soldados franceses. Foi um exaustivo jogo de gato e rato tático, e a estratégia de Napoleão era de manobras rápidas para encontrar cada exército de frente e derrotá-los aos poucos. Blücher foi o primeiro alvo de Napoleão.

Os Aliados atravessaram o Reno em 1º de janeiro. Napoleão confiou sua esposa, a imperatriz Maria Luísa, e seu filho Francisco, rei de Roma, às mãos da Guarda Nacional em 25 de janeiro e partiu para se juntar ao que restava de seu exército, ainda abalado pelos reveses das campanhas russa e alemã de 1812-13. Os planos originais do imperador foram frustrados quando os Aliados capturaram seu mensageiro, mas, mesmo assim, em 29 de janeiro, Blücher, com apenas 25 mil homens disponíveis, foi forçado a confrontar o exército de 30 mil homens de Napoleão em Brienne. Depois de um período de clima particularmente ruim, o degelo começara e o avanço para a artilharia e os vagões que transportavam munição e suprimentos era, no mínimo, difícil. O combate – uma série de conflitos frenéticos em que o marechal Grouchy atacava o exército russo-prussiano enquanto os marechais Ney e Victor protegiam a cidade e o castelo – não tomou impulso de fato até o meio da tarde.

Esse foi um dia em que, em duas ocasiões, se os dados do destino tivessem rolado de qualquer outra maneira, o curso da história talvez tivesse sido muito diferente.

Em um ponto, o grupo de Napoleão deu de cara inesperadamente com um destacamento de cossacos, o que o forçou a desembainhar a espada. O imperador só foi salvo de uma lança nas costas pelo disparo oportuno da pistola do general Gaspard Gourgaud. Depois, chegando o crepúsculo, a situação ficou mais confusa. Von Blücher e Von Gneisenau, seu vice-comandante, estavam seguros de que os franceses bateriam em retirada. Preparações foram feitas para que os dois comandantes prussianos e seus oficiais jantassem no castelo. Eu os imagino, cansados e enlameados de um longo dia sobre a sela, sentando-se com grande expectativa pelas tigelas de sopa e travessas de cozido.

Pouco antes, porém, por desígnio da sorte, Napoleão encontrou-se com um velho amigo de escola, um certo Monsieur Royer.

– Lembra-se de quando éramos crianças e conseguíamos descer até as adegas do castelo sem sermos vistos? – o imperador perguntou.

– Senhor – Royer respondeu –, dê-me alguns homens e eu mesmo os conduzirei até lá.

Ao mesmo tempo que os prussianos se sentavam, Royer conduzia uma coluna de soldados para dentro do castelo. Certamente, os ouvidos do velho marechal de campo, ao levar a tão esperada colher cheia de sopa à boca, devem ter se aguçado ao perceber a agitação inconfundível em corredores distantes e passagens afastadas enquanto os franceses tentavam aproveitar a vantagem.

– Depressa, depressa! – deve, com certeza, ter sido o grito quando eles perceberam o que estava acontecendo, a ceia rudemente interrompida com os comandantes forçados a fugir da sala de refeições ou enfrentar uma captura iminente. No tumulto que se seguiu, o velho marechal de campo correu para frente do castelo para se juntar a seus homens na cidade, mas se viu no meio dos franceses. Na confusão, seus auxiliares, o capitão Von Heyden, que ficou bastante ferido, e o capitão conde Hardenberg, foram capturados, enquanto Blücher e Gneisenau só conseguiram escapar graças à previdência de um convidado do jantar, um alemão chamado Dietschin, que morava na cidade havia vinte anos e retirou-os em segurança por um portão lateral.

Embora os franceses tenham de fato recuperado o castelo, para alguns a vitória não foi, de modo algum, tão decisiva quanto Napoleão esperava que pudesse ser. Blücher reuniu-se com suas tropas e derrotou Bonaparte na Batalha de La Rothière, três dias depois.

Por melhor que o imperador tenha se saído na Campanha dos Seis Dias, não foi suficiente para derrotar os Aliados. Vinte anos de guerra haviam cobrado seu preço da França, e, contrariando os desejos expressos de Napoleão, Paris rendeu-se em 31 de março. Em 6 de abril, o imperador, exausto e derrotado, foi forçado a abdicar incondicionalmente, concordando com seu próprio exílio sob o Tratado de Fontainebleau.

Em um discurso arrebatador feito em 20 de abril para seu estado-maior e para os oficiais e homens de sua Velha Guarda, Napoleão beijou as cores do regimento e deu-lhes um adeus emocionado: "Adeus, meus amigos, gostaria de poder apertá-los todos junto ao meu coração". E, com isso, ele partiu da França para Elba.

Em menos de um ano, Bonaparte retornaria para enfrentar Blücher e Wellington no campo de Waterloo. Quanto a história teria sido diferente se algum dos dois comandantes, naquele fatídico dia no final de janeiro de 1814, tivesse sido capturado ou morto?

Mesmo na morte, no entanto, Napoleão nunca se esqueceu de Brienne. Deixou para a cidade um legado de 100 mil francos de ouro, que foi como o Hôtel de Ville veio a ser extravagantemente adornado com águias imperiais, um enorme relevo do imperador e a estátua do jovem Bonaparte no pátio. Por algum tempo, o lugar até se chamou Brienne-Napoléon.

Voltei ao hotel por volta das oito horas naquela noite querendo comer alguma coisa. O Lutador de Boxe estava varrendo a sujeira de algum conserto e lançou-me um olhar aborrecido de "ah, ele quer o seu jantar agora". Ele fez um sinal para eu me sentar em uma das muitas mesas vazias, cada uma decorada com um vaso de flores de plástico. O prato principal foi servido com surpreendente delicadeza, visto que as mãos do Lutador de Boxe eram como pás de escavadeira. Havia um cheiro forte de massa de vidraceiro sempre que ele estava por perto.

O cardápio oferecia um pedaço do queijo do dia. O Lutador de Boxe me perguntou qual queijo eu queria.

– Um local, por favor. – respondi.

Ele reapareceu com um pedaço de queijo branco que, em qualquer ângulo que ele segurasse o prato, desafiava o chamado da gravidade.

– Que queijo é esse? – perguntei.

– Local.

– Qual queijo local?

– Sei lá, local, não é? Você pediu queijo local, *este* é o queijo local. – Ele me cortou mais um pedaço. – Devia ser uma fatia só.

1.513 quilômetros para Roma.

9

De Claraval a Langres

> *Este é o clima de que o pastor se esquiva*
> *E eu também,*
> *Quando as faias gotejam em marrons e pardos,*
> *E batem, e insistem;*
> *E caudais ocultos nas colinas pulsam, em agonia,*
> *E arroios nas campinas transbordam,*
> *E gotas em barras de portões penduram-se em linha,*
> *E gralhas em bandos dirigem-se para casa...*
>
> Thomas Hardy, Weathers [Os climas], 1922

Naquela manhã, eu estava em meu caminho de Bar-sur-Aube para a Abadia de Claraval, um complexo de grandiosidade monástica isolado do mundo em meio a uma densa floresta em um vale só dela. Foi fundada por Bernardo de Claraval em terras dadas por Hugo, conde de Champagne, em 1115. Veterano de três Cruzadas, Hugo tinha entrado para os Cavaleiros Templários em 1124, quatro anos depois que a ordem foi fundada para a proteção de peregrinos na Terra Santa.

Saindo do bosque, vi-me diante de um formidável muro de blocos de pedra em torno do qual corria um grande riacho canalizado e de fluxo controlado. Claraval, originalmente um mosteiro cisterciense, já foi uma ordem de clausura. Os cistercienses, identificáveis por suas túnicas brancas, foram estabelecidos no final do século XI para seguir a regra de São Bento mais rigidamente. Eles foram os pioneiros agrícolas e técnicos da Idade Média. Em tempos medievais, os cistercienses eram considerados altamente especializados na arte de criação de animais, metalurgia e engenharia hidráulica. Até hoje, continuam sendo grandes horticultores e cervejeiros.

Bernardo, um borgonhês de origem nobre, foi uma das principais forças impulsionadoras da Ordem e responsável por sua rápida expansão, incluindo a fundação na Inglaterra da Abadia de Rievaulx, em 1131, e, subsequentemente, da Abadia de Fountains, em 1132. Pode-se dizer que foi um dos homens mais influentes da Igreja de seu tempo, envolvido na origem dos Cavaleiros Templários e na defesa por toda a Europa do papa Inocêncio II em oposição ao antipapa Anacleto II, após o cisma causado pela eleição irregular do primeiro. Por fim, e para seu eterno arrependimento, ele pregou a Segunda Cruzada por solicitação do papa Eugênio III.

Em 31 de março de 1146, em um campo na vizinhança de Vézelay, Bernardo inflamou os muitos milhares que tinham ido escutar seu sermão em um frenesi tumultuoso por causa da queda do Condado de Edessa nas mãos de Imad ad-Din Zengi, o *atabeg* de Mossul, Alepo e Hama. Edessa era um dos três estados cruzados estabelecidos depois da Primeira Cruzada no norte da Síria. A multidão respondeu a seu sermão com vivas e gritos de *"Deus vult! Deus vult!"* ou "Deus quer! Deus quer!". "Amaldiçoado seja aquele que não manchar sua espada de sangue", foi a resposta do grande monge, ao que o rei francês Luís VII prostrou-se aos seus pés para receber pessoalmente o material para fazer a cruz para seu manto. Tão grande foi a demanda para receber panos em nome da cruz que, segundo o relato, Bernardo teve de cortar até mesmo o seu próprio hábito.

A Segunda Cruzada foi um imenso chamado às armas e, como a Primeira Guerra Mundial, teve a nobreza e as massas igualmente em clamor para juntar-se à causa, que envolveu exércitos comandados não só pelo rei da França, mas também por Conrado III, imperador do Sacro Império Romano. Essa foi a primeira Cruzada a ser liderada pela realeza e, prejudicada por desavenças e diferenças de ambição e motivos, acabou em desastre e derrota, e alguns até mesmo se referiram a ela como "obra do demônio". Bernardo, humilhado e envergonhado, enviou um pedido de desculpas formal por escrito ao papa Eugênio por sua participação em lançar as sementes de tamanha catástrofe.

Passando diante da porta da frente de Claraval, não resisti e entrei. O mosteiro havia se tornado imensamente poderoso no final do século XVIII, proprietário de 150 quilômetros quadrados de florestas, quarenta quilômetros quadrados de terras cultiváveis, além de minas, oficinas metalúrgicas e propriedades importantes nas cidades vizinhas. Não é surpresa que tenha sido fechado na Revolução Francesa e vendido para benefício do Estado. Desde 1808, é uma prisão, mas, ainda assim, reconhecendo sua grande importância, as autoridades agora abriram partes dele para visitação pública.

Enquanto eu caminhava pelo recém-restaurado Centro de Visitantes, encontrei-me com uma moça que estava saindo e me olhou com uma expressão interrogativa.

– O que você quer?

Retornei o olhar e respondi, razoavelmente, que queria ver a Abadia.

– Não pode – ela respondeu, com alguma alegria. – Estamos fechados para o almoço. Volte às duas horas. – Às vezes, é fácil esquecer que se está na França.

A vila de Claraval, construída em um cruzamento de estradas e amparando, essencialmente, a equipe de funcionários da prisão e os ocasionais familiares de prisioneiros em visita, atualmente não é o mais inspirador dos lugares. Tem a atmosfera abandonada de uma cidade do Velho Oeste que já conheceu tempos melhores. Almocei no Hôtel de l'Abbaye, decorado com rodas de carroça na frente que apenas reforçaram minhas convicções de Velho Oeste.

No horário exato, apresentei-me de volta na bilheteria, onde a mesma moça agora estava atrás de um enorme balcão.

– Pois não? – Tendo-a encontrado há apenas uma hora e com um chapéu de aba larga, uma mochila nas costas e um grande cajado, eu não poderia ser acusado de me confundir com a multidão, se houvesse uma por perto.

– Quero visitar a Abadia, por favor.

– São quantas pessoas?

Olhei em minha volta para ver se mais alguém tinha entrado na sala sem que tivesse notado. Mas só havia eu.

– Uma só – respondi.

– Não – ela disse sorrindo, com um ar definitivo e um grau de, ouso dizer, satisfação. – Não é possível. – Ela me olhou de cima a baixo com desdém. – Não há pessoas suficientes – continuou –, talvez possa tentar outra vez às três e meia.

Expliquei educadamente, de fato o fiz, que, como ainda tinha mais quase dez quilômetros para caminhar naquele dia, não tinha tempo para esperar pela remota possibilidade de um ônibus lotado de turistas japoneses aparecer de repente. Ela se recusou a ser convencida.

Assim, os mistérios da magnífica Abadia de São Bernardo, com seus claustros de pilares e refeitórios elegantes, permanecem para mim proibidos, perdidos e fechados. A entrada principal, com uma lâmpada quebrada suspensa de seu encaixe, flácida de vergonha, não era agora mais do que um portão cinza enferrujado que rangia de descontentamento quando aberto. Era vigiada por uma torre de relógio decadente com telhas faltando à sua volta e um par de bandeiras francesa e europeia que se enrolavam em constrangimento em torno de mastros de plástico desgastados. Eu não precisava ter me apressado no almoço.

Voltando para buscar minha mochila no Hôtel de l'Abbaye, teve início a primeira de uma sequência de eventos pelas semanas seguintes que, inicialmente, eu atribuí à coincidência e boa sorte. No entanto, quando os incidentes começaram a ocorrer com maior frequência, aos poucos passei a acreditar que, embora eu estivesse fisicamente só, certamente não viajava sozinho.

Quando retornei ao Hôtel de l'Abbaye, nuvens que se avolumavam em ondas e estendiam uma escuridão sinistra pelo céu haviam substituído o sol e um vento frio soprava em minhas costas. Mal havia chegado à porta e uma rajada violenta varreu a rua principal, seguida por um volume de chuva despejado com uma ferocidade que eu não via desde que viajara pela América Latina. Tanto a rua como o estacionamento desapareceram sob a água, as luzes nos postes se acenderam, e o hotel, uma reverência a letreiros em neon e luzinhas decorativas, iluminou-se como a Starship Enterprise. Logo, era impossível enxergar o outro lado da rua. Vi carros e caminhões tentarem avançar e, em seguida, usando o bom senso, estacionarem fora da estrada.

Bem quando as luzes do hotel piscaram pela primeira vez, um casal de Somerset entrou correndo.

– A estrada está fechada mais adiante, está um caos lá fora. A polícia nos fez voltar. Por acaso há alguma cama para passar a noite? – Era evidente que o tempo não ia melhorar logo. Começou a cair granizo. As luzes piscaram outra vez.

– Temos um quarto – Madame respondeu. Eles o pegaram. Então eu fiz a mesma pergunta. – Oh, lamento, senhor, mas estamos lotados – disse ela.

– Não faz mal – respondi –, não é tão longe até Ville-sous-la-Ferté, tenho uma reserva lá no Hôtel de l'Abbaye.

– Não, senhor, este é o Hôtel de l'Abbaye.

– Eu sei – gritei, acima do barulho da chuva no telhado –, mas minha reserva é na próxima cidade.

Ela perguntou meu nome, passou um dedo pelo registro de hóspedes e sorriu.

– Pronto, o senhor não terá de se molhar – e, pegando uma chave, levou-me a meu quarto. Na hora do jantar, a tempestade tinha acabado.

Não havia uma nuvem no céu e o ar era fresco, com um toque de fumaça de lenha na brisa.

*

Os bosques de faias já estavam movimentados naquela manhã de junho logo cedo, silvicultores preparavam-se para cortar e podar, enquanto aqui e ali entre as árvores eu via uma ocasional figura abaixada carregando uma cesta e colhendo nas moitas baixas. Mas, quando penetrei mais fundo no coração da vasta floresta d'Arc-Châteauvillain, uma sensação profunda de misticismo atemporal se apossou de mim; distante dos homens, era como se eu estivesse sendo convidado a entrar em um mundo privativo e totalmente diferente do cotidiano – tão integrado à natureza como, talvez, seria possível imaginar.

De vez em quando, eu parava, agachava e descansava apoiado no cajado. Eram momentos privilegiados em que eu apenas observava e escutava enquanto os bosques reverberavam em toda a minha volta em uma melodia contínua; o vento agitava as árvores, o sol dançava nas folhas e, por todo lado, pombos, gaios e faisões chamavam.

E então, na subida, algo de repente chamou minha atenção. Parei, engoli, com a cabeça meio inclinada e a boca bem aberta, para aguçar minha audição, e esperei. Lá estava outra vez. Um, depois dois, depois três, eles surgiram na trilha – lutando, batendo, segurando e gritando, era difícil dizer quem era quem, onde era a frente e onde eram as costas na bola marrom de filhotes de raposa agitados que se despejou a menos de vinte metros de mim. Sua alegria era tangível enquanto brincavam, alheios à minha presença, mas em algum lugar nas proximidades, talvez entre as samambaias, sua mamãe raposa estava de olho neles, eu tinha certeza disso.

Em um instante, eles pararam, alertas – um deles mais do que os outros. Por um momento, ele farejou o ar, olhou direto para mim, fixou meu olhar por um segundo e, sentindo que estava tudo bem, virou-se outra vez e enfiou afiados dentinhos infantis em seus irmãos e irmãs, que devolveram o gesto com ampliado entusiasmo. Durante algum tempo, eles apenas ficaram ali ao sol, mordiscando suavemente uma perna ou uma pata pendente; interrompê-los parecia criminoso, mas Roma chamava e tudo o mais. Levantei-me, tomei um gole de minha garrafa de água e os filhotes fugiram.

Não demorou muito, porém, para que eu tomasse consciência da presença. Não consegui identificar a princípio; nada ameaçador, apenas uma sensação, uma impressão. Mas, com certeza, eu não estava sozinho. Notei-o quando ele atravessou a trilha nem cem metros adiante, uma silhueta escura que inconfundivelmente cruzou correndo o meu caminho – não era apenas uma sombra. Marquei o local e decidi mentalmente que, quando chegasse àquele ponto, ia olhar para a esquerda e procurá-lo para perguntar o que estava procurando.

No entanto, quando alcancei o lugar na trilha, não havia ninguém. Nem um sinal, nem um som. Quem quer ou o que quer que fosse, um ser da floresta, um elfo, uma dríade, talvez um fauno ou quem sabe o próprio Pã, tinha desaparecido e não estava em lugar algum à vista – no entanto, ele quis que eu soubesse que estava lá. Inequivocamente. Por que outra razão teria passado de maneira tão visível à minha frente? E sua presença estava por toda parte. Eu podia senti-la. Parei. Intrigado, olhei em volta. Eu havia, sem dúvida nenhuma, visto alguém atravessar a trilha adiante de mim. Um arrepio percorreu minha coluna, todo o meu lado direito formigou, eriçando os pelos de meus braços e pernas, mas não era para eu ficar parado ali, isso eu sabia. Não que eu fosse indesejado; o que quer que fosse, não era sinistro nem perigoso – mas eu devia, definitivamente, seguir meu caminho. Era como se alguém, ou algo, estivesse tomando conta de mim.

*

Eu havia caminhado cerca de 870 quilômetros quando cheguei à cidade de Langres, no alto de uma colina. Alcançar o cume é especial, já que a cidade fica sobre um promontório fortificado que lhe permite dominar a paisagem francesa a uns bons trezentos metros de altura. Os enormes bastiões e muralhas com ameias dão ao lugar uma grande sensação de premonição; eles acentuam a aparência dramática quando se admira o panorama a partir do alto das muralhas ventosas. Não pude deixar de pensar em sentinelas montando guarda nas ameias geladas no meio do inverno, perscrutando o horizonte em prontidão para algum inimigo potencial ameaçando um ataque.

No centro das fortificações estava a catedral. Uma construção híbrida peculiar com uma fachada do século XVIII que mascara a nave e o coro do século XII. Como fica escondida em um canto de uma praça arborizada, nunca se pode apreciar totalmente o seu tamanho ou notar com facilidade que, na tradição de Borgonha, ela tem um telhado com telhas que cintilam como uma pele de cobra psicodélica, um labirinto de verdes, marrons, malvas, amarelos e vermelhos dispostos em cuidadosos padrões triangulares.

A catedral é dedicada a São Mamede de Cesareia, uma criança mártir que, em sua época, foi algo como uma figura de culto. Na França, é honrado como Mammes; no Líbano, no Chipre e na Grécia, como Agios Mamas; na Itália, como San Mamete; e, na Espanha, como San Mamés. Ícones ortodoxos de Mamede mostram o jovem santo montado sobre um leão de aparência impressionante e segurando um cordeiro à sua frente. Sua lenda é confusa, pois alguns afirmam que ele foi um eremita que viveu em uma caverna no Chipre, enquanto o consenso parece acreditar que o menino viveu em Cesareia, hoje Kayseri, na moderna Capadócia, na Turquia.

Mamede nasceu na prisão, no século III, de pais cristãos que foram depois martirizados por sua fé. Quando adolescente, ele também foi torturado por causa de suas crenças, primeiro pelo governador de Cesareia, depois pelo imperador, Marco Aurélio, que o jogou em uma jaula de onde, segundo a lenda, anjos o ajudaram a escapar.

Capturado em seu retorno a Cesareia, o jovem foi lançado aos leões. Miraculosamente, ele conseguiu domar as feras e saiu da provação ileso e levando um leão consigo. Supondo que isso tenha ocorrido em público em um anfiteatro, deve ter sido mesmo um espetáculo assombroso.

Recusando-se a abandonar o cristianismo, parece que Mamede apresentou-se então a um oficial de alta patente, Alexandre, levando consigo o leão. O garoto foi imediatamente morto com um golpe de tridente no estômago. Tinha apenas quinze anos. A história não conta o destino do leão.

A catedral guarda pedaços do pescoço, braço e crânio do santo, adquiridos nos séculos VIII, XI e XIII, depois da desastrosa Quarta Cruzada que devastou Constantinopla. Na Idade Média, a reivindicação desses objetos deve ter criado uma comoção entre os devotos, tamanho era o fervor para ver relíquias sagradas genuínas. O único problema é que Mamede, no entanto, parece ter duas cabeças: a outra é propriedade da Igreja de Santa Maria Madalena em Saragoça, onde ele é o santo patrono dos sofredores de hérnia.

Depois de nove dias em marcha, cheguei a Langres para descansar. Com um dia a meu dispor, a cidade oferecia uma chance de fazer uma pausa antes de tomar a estrada para Besançon, as Montanhas do Jura e a fronteira suíça.

Na rua, naquela tarde, conheci Uli, um caminhante na faixa dos cinquenta anos de Bochum, na Alemanha, que estava a caminho de Dijon, embora eu não tenha conseguido saber por que Dijon em particular. Sua abordagem era prática: ele procurava "as 2 mil calorias que seu corpo precisava repor" depois dos esforços do dia. Eu, no entanto, estava em busca de algo um pouco mais agradável: um bom restaurante, um filé suculento, uma boa garrafa de vinho, algum queijo e uma restauradora taça de conhaque – era, afinal, um dia de descanso e um intervalo nas privações da estrada.

Eu estava pensando em como conciliar nossas necessidades diferentes quando a coincidência interveio uma vez mais.

– Não acredito! Harry Bucknall? É você?

Era uma voz inconfundível e, além disso, que eu não ouvia há uns 25 anos. Jason Cooke e Garry Burns tinham servido como soldados da guarda em meu pelotão quando estávamos instalados em Hong Kong na década de 1980. Eles estavam iguaizinhos e eram instantaneamente reconhecíveis, talvez um pouco mais redondos em volta da cintura e no rosto. Houve uma grande sensação de camaradagem nesse encontro inesperado. Dessa vez, no entanto, nos encontramos como amigos, e não na relação mais formal exigida naqueles tempos. Eu estava a caminho de Roma e eles, voltando de motocicleta para a Inglaterra. Quais eram as chances – e nós nos maravilhamos – de nossos caminhos se cruzarem em um lugar tão aleatório quanto Langres? Os códigos invisíveis de confiança e lealdade que existem entre soldados, não importa sua posição, restabeleceram-se de imediato. Era como se tivéssemos continuado de onde paramos tantos anos antes.

Uli, nesse ponto, murmurou algo sobre 2 mil calorias e educadamente pediu licença para nos deixar. Fiéis à tradição da tropa, acabamos nem chegando a ir a restaurante algum naquela noite.

Depois de deixar Garry e Jason para as autoestradas, *ferries* e rodovias, na manhã seguinte eu saí em busca de cultura no museu – um passeio instrutivo para ver uma exposição que celebrava a obra que o talentoso artista fauvista Raoul Dufy pintou nos campos em torno de Langres durante três verões na década de 1930. Enquanto admirava os quadros em cores vibrantes, transbordando vida e afirmação, não pude deixar de pensar em como Jason e Garry chegariam em casa na Inglaterra em cinco horas, fazendo um trajeto que me levara semanas. De repente, senti-me muito insignificante. No esquema maior das coisas, Roma ainda estava a uma grande distância.

1.397 quilômetros para Roma.

10

De Champlitte a Besançon

Daqui por diante, não peço mais boa sorte, pois a boa sorte sou eu mesmo,
Daqui por diante, não me lamento mais, não adio mais, não preciso de nada,
Chega de queixas atrás de portas, de bibliotecas, de críticas lamurientas,
Forte e contente, viajo pela estrada aberta.
Walt Whitman, *Song of the Open Road* [Canto da estrada aberta*], 1856

Os dias raramente se passavam sem que uma pessoa ou outra acenasse, piscasse os faróis ou soasse a buzina ao cruzar comigo. Eu devolvia o gesto com um cumprimento de meu cajado no ar e me sentia alegre com o breve instante de reconhecimento.

Mas uma ocasião se destacou em particular, não muito tempo depois de eu ter descido das muralhas de Langres. Estava chovendo muito. Ao atravessar um cruzamento, percebi de repente um carro velho se aproximando por trás pelo lado errado da estrada. Já tinha sido vermelho reluzente, mas agora o brilho havia sido substituído por uma camada opaca que parecia mais um laranja fosco. Quando olhei sobre o ombro, algo me convenceu de que o veículo estava nos estertores da morte e que eu não tardaria a ser chamado para ressuscitá-lo, em uma operação que envolveria inevitavelmente muito esforço de empurrar.

Notei a lata-velha chegar mais perto. A porta do passageiro se abriu e, antes que o calhambeque parasse de vez com uma engasgada, um rapaz saiu e correu em minha direção.

Philippe era bonito; vestido em um casaco leve de linho mar-

---

* Walt Whitman, *Canto da estrada aberta*, in *Folhas de relva*, São Paulo, Iluminuras, 2008. (N. E.)

rom, ele não devia ter mais de 25 anos. Tinha pele morena com olhos castanhos penetrantes e cabelos pretos espessos presos em um rabo de cavalo. Para completar o ideal romântico, bigode e cavanhaque estilosos o faziam perfeito para as páginas de um romance de Alexandre Dumas. Em sua mão estendida, ele segurava um pacote de biscoitos.

– Pegue, é para você.

Ele insistiu que eu aceitasse a modesta oferta, desculpando-se por aquilo ser tudo que tinha. Maria, sua namorada, a Tisbe do seu Píramo, juntou-se a nós e segurou o braço dele como que para realçar a propriedade. Philippe, logo fiquei sabendo, havia feito a caminhada para Santiago de Compostela três anos antes, e, juntos, eles insistiram para que eu entrasse no carro e me abrigasse do tempo ruim na casa deles perto de Pressigny.

– Não é muito; temos vinho, temos comida. Você terá de dormir no chão, mas é quente e seco e seria uma honra tê-lo como nosso hóspede.

Consultei meu mapa. Pressigny ficava bem para leste e fora do meu caminho. Pensei, olhando de novo para o pequeno pacote de biscoitos em minha mão, que em qualquer outro tempo seria insignificante, mas naquele momento significava muito. E, então, Philippe perguntou:

– Por que está indo a Roma?

A pergunta me atingiu como um gancho de um boxeador. Por uma fração de segundo, eu vacilei. Pego com a guarda aberta, minha resposta foi um murmúrio sem recorrer ao pensamento.

– Quero trazer algum sentido de volta à minha vida.

Assim que fechei a boca, surpreso com minha própria revelação franca, soube que tinha de acabar logo com aquele encontro. Até então, minha viagem ainda era a brincadeira romântica que eu sempre havia imaginado que ela fosse. Não mais. Naquela resposta apressada, percebi que ela havia adquirido uma importância maior do que eu jamais pretendera ou poderia ter imaginado.

Era como se agora eu reconhecesse que a soma de meu tempo na Terra até então nada mais era do que um verniz cuidadosamente construído, que, sem muito apoio, arriscava-se a desabar a qualquer momento. Na companhia de Philippe e Maria, eu me senti vulnerável, nu. Agora entendia que, em algum lugar, eu havia sacrificado os maiores valores e as recompensas de longo prazo da vida pelos prazeres hedonistas e tangíveis do cotidiano: família e amigos deixados de lado na busca egoísta pelo imediato. Senti-me um tolo, chocado por minha admissão a um casal tão jovem, tão confiante e tão investido de valores morais.

Em pânico, desejei o conforto da estrada; precisava estar sozinho onde eu não pudesse perturbar ninguém, exceto a mim mesmo.

Olhando o casal nos olhos, encerrei abruptamente a conversa e agradeci-lhes pela gentileza. Nós nos abraçamos com afeto e eu me despedi. Acho que eles entenderam. Momentos depois, o pequeno carro vermelho passou sacolejando com a buzina tocando e mãos acenando pela janela. Eu os observei fazer a curva, corri para uma área de descanso, livrei-me da mochila e, buscando refúgio atrás de um monte de cascalho, apoiei a cabeça nas mãos. Não era mais só uma caminhada. Como eu tinha sido ingênuo de pensar que pudesse ser.

*

Ao parar em uma encruzilhada para consultar meu mapa, de repente ouvi alguém cantando alto, "Bop-bop-bop, bop-bop-bop--PAAARP!".

No alto da trilha, apareceu um guarda-chuva gasto, cuja haste da frente estava quebrada de tal maneira que, com uma aba de tecido pendurada, enxergar devia ser quase impossível. O guarda--chuva movia-se com certa velocidade. O bop-bop-bop continuou até que a silhueta de outro peregrino apareceu gradualmente. De barba e cabelos grisalhos muito curtos, ele era magro e ágil e carregava uma enorme mochila com uma proteção impermeável prateada em volta que fazia a coisa parecer mais apropriada para a lua do que para o leste da França. Em sua mão havia um bastão, que ele segurava horizontalmente na altura do meio do corpo e balançava para frente e para trás enquanto caminhava, o que lhe dava um ar distinto de determinação. Um chapéu de lona estava preso em seu pescoço por uma alça. "Opa, para onde vai, senhor?", o homem gritou com um sotaque estrangeiro e voz de barítono.

Mario, que parecia muito mais jovem do que seus 67 anos, era de Bergamo, no nordeste da Itália. Eu era o primeiro peregrino que ele encontrava desde que partira de Cantuária, e, quase sem interrupção, contou-me que aquele dia era o segundo aniversário de sua neta mais nova.

O modo de peregrinação do geólogo aposentado, que já havia caminhado para a maioria dos santuários da Europa e além, era muito mais difícil do que o meu próprio método. Ele caminhava de dia, procuraria uma cama ao chegar a seu destino naquela noite e, se não tivesse sucesso, perguntaria pela rua ou continuaria andando até o momento em que encontrasse algum lugar para dormir. Em comparação à minha rota mais programada, o progresso dele era de "talvezes", sem nunca saber com mais de um dia de antecedência, na melhor das hipóteses, onde poderia acabar. O fim da jornada era sua única constante. Dessa vez, ele só estava indo até Vercelli.

– Já andei de lá até Roma, então não tenho por que ir de novo.

Atravessamos do Auto Marne para o Auto Sona; o trigo nos campos passava do verde a um amarelo suave, as construções ficavam ainda mais sólidas, com lenha empilhada alta do lado de fora em preparação para o inverno, e os campanários das igrejas mudavam de ardósia simples para *dôme comtois* ornados em forma de sino com belos padrões formados pelas telhas. Havia uma sensação distinta de que estávamos começando uma subida contínua; as planícies dos últimos dez dias ficaram para trás de nós.

O frio cinza do dia parecia sem importância enquanto eu caminhava com Mario; por trás do exterior rústico, ele era um homem gentil e atencioso que via beleza em todo lugar por onde passava, fossem pessoas, o campo, a arquitetura local ou, suas favoritas, igrejas e capelas. Tudo em sua pessoa tinha uma história para contar, que ele começava sempre da mesma maneira cativante. "Meu bastão, sim, bem, ah, a propósito, meu bastão eu cortei em um bosque nos arredores de Bolsena enquanto caminhava para Roma pela primeira vez. Esteve comigo em toda parte desde então, Santiago, Jerusalém, por toda a França. Muito útil, sabe, para espantar cachorros, especialmente na Turquia e na Síria. Eles treinam os cachorros para atacar as pessoas lá, sabe? Também é bom para pendurar roupas lavadas e levantar cercas eletrificadas. Este é meu velho amigo querido", ele acrescentava, acariciando-o com afeto, como se fosse um gato muito amado.

Intrigado, eu lhe perguntei qual era o significado de caminhar pela França.

– Bem, a propósito, uma manhã bem cedo, eu estava caminhando de Lourdes para Roma, acho que pela segunda vez... para Roma, quero dizer... e estava no meio de uma grande floresta. Havia uma neblina muito densa, estava frio e eu fiquei perdido... e assustado. De repente, havia alguém ao meu lado... respirando... seus pés, sabe... – Ele me olhou, desconfiando, imagino, que eu talvez não acreditasse nele. Ao notar meu interesse, ele continuou. – ...mas não havia ninguém ali. Eu estava sozinho, porém não estava sozinho; não me senti mais com medo. Havia definitivamente alguém comigo, sabe, como se diz? – Ele olhou para mim, sem encontrar a palavra.

– Anjo da guarda?

– Exatamente. E, a propósito, ele está sempre aqui. É por isso que você me vê fazer perguntas a todos o tempo todo, porque meu anjo da guarda sempre provê. Quando não sei onde estou, como chegar em algum lugar ou se preciso de um local para dormir, ele sempre põe alguém na minha frente. Então, como São Miguel é encarregado dos Anjos, caminhei de San Michele perto da minha cidade até o monte St. Michel na França para agradecer a ele por aquela manhã na floresta.

Um arrepio percorreu minha espinha; minha mente voltou na mesma hora para a sombra que atravessou meu caminho na floresta depois de Châteauvillain alguns dias antes. Seria possível que Santo Espiridião de Corfu, que estou convencido que me protegeu desde quando eu quase perdi a vida em um penhasco nas Ilhas Gregas, estava comigo naquela viagem também? Eu começava a me perguntar.

– Outra cidade francesa morta – Mario comentou quando chegamos a Champlitte e ele foi procurar uma cama. – O que é isso neste país? Onde está todo mundo? Oh-oh... três pessoas, lá vem uma multidão! – Concordamos em nos encontrar para o jantar às dezenove horas.

No restaurante naquela noite, Mario estava inconformado. Ele havia perdido seu chapéu. "Eu o comprei quando cheguei a Jerusalém", acrescentou. Sem hesitação, eu lhe ofereci o meu; não podia suportar a ideia de meu amigo daquele dia – não importa que provavelmente nunca mais o veria –, caminhando no sol sem proteção para sua cabeça. Eu tinha dois, afinal, e o de aba larga era grande demais para mim, mas, estranhamente, serviu em Mario como se tivesse sido feito para ele.

Conversamos sobre o dia seguinte; Mario ia partir para Gy, "provavelmente", o que era o máximo de firmeza com que ele fazia planos. Eu, no entanto, precisava comprar botas novas; as minhas tinham se rendido e, ao contrário de Santo Aderaldo, arquidiácono de Troyes no século x, não me agradava a ideia de atravessar os Alpes descalço ou mesmo sobre solas de espuma, que é como eu vinha andando nos últimos dias. Despedimo-nos calorosamente e, quando eu ia partir, Mario disse:

– Ah, a propósito, quando atravessar o rio Pó, diga um alô para Danilo, o barqueiro, por mim. Ele é uma pessoa muito boa. Diga-lhe apenas que Mario, de Bergamo, é seu amigo e vai se dar bem com ele!

Enquanto eu caminhava de volta para meu alojamento, não pude deixar de pensar se o anjo da guarda de Mario não teria tido participação naquele dia para que eu estivesse ali para substituir o chapéu dele; e talvez, pensei, meu anjo da guarda tivesse encontrado Mario como um companheiro para mim também. Eu me senti melhor por causa de sua companhia.

*

– Sabe como Clemenceau chamava o inglês? – disse o velho homem corcunda de terno, enquanto apertava os olhos para mim sobre os óculos. Com a dor de cabeça que eu tinha naquela manhã, não estava com humor nem para gracinhas, nem para rivalidades bobas entre nações. Mal podia ficar em pé, quanto mais ver. Foi minha própria culpa; atravessar o grande Sona uns dois dias antes, ver uma placa na estrada para Lausanne, perceber a inegável mancha escura das Montanhas do Jura erguendo-se diante de mim e, depois, entrar em Besançon, fervilhante de vida, me haviam feito chegar, na tarde anterior, cheio de expectativa.

Para minha alegria, enquanto eu me acotovelava e abria espaço com minha mochila entre a multidão de pessoas fazendo compras, encontrei um pub irlandês.

O problema com o bom líquido escuro, sem dúvida algum ingrediente esperto na mistura secreta de Arthur Guinness, é que nunca se pode tomar um só. Fiel a isso e sendo fraco de caráter nesse aspecto, eu não fiquei no "apenas um". Em algum ponto da noite, meu registro no diário foi se tornando cada vez mais confuso e minha memória, nebulosa. Lembro-me do choque de entrar cambaleante no banheiro e ver-me diante de nada mais que um buraco fundo com dois tijolos para ficar de pé em cima. Quando puxei a corrente, minhas botas foram lavadas junto. Depois disso, a noite passada era um branco total, exceto por uma dor de garganta, um hematoma inexplicável em meu braço e uma carteira vazia.

Dei um meio sorriso de volta para o velho em resposta à tirada sobre Clemenceau; nas circunstâncias, isso era o melhor que eu podia oferecer para indicar que não sabia responder.

– Francês mal pronunciado – ele declarou, sorrindo para mim em sua pequena vitória. Todos os outros no aposento lotado, em sua maioria japoneses, riram histericamente. Eu sorri de lado outra vez.

Estávamos na sala do relógio da Catedral de Saint-Jean e o velho Guardião do Relógio começava a ficar irritado enquanto, como um ineficaz professor de escola, tentava restabelecer a ordem na massa indisciplinada de fotógrafos amadores orientais reunidos à sua volta. Ele tinha menos de dez minutos para explicar o complexo mecanismo diante de nós antes da batida da hora, quando a maioria de suas 30 mil partes móveis ganharia vida e desencadearia um breve espasmo de caos mecânico preparando os sinos para tocar em toda a cidade.

Relógios astronômicos não são nenhuma novidade. Os gregos antigos, com toda probabilidade, vinham usando-os muito antes da máquina de Anticítera, datada de 100 a 150 a.C. Os árabes navegavam pelo astrolábio, e instrumentos elaborados de medição do tempo, como o Orloj de Praga ou o relógio da Catedral de Wells, estão em existência comum desde o século XIV para informar a hora aos moradores da cidade por meio de sinos e um mostrador de relógio montado no alto de uma torre para todos verem. Relógios astronômicos também mostravam as fases da lua, dia, data e até mesmo atividade planetária.

O fato curioso sobre o relógio de Besançon, no entanto, é que ele foi encomendado em meados do século XIX, muito depois de os instrumentos já serem obsoletos. Além disso, seus muitos mostradores fascinantes, que eu estava me esforçando para entender o que eram, não são montados em uma posição elevada sobre algum pedestal para todos observarem, mas ficam escondidos em uma sala dos fundos obscura, no alto de uma escada sem nada de especial – quase como se o cardeal Mathieu, quando encomendou o mecanismo a Auguste Vérité, quisesse-o só para si.

De qualquer modo, o relógio é uma obra magnífica. É montado em uma estrutura de ferro fundido que parece uma enorme cômoda dourada com pilares, de 5,5 metros de altura, com sessenta belos mostradores esmaltados e dourados dispostos por todo o espaço. O mais alto deles é um relógio, o mais baixo, um planetário, enquanto os intermediários e laterais incluem calendários cívicos e eclesiásticos, o ano, mês, dia, hora, minuto e segundo, planetas de acordo com a data e a estação, o signo do zodíaco e a equação do tempo que é, como todos nós sabemos, a diferença entre o tempo solar aparente e o tempo solar médio. Como se isso não bastasse, a hora nas "grandes cidades do mundo" também é mostrada – com a notável exceção de Londres – mais os eclipses do Sol e da Lua no ano e os anos e séculos bissextos, sendo que este último mostrador se moveu pela primeira vez em 2000 d.C. e não se moverá novamente até 2400 d.C. Agora você pode imaginar por que tentar entender um relógio logo cedo de manhã, depois de uma noite difícil, talvez não tenha sido a atividade mais inteligente para eu escolher.

O Guardião, que tinha acabado de explicar tudo isso no curto tempo de que dispunha, levou sua explicação a um encerramento teatral no momento em que discos rodaram com rangidos, cabos giraram, engrenagens roncaram, polias zumbiram, duas bandeiras tremularam e rodas dentadas moveram-se enquanto dois apóstolos batiam a hora, auxiliados pelos arcanjos Miguel e Gabriel e pelas três virtudes, Fé, Esperança e Caridade. Como era antes do meio-dia, a ressurreição não foi representada – o que sempre acontece às doze horas – nem vimos Cristo voltar ao túmulo às quinze horas. Para completar essa obra-prima mágica de encanto de engenharia, a Virgem Maria, a Rainha do Mundo com seu cetro, presidia a ação no alto de tudo.

Os japoneses, diante daquele circo mecânico frenético em movimento, não conseguiam se conter. Sua alegria era palpável enquanto minúsculos barquinhos subiam e desciam em ondulações de metal e vários membros das hostes celestiais abaixavam-se e volteavam diante de seus olhos. Suas câmeras funcionavam sem parar, e eu tentava encontrar uma cadeira e parecer tão interessado quanto possível, pois, naquela altura, estava realmente me sentindo muito fraco.

Besançon fica às margens de um trecho do longo rio Doubs. O monte St. Etienne, que monta guarda à entrada, é sua elevada e marcante sentinela.

Carlos v, imperador do Sacro Império Romano no século xvi, chamou o local, que era uma cidade imperial livre autônoma e sede de um arcebispado, de "o escudo de seu vasto império", já que fazia fronteira com a França. O governante, que havia herdado o império dos Habsburgo, os Países Baixos borgonheses e as Coroas de Castela e Aragão, era não só o primeiro rei de fato da Espanha, mas também tinha autoridade sobre vastos territórios da Europa, Américas e Ásia – ou, em termos bem simples, da maior parte do mundo conhecido da época. Seus títulos, de impérios a reinos, ducados e condados, incluindo meu favorito – Senhor das Ilhas e Terra Firme do Mar Oceano –, eram tantos que ocupavam dez linhas quando impressos em papel. Ele era um homem imensamente poderoso que passou boa parte de sua vida lutando com os franceses, de uma maneira ou de outra. Acredita-se que tenha sido influente para bloquear as tentativas de Henrique viii de se divorciar de Catarina de Aragão, que era sua tia; o papa Clemente vii, depois do saque de Roma em 1527, foi prisioneiro do imperador.

Na velhice, Carlos abdicou, passando o império dos Habsburgo para seu irmão, Fernando, e os territórios espanhóis para seu filho, Filipe, famoso pela Armada. Besançon permaneceu sob domínio espanhol até 1678, quando Luís XIV finalmente libertou a cidade das garras dos Habsburgo, aos quais havia efetivamente pertencido por mais de 650 anos.

O comandante responsável por essa vitória foi Sébastien de Vauban, marechal da França, engenheiro militar, especialista na arte de construção defensiva e destruição ofensiva. Ele liderou pessoalmente mais de 45 sítios. Mestre em projetos de fortificações, aos 34 anos foi encarregado das defesas da França, viajando o país de um lado a outro. Ele traçou os limites territoriais nacionais e dedicou-se a reforçar as fortificações, estivessem elas em mar ou em terra. Dizia-se na época: "Uma cidade fortificada por Vauban é uma cidade inexpugnável; uma cidade sitiada por Vauban é uma cidade conquistada".

De peruca, couraça prateada, faixa de seda branca na cintura, casaco azul longo com paramentos de cordões dourados e punhos vermelhos, de esporas e botas com uma espada ao lado e bastão de marechal na mão, Vauban possuía uma imagem imponente. Seu legado duradouro atesta sua obra, abrangendo 160 fortalezas em toda a França, das quais doze são patrimônios mundiais da humanidade.

A grande habilidade do marechal foi incorporar o terreno nos projetos, usando-o para aumentar a vantagem defensiva. Desde o século XV, a artilharia evoluiu de tal modo que muralhas altas eram praticamente inúteis. Por isso, ele desenvolveu o conceito de bastiões múltiplos. Estes eram construções muradas baixas de formato pentagonal muito próximas umas das outras, que se reforçavam mutuamente – e cada projeto era adaptado individualmente para complementar a conformação do terreno. Da Ilha de Ré no oeste, St. Vaast no norte, Briançon nos Alpes e Villefranche nos Pirineus, Vauban construiu grandes fortalezas em forma de estrela de enorme força e poderio militar, mas, de todas elas, Besançon foi sua melhor.

Em 1678, ele escreveu para Louvois, o secretário de estado para a guerra: "... faça de Besançon, para sempre, uma das melhores fortificações na Europa, com que o rei possa contar mais do que qualquer outra em seu reino". O custo de construção foi tão grande que, em um ponto, o ministro perguntou se a cidadela estava sendo construída com ouro. Todos os trabalhadores na cidade foram requisitados para a tarefa, que envolveu a edificação de muralhas com parapeitos, cortinas e coberturas com uma espessura de até seis metros, a escavação de redes de passagens subterrâneas, a abertura de largos fossos e a construção de altos baluartes, casamatas e meias-luas para possibilitar fogo de artilharia de vários níveis. Mesmo em 1814, os austríacos não conseguiram romper as defesas.

A Cidadela é um lugar muito diferente agora que a Europa está em paz. Fiz a árdua subida da colina passando sob o Front St. Etienne para um gramado onde famílias faziam piquenique. Atravessando a ponte sobre o fosso no Front Royal, notei movimento na vegetação lá embaixo. Seria um cachorro? Ou talvez um homem? Levantando a mão para me proteger do sol, apertei os olhos para enxergar melhor. Era uma família de babuínos.

Conforme avancei mais pela Cidadela, percebi tigres, cangurus, macacos e cabras espalhados pelo local. Muito rapidamente, porém, também ficou evidente que segredos sombrios, que apontavam para um passado não tão glorioso, encontravam-se dentro daquele oásis de calma distante da cidade abaixo. Logo passando o poço, quatro estacas erguiam-se solenes e solitárias em uma área retangular de pedrinhas, com uma tricolor[*] pendurada em um mastro como uma sentinela com a cabeça baixa em luto.

Nesse local, entre 1941 e 1944, 84 homens da Resistência Francesa, junto com dezesseis de seus companheiros holandeses, italianos, suíços, luxemburgueses, espanhóis e poloneses, foram

---

[*] Referência à bandeira da França. (N. E.)

mortos por guardas nazistas na luta pela liberdade. Besançon tinha sido uma parte da França ocupada pelos nazistas na Segunda Guerra Mundial.

Mais adiante, uma estátua escura e muito magra estendia os braços em súplica, com os nomes "Auschwitz, Stutthof, Mauthausen, Flossenburg, Ravensbruck, Struthof, Buchenwald, Sachsenhausen, Neuengamme, Gross-Rosen, Dachau e Bergen-Belsen" gravados em letras de bronze na parede de pedra atrás: um impressionante memorial aos 76 mil judeus e outros "indesejáveis" franceses que nunca retornaram dos campos de concentração para onde as autoridades nazistas e de Vichy os deportaram à força.

1.270 quilômetros para Roma.

11

De Ornans e o Vale do Loue até a fronteira suíça

> *Então seguiu em frente e desceu atrás*
> *Das alturas vestidas de pinheiros do Jura, iluminando*
> *A janela do lenhador e talvez seu machado*
> *Levado para casa pela floresta em sua mão;*
> *E, na borda de algum elevado penhasco,*
> *Aquela masmorra-fortaleza que não deve ser nomeada,*
> *Onde, como um leão pego em uma armadilha,*
> *Toussaint expirou seu bravo e generoso espírito.*
>
> Samuel Rogers, *O Lago de Genebra*, 1823

Eu mal tinha atravessado a serra para La Vèze, depois de uma subida íngreme nas colinas do lado oposto de Besançon, e vi vacas usando sinos no pescoço pendurados em robustas coleiras decoradas. Seu badalar suave agora era a música dos meus dias. Era um som alegre que fazia o espírito se elevar como as Montanhas do Jura à minha volta enquanto eu caminhava por estradas margeadas de pastos verdes repletos de flores de verão, passando por celeiros cheios de fardos de feno e por bosques de abetos refrescantes. Esse campo antigo e impressionante era o novo pano de fundo de minha viagem, em que a natureza fundia paisagem e rio em uma união perfeita, o Loue deslizando apressado sobre pedras e poços enquanto falanges nuas de calcário coroadas de pinheiros erguiam-se vertiginosamente acima.

– *Bonjour!* – gritei, quando a moça passou rapidamente por mim meio fora de controle. – *Vous allez où?* – chamei de novo.

– Não falo francês – ela respondeu, reduzindo o ritmo até parar na lateral da estrada. Corri até ela. Ajoelhei-me ao lado de sua cadeira de rodas e perguntei se ela também estava indo para Roma.

– Sim, mas não esta noite – ela respondeu, e assim conheci Sylviane, uma paraplégica de trinta e poucos anos de Linz, na Áustria, que tinha perdido o uso das pernas ao cair de uma escada, muitos anos antes. Aquela era sua primeira vez na Via Francigena, mas, como ela acrescentou logo, já havia estado em Santiago quatro vezes.

Olhei com admiração para o dispositivo que transformava a cadeira em um triciclo; adornado com cestas e porta-sacolas, tinha uma aparência utilitária de veículo de reconhecimento militar e a geringonça era impulsionada ladeira acima por uma corrente na roda dianteira movida por alavancas e controlada nas descidas por acionamento dos freios com luvas.

– Já acabei com dois pares de luvas – ela comentou.

Sentamo-nos juntos na beira da estrada, e eu lhe dei morangos silvestres colhidos dos arbustos nas margens enquanto fazíamos uma pausa, rindo e brincando sob o sol. A viagem de Sylviane era diferente também; guias de estradas eram a base de sua aventura, com uma fina linha luminosa traçada em caneta hidrográfica marcando o caminho.

Nosso tempo juntos foi um momento roubado da estrada, uma chance de saborear aquela afinidade mágica que existe entre peregrinos quando eles se encontram, forjando, em questão de minutos, uma lealdade intensa que jamais será rompida. Essas ocasiões, tão cheias de alegria, quase pareciam celebrar os vínculos unificadores das dificuldades partilhadas e do isolamento enfrentado, os dois pilares que mais distinguem a peregrinação como uma empreitada tão completamente diferente do cotidiano.

Como eu, Sylviane ia até a cidade de Ornans para passar a noite, onde freiras cuidariam dela. Tamanha é a bondade das pessoas na rota que, apesar do desafio hercúleo que ela ia enfrentar nas próximas semanas, haveria muitos voluntários por perto para assegurar que ela pudesse seguir em frente. Disso eu estava seguro; no entanto, mesmo assim, eu me preocupava com ela pelos dias que estavam por vir. Os Alpes seriam um problema para Sylviane.

– Como vai conseguir transpor as montanhas? – perguntei.

– É a mesma coisa para você e para mim. E não se esqueça, você vai ter de ir a pé! – ela me lembrou.

Sylviane, que nunca parava de sorrir, planejava chegar a São Pedro no começo de agosto e, depois disso, declarou, talvez pegasse um trem para o norte e fizesse a trilha para Compostela outra vez. Para mim, respondi, seria um avião para Atenas e um barco para uma lenta viagem às Cíclades.

– É descida o caminho todo até Ornans? – ela perguntou, pois seu mapa não tinha detalhes.

Respondi que sim, e, olhando-me com um largo sorriso, ela virou a cadeira para a estrada. Eu lhe disse que ela precisava de uma bandeira para que os caminhões enxergassem melhor sua cadeira de rodas.

– Deus é minha bandeira – ela falou, apontando para um crucifixo que balançava em seu guidão, e sorriu de novo. Eu a observei pegar velocidade, fazer a curva na estrada, e ela se foi. Nunca mais a vi.

Ornans é uma delícia, cheia de gerânios, amores-perfeitos, margaridas e patos. Na verdade, há patos por toda parte: andando pelas ruas, tomando sol junto às paredes, passeando pelas praças e marchando pelas margens do rio. Agarrada às laterais do rio Loue, a cidade era um paraíso dos patos.

Por um momento, porém, vamos trocar a paz dos campos por Paris, onde a atmosfera é tensa e carregada de fúria. É a tarde de 15 de maio de 1871. Estamos no meio de uma grande multidão sendo arrastados inexoravelmente, como detritos em um turbilhão, em direção à Place Vendôme. A vingança paira pútrida no ar. Somos pegos sem querer em um dos mais notáveis incidentes da curta história da Comuna de Paris, o conselho eleito que rompeu com o governo francês quando este fugiu para a segurança em Bordeaux enquanto o exército prussiano avançava pela França. As barricadas estavam se erguendo por Paris mais uma vez.

A Guarda Nacional, que desertou maciçamente em favor do movimento, organiza a multidão agitada nas bordas da praça, com o meio isolado por cordas. As pessoas à nossa volta, empurrando-se e falando exaltadamente, olham e apontam para a grande Coluna de Vendôme, feita de canhões capturados em dezembro de 1805 na Batalha de Austerlitz, a melhor vitória de Napoleão.

Essa coluna, uma metáfora do poderio e da força militar francesa, era agora demonizada como "um símbolo de força bruta e falsa glória". O mito foi abalado pelo fiasco da guerra franco-prussiana, cujo ápice, a humilhação em Sedan, viu a captura do próprio imperador Napoleão III.

Gustave Courbet, artista e líder do movimento realista, sugeriu que a criação fosse desmontada e transportada para o Palácio dos Inválidos, o coração militar de Paris. A Comuna, no entanto, desconsiderou sua sugestão e, em vez disso, votou alguns meses depois por derrubar a coluna e se livrar dela de uma vez por todas.

Imagine o som, como um estádio de futebol em pleno canto, quando o tumulto explodiu em uma apresentação espontânea de *A marselhesa*, o hino nacional da França. Enquanto o coro inflamado de *"Aux armes, citoyens"*[Às armas, cidadãos] retumba em torno dos prédios, o sinal é dado para que os cabrestantes sejam acionados. Cordas e correntes eliminam a folga e se retesam, as placas de bronze da estrutura começam a gemer e ceder, rebites voam e o monumento oscila e se despedaça até que, com um forte estrondo, desmorona no chão em nuvens de resíduos e pó. O canto é abruptamente substituído por vivas ensurdecedores enquanto a cabeça da estátua de Napoleão rola sobre o pavimento como uma maçã lançada de um galho. A bandeira vermelha é rapidamente colocada no pedestal vazio.

Em questão de dias, a Comuna seria derrotada pelo Versaillaise, como o governo era conhecido, em uma orgia terrível de carnificina e violência que culminou na Semana Sangrenta, quando o Sena tingiu-se de vermelho com o sangue de dezenas de milhares que foram mortos e executados, muitos identificados por fotografias tiradas naquele fatídico dia de primavera. Iguais números foram encarcerados ou deportados. Courbet, que foi eleito para a Comuna depois daquele acontecimento e não participou da votação para destruir a coluna, foi multado em quinhentos francos e passou seis meses na prisão por "sua parte".

O artista, um dos maiores de seu tempo, veio de Ornans. Sua casa de infância é hoje um museu e o prédio tem um grande invólucro de aço e vidro que faz lembrar uma estufa de horta gigante.

Impressionei-me com Courbet. Revolucionário até a medula, ele foi o poder por trás do movimento realista. Sua obra teve uma profunda influência sobre os impressionistas. Apaixonado como era pela controvérsia e pelo debate, certamente uma noite com o artista seria uma ocasião muito animada. Seus enormes painéis são cheios de detalhes e emoção e, como a obra de Rembrandt, testemunhos sociais de seu tempo.

Meu quadro favorito dele, no entanto, é o intimista *Le Pirate prisonnier du Dey d'Alger* (O pirata prisioneiro do Dey de Argel), uma pequena obra que mostra um velho pirata em cativeiro, com a barba espessa, semidespido e sujo. Ele está perdido em pensamento enquanto pondera sobre seu destino; com toda a sua força muscular, o antes orgulhoso marinheiro está agora abatido no confinamento. O quadro me lembrou de um detalhe de *Massacre em Chios* de Delacroix (1824), a imponente pintura que desempenhou um papel tão importante para ganhar apoio internacional à causa da independência grega décadas antes.

Levaria apenas dois anos para que as autoridades decidissem reconstruir a Coluna de Vendôme, e, em maio de 1877, a conta de 323.091 francos e 68 cêntimos gastos para sua restauração foi posta firmemente nas mãos de Courbet. O pintor, alertado com antecedência, havia fugido pela fronteira suíça quatro anos antes. Em sua ausência, foi decretado que ele poderia pagar a dívida em prestações de 10 mil francos a cada ano até seu aniversário de 91 anos. Ele morreu um dia antes da data de vencimento do primeiro pagamento.

Ao sair do museu, notei que havia certa comoção na cidade quando atravessei a ponte de volta. Uma pequena multidão tinha se reunido em torno do Memorial de Guerra. Havia, no entanto, um clima de solenidade e importância na aglomeração, quando avistei o brilho inconfundível de franjas douradas em cores militares movendo-se de um lado a outro e os capacetes prateados dos bombeiros. Um carro chegou trazendo o chefe de polícia local em uniforme completo, seguido por uma *van* cheia de gendarmes de quepe e túnica enquanto veteranos de várias épocas assistiam em variedades de melhores roupas de domingo, todos usando suas medalhas.

O prefeito, com uma faixa das cores de seu país, pediu posição de sentido para que o Hino Nacional fosse executado. Depois, os alto-falantes estalaram, e a voz inconfundível de Charles de Gaulle, segura, controlada e calma, soou pela pequena praça. Em silêncio, ouvimos enquanto ele declarava em tons robustos que *"quoi qu'il arrive, la flamme de la résistance française ne doit pas s'éteindre et ne s'éteindra pas"* (não importa o que aconteça, a chama da Resistência Francesa não deve se apagar e não se apagará). Era o aniversário do Apelo de 18 de junho, que marcou o fatídico dia, em 1940, em que Grã-Bretanha e França enfrentaram sozinhas a Alemanha nazista, uma das horas mais nefastas de nossa história comum; dois dias antes, a França havia sido forçada a se render diante de circunstâncias inescapavelmente adversas. Com a chegada de De Gaulle a

Londres, Churchill pôs os recursos da BBC à disposição do líder para transmitir um chamado às armas para os franceses livres e, assim, dar início à longa luta pela liberdade. Que paradoxal que, do outro lado do Canal, fosse o Dia de Waterloo.

*

Estava chovendo muito quando saí de Mouthier; talvez, pensando agora, não fosse o melhor momento para partir. Desci ao vale para começar a subida para a nascente do rio Loue. Em meio ao verde da floresta, aos rochedos cobertos de musgos e às onipresentes cachoeiras, era como estar nas selvas de Bornéu, enquanto eu tateava meu caminho por trilhas sinuosas que se agarravam precariamente à encosta da montanha. Cabritos-monteses de expressão séria olhavam das alturas.

Crrrack! Algo se quebrou lá em cima. Pela natureza urgente e implacável de sua descida eu soube que não era pequeno. Congelei. Como ao ser pego no meio de um fogo de artilharia, era impossível dizer onde a avalanche que vinha rebentando encosta abaixo em velocidade crescente ia parar. O instinto entrou em ação. Abaixei sob uma saliência na rocha. *Bum-sobe-bum-sobe* até que, de repente, uma pedra do tamanho de uma geladeira pequena fez uma pirueta no ar com surpreendente graça bem diante dos meus olhos e atingiu o tronco de uma árvore com alguma força antes de se alojar no chão como um besouro enlouquecido a menos de um metro de mim com um espetacular *tlumpf*. Seu lugar de repouso final foi quase o ponto exato onde eu havia estado de pé.

Em Pontarlier, com seu impressionante arco de arenito com um relógio e um sino marcando a entrada formal para as montanhas, o proprietário alemão do hotel em que fiquei exigiu pagamento adiantado.

– As pessoas vêm e vão com muita facilidade aqui. – Ele sorriu enquanto dobrava o dinheiro e o enfiava no bolso. Com uma boate escura de um lado e uns tipos de aparência duvidosa olhando para mim do bar no outro lado, tive a impressão de que, se lhe desse o olhar entendido correto, talvez pudesse ter alugado meu quarto por hora.

Naquela noite, fiz um último jantar comemorativo na França, constituído de um grande prato de *cassoulet* seguido por uma vasilha ainda maior de *îles flottantes*, que parecem, basicamente, espuma de barbear caramelizada nadando em creme. Carregado de açúcar, o prato é um pecado, mas muito delicioso e, para mim, tão próximo do céu na Terra quanto é possível chegar.

Minha principal lembrança da cidade, no entanto, foi que lá havia uma excelente livraria onde descobri a obra de Pierre Loti, oficial naval francês e escritor. Nascido em 1850, ele conseguiu visitar e escrever sobre quase todos os lugares de interesse no mundo inteiro, com exceção das calotas polares. Sua produção foi invejável, com mais de quarenta livros escritos entre 1879 e sua morte, em 1923, incluindo o maravilhosamente intitulado *L'Inde (sans les Anglais)* [A Índia (sem os ingleses)].

Na manhã seguinte, com a barriga cheia do café da manhã, a rota de Pontarlier, subindo pela floresta, para o Forte Mahler foi dura. Mas me garantiram que valeria o esforço, pois a vista do imponente Forte de Joux, "aquela masmorra-fortaleza que não deve ser nomeada", era espetacular. Desde o século XI, Joux, que foi modernizado por Vauban em 1690, manteve guarda sobre o Cluse de Pontarlier, uma enorme garganta na aproximação da Suíça. Em seus dias de glória, o forte servia como prisão e fortaleza. Um de seus ocupantes mais ilustres foi o general François-Dominique Toussaint Louverture, um homem notável de ascendência africana que liderou a maior revolta de escravos da história. Ele nasceu em 1743 na colônia francesa de São Domingo na ilha de Hispaniola, hoje Haiti.

Conhecida como a "joia das Antilhas", São Domingo, no final do século XVIII, fornecia mais de quarenta por cento do açúcar da Europa e quase dois terços de seu café. Administrada por uma população branca de 32 mil habitantes, a força de trabalho chegava a quase um milhão de pessoas, um número impressionante que equivalia a bem mais do que um quarto do comércio de escravos pelo Atlântico. A colônia representava a terceira maior fonte de receita da França.

Libertado por seu senhor aos 33 anos, Toussaint logo se tornou um homem rico. Desempenhou um papel de liderança nas revoltas de escravos da década de 1790, tanto em campo como fora dele, até 1794, quando a escravidão foi abolida pelo governo revolucionário em Paris. O talentoso Toussaint dedicou-se então a restabelecer a economia, o que incluiu a delicada tarefa de convencer ex-escravos a retornar às suas fazendas como empregados. Mas, ao mesmo tempo, ele também começou a entrar em conflito com Napoleão.

Em 1801, o general foi expressamente proibido de capturar Santo Domingo. Ignorando a instrução, ele tomou a colônia espanhola com facilidade, em um movimento que lhe deu controle sobre toda a ilha de Hispaniola. Foi um ato de desafio que, sem dúvida, deve ter irritado o imperador na distante França. Toussaint, então, indicou sua própria assembleia, receando que a escravidão pudesse ser reintroduzida, como havia ocorrido em outros lugares. Uma constituição foi rapidamente aprovada, confirmando a continuidade da emancipação e também dando ao general poder quase absoluto, com nenhuma provisão para representação francesa nem acordos preferenciais de comércio. Napoleão enviou uma força considerável com ordens de retomar a ilha e deportar todos os oficiais negros.

Forte de Joux
...com seu impressionante conjunto de muralhas, torres e torreões...

A luta que se seguiu foi sangrenta e inconclusiva. Os franceses, dizimados por doenças, recorreram a trapaça e atrocidades para ganhar vantagem. Toussaint, agora com quase sessenta anos, concordou com um tratado de paz, mas, privadamente, sua presença ainda era considerada uma ameaça para o domínio francês. Ele foi chamado para comparecer a uma reunião. Mas, ao chegar, foi preso, colocado a bordo de um navio e deportado para a França. Ele morreu em 1803 – a morte desonrosa de um prisioneiro – por complicações de saúde decorrentes das condições terríveis de Joux.

Naquele mesmo ano, Napoleão reintroduziu a escravidão em São Domingo. Ela não seria abolida novamente na França até 1849. Os franceses, porém, foram expulsos de Hispaniola em 1804, e desde então os haitianos viveram em liberdade. Assim, talvez a morte de Toussaint não tenha sido inteiramente em vão – o que é mais do que poderia ser dito de minha subida estafante até o Forte Mahler. Joux, com seu impressionante conjunto de muralhas, torreões e torres que deveriam se estender por toda a beira do penhasco do outro lado do vale, não aparecia à vista em lugar nenhum. O lugar estava envolto em uma pesada neblina.

Eu estava na estrada há pouco mais de seis semanas, tinha caminhado cerca de 1.100 quilômetros e, enquanto passava por linhas de teleféricos em repouso e lojas de aluguel de equipamento de esqui abandonadas durante o verão, não pude deixar de refletir que um marco importante na jornada ficaria para trás. Eu sentiria falta da França, com seus campos magníficos e história maravilhosa, onde as pessoas, sempre hospitaleiras, tinham uma infalível amabilidade do Velho Mundo, mas outro capítulo precisava iniciar para que eu chegasse a Roma.

Pelos meus cálculos, que são frequentemente questionáveis, ainda havia uma boa distância de mato a percorrer no mapa antes de chegar à fronteira. Na verdade, se tivesse obedecido ao marcador de rota em amarelo que me mandava entrar pelo meio das árvores, eu teria errado totalmente. O instinto me disse para fazer outra coisa. Segui a estrada e, quando ela fez uma curva, um telhado plano simples apareceu, sobre o qual tremulava a bandeira suíça.

1.163 quilômetros para Roma.

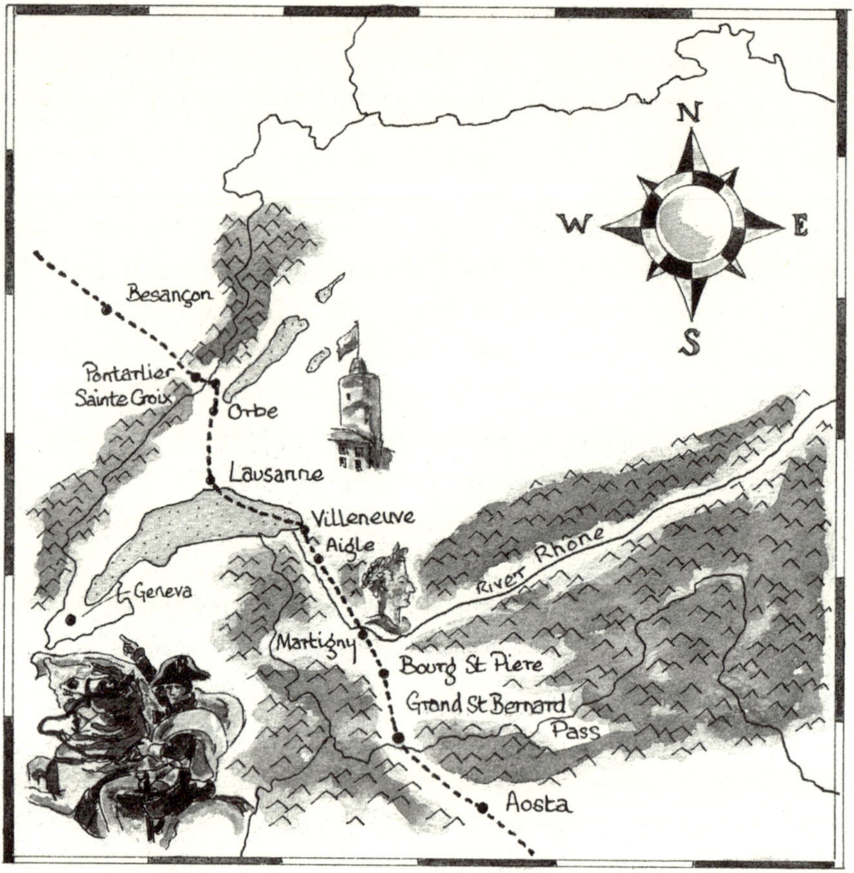
N
W
E
S
Besançon
Pontarlier
Sainte Croix
Orbe
Lausanne
Villeneuve
Aigle
Geneva
River Rhône
Martigny
Bourg St Piere
Grand St Bernard
Pass
Aosta

Parte 3

Suíça

Quinta-feira, 8 de novembro. Meu mau humor continuou. Eu estava bravo comigo mesmo. Vi minha fraqueza. Nesses casos, é preciso ser sincero. Eu disse, "não gostaria de ir até a Suíça com este humor". "Ah, senhor", disse ele, "quando vir os camponeses com suas calças curtas e largas e longas barbas, o mau humor vai passar depressa."

James Boswell, *On the Grand Tour* [No Grand Tour], 1764

12

De Sainte-Croix a Lausanne e Genebra

> *Dentro das terras variadas da Suíça,*
> *Quando o Verão afasta para longe a neve,*
> *Você encontrará muitos jovens grupos*
> *De estrangeiros andando para lá e para cá:*
> *Por aldeia, cidade e banhos curadores,*
> *Eles se apressam e descansam como o acaso quiser,*
> *Nenhum dia sem sua trilha na montanha,*
> *Nenhuma trilha sem sua cachoeira.*
>
> Richard Monckton Milnes, *Switzerland and Italy* [Suíça e Itália], 1838

Duas senhoras corpulentas levantaram os olhos do trabalho no jardim quando empurrei a porta do Posto da Alfândega, que rangeu e balançou em protesto como se relutasse em me deixar entrar. Talvez por boa razão: o lugar estava deserto. Saí, consternado. Nenhum carimbo para meu passaporte.

– Desculpe-me! Desculpe-me, senhor! – o jovem assustado de *shorts* e camiseta gritou atrás de mim nem dez metros estrada abaixo. Pela aparência descabelada da autoridade suíça, ele havia acabado de acordar de "seu trabalho". – O que quer?

– O que *quero*, senhor, é entrar na Suíça – eu disse –, mas, como pode ver, agora já estou *na* Suíça. O que estava *procurando* era um carimbo em meu passaporte...

– Oh, perdão – disse ele, de repente humilde. – Nós não temos mais carimbo. Nós... ahn... o perdemos. – Cabisbaixo, ele acenou a mão em despedida.

Pulei sobre uma cerca e caminhei pelos campos em direção à cidade de L'Auberson, seguido por uma longa fileira de vacas curiosas. Em Sainte-Croix, uma cidade feia de charme quase soviético, não tive outra opção senão comprar um mapa por 27 francos suíços. Fiquei chocado com o preço como se tivesse levado um soco na barriga, ainda que ele fosse impresso em papel especial à prova d'água. Uma hora antes, eu poderia ter mapeado quase toda a França pelo mesmo preço.

A descida para a planície, no dia do solstício de verão, das elevações de Sainte-Croix pelas Gargantas de Covatanne era íngreme. No entanto, antes de me embrenhar pela floresta, maravilhei-me com a vista da Suíça, que se estendia como um enorme parque até o horizonte distante onde seu avanço era abruptamente interrompido por uma barricada de nuvens brancas. Mas, enquanto eu admirava a paisagem, as formas nebulosas começaram a se tornar mais nítidas e, gradualmente, percebi que, na verdade, as nuvens eram minha primeira visão dos picos cobertos de neve dos Alpes, em algum lugar além dos quais estava Roma.

Desci pela trilha escura e escorregadia para a espetacular ravina; ela me lembrou o desfiladeiro de Samaria em Creta. Um rio fluía ruidosamente em sua base, corvos crocitavam acima e um vento frio cortava o vale; mesmo à luz do sol, o lugar parecia sinistro como se tocado pela mão da própria bruxa má.

Na base da escarpa, com o Jura agora atrás de mim, o único lugar em que consegui encontrar café foi, incongruentemente, um restaurante chinês. Quando saí dele, uma súbita onda de solidão me invadiu, talvez trazida pela atmosfera lúgubre da descida, mas mais provavelmente porque eu tinha passado a maior parte da semana sem nenhuma conversa significativa com alguém. Escrevi que estava "desesperado por companhia e uma boa conversa, não dentro de dois dias ou com algum estranho de passagem por um minuto... mas agora".

Mal tinha guardado meu caderno de volta no bolso e parado para consultar o mapa quando, olhando para trás, vi um rapaz se aproximando de repente vindo do desfiladeiro, com uma mochila na frente e outra atrás. Ele me chamou com um forte sotaque espanhol:

– Você é um peregrino? Para onde vai?

A resposta às minhas orações chegou na forma de Domingo, um jornalista *freelance* baixo e barbudo de Pamplona, que por acaso estava caminhando para Roma também. Ele cheirava a alho e, desde o momento em que nos conhecemos, não parou de falar.

Seguindo a antiga tradição, trocamos as usuais fofocas de peregrinos: quem tinha conhecido quem, onde cada um havia ficado e as diversas rotas seguidas. E, enquanto trocávamos histórias, o padrão já conhecido de "mesma rota, diferentes viagens" surgiu, como com todas as outras pessoas que eu havia conhecido. Logo concluímos que, embora fôssemos os mais jovens na Via por uns bons quinze a vinte anos, éramos sem dúvida os mais lentos.

– Ninguém disse que isto é uma corrida – Domingo disse, ofuscando-me com seus óculos de sol espelhados. – Quero dizer, a gente não caminha para Roma todos os dias; é importante aproveitar a viagem também. – Ele pretendia chegar a Roma em 15 de agosto, dentro de oito semanas. – E sabe outra razão para eu estar indo com calma? Vou lhe contar. Em setembro, vou fazer quarenta anos. Não sou necessariamente religioso, mas acabei de voltar da República Dominicana e não há emprego na Espanha, nada. Quero tempo para refletir, para pensar no futuro, na vida com minha namorada e o próximo passo. Você acha que vai ser um homem diferente quando voltar para a Inglaterra?

Pensei um pouco, depois respondi que duvidava que fosse possível voltar de uma viagem com tanto tempo para contemplação e não ser afetado de alguma maneira. Mas "diferente" implicava algo quase como uma busca do santo graal por algum tipo de transformação divina, no entanto sempre fugidia, cujas respostas não podem ser encontradas nas agonias perpétuas da mente. Eu não me sentia à vontade com essa ideia. Não sentia, para começar, que estivesse tão inerentemente partido a ponto de precisar de conserto. E, se eu estivesse, uma peregrinação, em que força, determinação e resolução são a ordem do dia, seria o último lugar onde eu buscaria refúgio.

– Ok, mesmo *hardware*, novo *software*.

– É, mais ou menos como restaurar as configurações de fábrica no *laptop*.

– Mas, Harry – seu tom mudou –, as coisas nunca poderão ser as mesmas, você sabe disso. Senão, para que todo esse esforço?

Caminhamos estrada abaixo e pelas onduladas planícies suíças, o céu de um azul sem nuvens, o trigo nos campos em toda a nossa volta movendo-se sob a brisa. Enquanto seguíamos, falávamos e falávamos e falávamos. Primeiro sobre literatura, principalmente de viagem, Kerouac, Chatwin, Twain e Laurie Lee, até chegarmos ao assunto da música.

– Eu canto quando fico entediado – disse ele.

– Você precisava me ver dançar – respondi. – Cara, os bosques são fantásticos para isso.

Mas Domingo pareceu chocado quando deixei escapar que tinha Black Sabbath em meu iPod.

– Só porque estamos em uma peregrinação não quer dizer que tenha de ser só cilício e penitência. Eles também se divertiam muito na Idade Média, com trovadores, hidromel e vinho todas as noites.

– É mesmo? – Ele levantou as sobrancelhas e mudou de assunto. – O caminho por aqui é muito lindo, não?

Naquela altura, já estávamos quase de braços dados, ambos mais do que um pouco felizes pela companhia um do outro, como

Estragon e Vladimir em *Esperando Godot* de Beckett, "para manter o terrível silêncio distante". Paramos em um cruzamento e nos sentamos em um triângulo de grama; havia borboletas por todo lado.

Domingo pegou um punhado de alfazemas.

– Cheire isto – disse ele –, hum... maravilhoso! – Depois, do nada, comentou: – Você notou como na França apenas as pessoas mais velhas têm carro?

– Ou como aqui na Suíça todas as cercas são eletrificadas? – falei. – O que é isso em seu pulso? – perguntei, notando um bracelete coral.

– É um agrado de minha sobrinha de seis anos, para me manter seguro. Ela me disse para usá-lo.

– Ah, então é como este – eu disse, procurando em minha mochila uma *misbaha*, um cordão de 33 contas de oração azuis, não muito diferente de um terço, que são passadas pelos dedos enquanto se entoa o mantra islâmico "Deus é grande". Minha amiga Sonja, em Mascate, tinha insistido em um jantar que eu a levasse. Suas palavras ainda soavam em meus ouvidos como uma bênção: "Ela cuidou de mim todos estes anos; farão o mesmo com você também, Harry".

Domingo as segurou nas mãos com reverência; tinham pouco valor material, mas, para mim, eram de imenso valor pessoal. Fiquei olhando enquanto ele acariciava e virava as contas, que brilhavam quando o sol incidia. Percebi que o estava observando com grande afeto, como se reunido a um irmão há muito perdido, pois comungávamos em tal nível que era como se nos conhecêssemos por muito mais tempo do que os minutos que havíamos tido de fato. Na verdade, a maneira como nos encontramos tinha sido tão bizarra que comecei a me perguntar se talvez, em uma vida anterior, se isso existisse, não teríamos sido grandes amigos, companheiros de armas, unidos em batalha ou, talvez, em nobre busca daquele fugidio graal. Mais uma vez, houve um inegável elemento espiritual no encontro; foi um momento, um dia, que eu queria que nunca terminasse.

– Nada mudou – eu disse, quando Domingo me devolveu as contas. – As pessoas viajam com talismãs e amuletos desde a aurora dos tempos. – Pensei em Mario com seu estimado bastão e o chapéu que ele havia perdido em Champlitte.

– Viajamos com as orações das pessoas, é o que estes são; símbolos de esperança. E não é só para nós mesmos que fazemos esta peregrinação, é para muitos outros. Carregamos tanto bem conosco, não é? – Domingo disse.

– Então, por que Roma? Você vive no Camino.

Ele franziu a testa.

– Vejo todos os dias literalmente milhares de pessoas passarem por Compostela. Para mim, é uma trilha turística; claro que é uma grande aventura, uma verdadeira festa para alguns, especialmente agora, com essa crise na Espanha, muitos a veem como um passeio de férias barato. Tornou-se algo muito não especial; as pessoas bebem, roubam coisas. Sabe que, se você quiser, há até pessoas que carregarão sua mochila o caminho inteiro para você. É uma brincadeira. Eu queria algo diferente, algo um pouco especial. Gosto da ideia de que muito poucos fazem a Via.

Olhamos para nossos relógios de pulso. Estávamos conversando há três horas. O dia estava se passando. Chegamos ao entroncamento na estrada; Domingo ia virar à esquerda para Yverdon, nas margens do lago de Neuchâtel, onde o arcebispo Sigérico havia parado para passar a noite em seu caminho de volta para Cantuária mil anos antes. Eu, menos pragmático, especialmente porque a cidade representava um desvio significativo e um dia extra, precisava virar à direita. Abraçamo-nos e nos separamos com relutância, chamados por nossos caminhos individuais.

Os Alpes
...os picos cobertos de neve dos Alpes, além dos quais
estava Roma...

Eu não tinha nenhum lugar para ficar depois da caminhada de 29 quilômetros necessária para chegar a Orbe. A charmosa cidade, com sua torre e fonte medievais, estava envolta em um espesso perfume de café. O Nescafé, pelo que soube, é feito ali e transportado por toda a Europa em trens saindo de um pátio de mercadorias grande e eficiente nos arredores da cidade, o que descobri quando a prefeitura me encaminhou para um alojamento em Chavornay, bem mais distante do que os "dez minutos" que eles me garantiram que o "pulinho" levaria.

– Iu-huu! Por aqui! Aqui! – Madame Daisy Nicolet, minha esplêndida anfitriã para aquela noite, gritou para mim muito desinibida, com os braços estendidos para fora da janela de seu quarto. Passando por galinhas, um bode, uma pilha de madeira, uma banheira cheia de alfazema, sob varais de roupas lavadas, alguns girassóis e um arbusto rebelde, fui introduzido em sua casa por uma estátua do Pato Donald segurando o chapéu. Era um lugar aconchegante abarrotado de uma coleção considerável de ursinhos de pelúcia, sinos, tamancos, botas e uma bela seleção de cartões-postais de felinos. O lugar, como tudo na vida de Daisy, era impregnado de amor e de uma fragrância acolhedora que indicava uso excessivo de amaciante de roupas.

Daisy era uma mulher maravilhosa, uma Mrs. Slocombe* mais doce, com um cabelo volumoso em um penteado alto que teria causado inveja a um peruqueiro do século XVIII. Estava em avançado estado de entusiasmo: no dia seguinte seria o casamento de sua filha. Havia pouco com que ela não se animasse enquanto me deliciava com histórias das várias maravilhas de "Cam-den" Town, quando ela e o marido estiveram lá para o jubileu de diamante. Não acredito que houvesse nenhum pingo de maldade em seu espírito e duvido muito que fazer cara feia estivesse dentro de seus conhecimentos ou capacidades.

– A prefeitura postou aquele cartaz dizendo que havia essa Via Franky, não, essa Via Franji, não lembro o nome, mas, você sabe, a rota de peregrinos para Roma que passava bem por aqui, e perguntando se queríamos nos voluntariar para receber peregrinos. Eu disse para o meu marido, bem, agora que nossa menina saiu de casa, o quarto de baixo está vazio, então, por que não? Adoro ajudar as pessoas. Tivemos dois italianos aqui umas semanas atrás e eles dormiram na mesma cama. Não importa, eles não se incomodaram, nós não nos incomodamos, eles estavam tão cansados. Saíram às quatro horas na manhã seguinte, coitadinhos.

---

* Mrs. Betty Slocombe, personagem do programa *Are You Being Served?*, exibido pela BBC nos anos 1970 e 1990, conhecida por seu cabelo espalhafatoso em cores incomuns, como roxo, laranja e verde-limão. (N. E.)

Então eu também confessei que, para chegar a Lausanne antes do calor mais forte da tarde, teria de fazer o mesmo. Daisy ficou pensativa por um instante, sorriu outra vez e anunciou que isso não seria um problema. Apesar de ter separado pão, geleia e café para meu café da manhã antes de ir se deitar, ela não resistiu a levantar na manhã seguinte para me dar um abraço de despedida, colocando em minha mão um bilhete escrito rapidamente para me lembrar de ter cuidado com raízes de árvores no caminho, nas trilhas de montanha entre Martigny e Orsières.

Mas Lausanne não era minha parada final naquele dia, pois ali eu ia interromper minha viagem e entrar em um trem para meu verdadeiro destino, Genebra, onde eu tinha sido convidado para uma festa. A chance de me libertar momentaneamente da Via Francigena foi logo agarrada, mas, apesar de meu entusiasmo com a expectativa da noite à frente, eu também estava consciente de que havia me tornado estranhamente apreensivo, até cauteloso, com cidades. Nesses grandes fóruns de sofisticação, eu me sentia destacado, desajeitado e estranhamente vulnerável – lugares a serem evitados, dando preferência à vida calma do campo e cidadezinhas por onde eu poderia passar como uma parte despercebida do cenário.

Ao sair da floresta, notei que havia gaivotas voando e, quando cheguei ao cume, a tranquila extensão do lago de Genebra apareceu a distância. Ri de alegria, dando olhadas furtivas para essa mudança revigorante em minha vista enquanto prosseguia, como uma criança com um brinquedo novo, até a trilha me levar mais uma vez para o meio das árvores. Do chão, vinha um cheiro forte de betume. Olhei para baixo e notei que o asfalto estava derretendo.

Entrei em Lausanne em um sábado à tarde por ruazinhas simpáticas de casinhas simpáticas com pequenos jardins simpáticos e carros pequenos simpáticos estacionados do lado de fora. Em toda parte, as pessoas estavam descansando; nadando em piscinas, cozinhando em churrasqueiras, dormindo em bancos ou tomando sol em varandas – o lago estava pontilhado de velas e dos rastros de espuma de barcos a motor.

No calor, eu suei subindo e descendo as numerosas ladeiras de Lausanne até chegar à sua grande catedral gótica de Notre-Dame. Construída no final dos séculos XII e XIII, a Notre-Dame de muitos pináculos era originalmente uma catedral católica, até que a Reforma protestante avançou por partes da Suíça no século XVI. Ela hoje pertence à Igreja Reformada Suíça.

Quando empurrei com meu peso a sua porta maciça depois de oito horas na estrada, estava vencido. Caminhei direto para dentro, sentei-me pesadamente em uma cadeira na Capela dos Peregrinos, recuperei o fôlego, bebi água e fiz uma oração. Parei e olhei para cima. Para quase qualquer lugar que olhava, o lugar era ricamente decorado em padrões elaborados belamente coloridos. Folhas e ramos dourados estendiam-se por tetos abobadados, e faixas, voltas e espirais vigorosos distinguiam colunas e pilares, enquanto estrelas, insígnias e figuras ricas em detalhes preenchiam as partes mais altas sob fundos vermelhos, azuis e verdes. Em nenhum outro lugar encontrei adornos tão luxuosos. Eles acrescentavam um nível inteiramente novo de experiência a estar em uma igreja, dando ao lugar uma sensação aconchegante e convidativa, em total contraste com os interiores brancos, frios e pouco acolhedores de igrejas em quase todos os lugares do norte da Europa. As decorações haviam sido restauradas à sua plena glória no início do século XX, depois de terem ficado cobertas por quase quinhentos anos. Dei uma última olhada para elas por sobre o ombro enquanto abria a porta de volta para o sol e desci a colina para a entrada do *ferry* em Ouchy, de onde retomaria minha trilha dali a dois dias.

A figura imponente de Richard Foden recebeu-me na porta da frente de sua casa nos arredores de Genebra com seu usual vozeirão que, com um ligeiro rangido na garganta, domina a atenção como se alguém tivesse acabado de disparar um obus bem no seu ouvido. Em outros tempos, acho que ele teria sido um corsário com Cartas de Corso do Tribunal Almirantado, percorrendo os altos mares em seu navio, engajando-se a serviço do rei quando o trabalho o agradasse e empreendendo perseguições desregradas quando este, com mais frequência, não fosse de sua conveniência. Como um amigo do dono, não tive a chance nem de entrar na casa antes de ser apresentado a uma grande taça de vinho.

Fui conduzido ao jardim, um lugar cheio de flores, onde nos sentamos sob um grande toldo ao lado da piscina. Sobre uma mesa, notei uma edição de *The Spectator*, maliciosamente aberta em uma página que anunciava *The Daily Telegraph Walking Diet*, ou a dieta da caminhada. Enquanto conversávamos, Richard começou a fumar furiosamente um cigarro atrás do outro, o que, uma hora, eu tive de comentar.

– Ah, você tirou suas botas. Será que se importaria...? – ele fez uma careta, indicando com acenos da mão a direção do chuveiro. – Ah, e vai remover essa abominação do rosto antes desta noite, não vai? – ele gritou atrás de mim.

Eu tinha orgulho de minha barba. A aparência de caçador das montanhas ficava bem em mim, eu achava, e, embora tenha resistido a princípio, depois de uma inspeção detalhada e alguma reflexão diante do espelho, vi a vantagem de retornar ao meu rosto barbeado; fazer a barba parecia muito civilizado.

Os convidados em volta da piscina de Gillie e Vincent Wuidart naquela noite pareciam inacessivelmente perfeitos em todos os aspectos. O ambiente, destacado com cordões de luzinhas, cintilava como se o céu noturno tivesse sido convidado para se unir às festividades. Todos pareciam estar envolvidos com dinheiro de uma maneira ou de outra, mas eram aqueles que haviam acabado de obter a nacionalidade suíça que se pavoneavam com uma autoconfiança extra, como se tivessem ganhado milhões na loteria. O champanhe fluía, a música tocava, Toupie, o terrier, latia, havia muita dança e, na madrugada, o inevitável e não planejado banho de piscina. A festa foi boa, na verdade uma das melhores. A prova disso foi a chegada de nossa anfitriã na manhã seguinte com uma bota de gesso no pé e um braço na tipoia. Mas, apesar de estar na companhia de boas pessoas, não pude deixar de sentir que eu era apenas um observador de toda a diversão. Senti-me separado e totalmente distante da ostentação e frivolidade. Por mais que eu tentasse me integrar, o fato inescapável era que eu estava em um lugar inteiramente diferente, tanto mental quanto espiritualmente, daqueles que se encontravam à minha volta – uma pedra rolando de passagem.

O jantar na noite seguinte foi no glamoroso ambiente da bela residência de Dominic e Isabelle Park perto de Nyon – ela, de infinita beleza, havia sido no passado uma das mais famosas veterinárias de Londres, enquanto ele, cheio de um entusiasmo curioso pela descoberta, era um ex-destilador de conhaque que agora se inclinava para a exploração nômade. Era um grupo eclético que se reunia na sala de jantar: uma arquiduquesa dos Habsburgo, um punhado de banqueiros elegantes, um desenvolvedor imobiliário greco-americano, Henry, seu filho ereto como uma vareta que pretendia uma carreira na infantaria, e eu. Em comparação com a falação fútil, mas alegre em torno da piscina na noite anterior, agora a conversa era séria e a atmosfera, sóbria, tratando de problemas da Grécia, se ela ia acabar com o euro e sobre o potencial de insatisfação e revolta no Estado sob pressão. "As condições são perfeitas para uma guerra", alguém murmurou em voz não muito baixa.

Quando falei a uma das moças que, em menos de cinco dias, ia chegar ao passo do Grande São Bernardo, ela levantou as mãos em descrença:

– Mas, meu caro, você certamente vai morrer de frio lá em cima!

Ao que eu, delicadamente, removi o xale de caxemira que ela trazia em volta dos ombros e disse:

– Não, minha querida, porque isto vai me manter aquecido...

1.091 quilômetros para Roma.

13

Villeneuve, os Alpes e o Passo do Grande São Bernardo

Encontrarei conforto, dolorida e fraca da viagem?
Da fadiga encontrarás o sentido.
Haverá camas para mim e todos que procuram?
Sim, camas para todos que vierem.

Christina Rossetti, *Uphill* [Morro acima], 1861

Deixado no cais em Villeneuve com um par de cisnes curiosos olhando para mim na expectativa de pão, vi a popa dourada do *La Suisse* se afastar soltando vapor pelo lago de Genebra. Não tinha me dado conta de que, então, tendo completado 1.210 quilômetros desde que saíra de Londres, eu estava agora a mais da metade do caminho para Roma; esse era um marco que eu havia me preparado para alcançar dali a algumas noites, quando chegasse ao Passo do Grande São Bernardo.

Estava chovendo quando cheguei a Aigle. Bati na porta da residência do padre e fui recebido pelo cura, um homem baixo de sessenta e poucos anos que, apesar de meus melhores esforços, não era de muita conversa. O cheiro de um cozido chiando no fogão infiltrava-se de trás de sua figura diminuta.

Em vez de me convidar para entrar, como era a norma na França, fui conduzido imediatamente por um pátio a uma casinha caindo aos pedaços. A pintura estava descascada nas estruturas de madeira, as janelas eram presas com fita adesiva, a porta se abria

Atravessando o lago de Genebra
...eu vi a popa dourada do *La Suisse* se afastar soltando vapor...

com a ajuda de um chute para revelar um quarto que parecia ter sido recentemente desocupado pela Polícia Secreta. As paredes, forradas com grossos cobertores, teriam abafado o mais alto dos gritos, as venezianas estavam fechadas e tinham cortinas de uma musselina mole. Tudo que faltava nessa visão de hospitalidade era um vaso de rosas mortas. Uma mesa, duas poltronas e um sofá de uma violenta cor laranja enchiam o quarto e, pela aparência das manchas, o tapete havia sido a cena de uma grande e recente inspeção veicular.

O velho clérigo apontou para um colchão atrás do sofá e, erguendo os ombros como em um pedido de desculpas, disse:

– Não estamos muito bem equipados para isso. – Mas era perfeitamente adequado e, mais importante, grátis. Eu ia dar um jeito, pensei, avistando em cima de um armário um cobertor que, pela aparência dos furos, era o lar de várias traças.

– Há como tomar uma ducha? – perguntei. Foi como Oliver Twist pedindo "mais"*.

– Uma ducha?! – o homem quase caiu duro ali mesmo. – Bem, ali – ele apontou para uma casinha externa – é o seu banheiro, pode se lavar lá, mas... uma ducha... – Ele pareceu perplexo quando eu o cutuquei de leve, com os olhos, em direção à sua grande, quente e vazia casa, onde o cozido cheirava apetitosamente no fogão.

Relutante, ele me conduziu escada acima para um quarto vago com uma enorme cama de casal recém-arrumada que parecia muito convidativa.

– Quer uma toalha?

Recusei a oferta, mais por princípio do que qualquer outra coisa, embora minha própria toalha de viagem minúscula fosse tão agradável quanto ser enxugado com um mata-borrão. Ao sair, lancei um último olhar amoroso para a cama, saboreei o delicioso perfume do cozido que pairava pela escada e voltei à chuva para ir ao supermercado, onde comprei leite e um pacote de balas de goma de ursinhos para meu jantar.

Voltando ao casebre, uma lâmpada fluorescente solitária iluminava o meu lar para aquela noite. Pus no chão o colchão fétido e cobri-me para me aquecer com o cobertor furado. Estava começando a adormecer quando senti a primeira coceira na perna, que esfreguei indiferentemente com as costas da mão. Dentro de um minuto, todo o meu ser parecia tomado por pulgas e passei a me coçar furiosamente. Dormir estava fora de questão. Aventurei-me pelo pátio até o banheiro gotejante, com sua lâmpada solitária pendurada no teto como um laço de forca. Havia três folhas de papel

---

* Oliver Twist, famoso personagem de obra homônima de Charles Dickens, depois de uma refeição miserável no orfanato onde vive, pede por mais comida. Após o pedido, o menino é expulso do lugar. (N. E.)

higiênico na caixa. "Aigle dá as boas-vindas aos peregrinos", pensei comigo mesmo.

De manhã, subi o curso do majestoso rio Ródano; era bem mais fresco ali do que no calor da Via. Não havia uma nuvem no céu. Bem no alto, como para dar ênfase, um avião solitário deixava uma trilha de branco brilhante pelo azul.

Foi com esse cenário deslumbrante que cheguei a St. Maurice. A paisagem mudou drasticamente. Como Peer Gynt na Gruta do Rei da Montanha, eu me vi no centro do palco de um coliseu gigantesco repleto de cristas e picos que preenchiam o horizonte onde quer que eu olhasse. Paredes rochosas cinzentas, cheias de *pathos* e drama, fitavam-me de ângulos implausíveis, árvores agarravam-se impossivelmente a bordas de penhascos, ravinas asfixiavam-se de pedrinhas e a terra, irreparavelmente vincada e dobrada ao longo de milhões de anos, encarava-me com uma careta extraordinária em toda a minha volta: os Alpes!

A primeira imagem de que me lembro quando abri a porta do chalé de Ronnie e Carole Thomson, bem alto, acima de Martigny, foi de uma avalanche. Carole correu até mim, afastando do caminho seus dois border terriers demolidores, Bobo e Dougal.

– Ah, Harry, desculpe a bagunça; é Dougal. Ele acabou de descobrir que dá para comer esses pufes. Você nunca ia imaginar que eu estive com o aspirador o dia inteiro, mas esse maldito enchimento fica surgindo por todo lado. Desculpe mesmo...

Mas eu não me importava; para mim, aquilo simplesmente significava "lar" e, para completar, havia outro forte cheiro de cozido flutuando da cozinha.

Ronnie, com um belo rosto de traços fortes ao estilo Buzz Lightyear, era só apertos de mão firmes e largos sorrisos. Ex-jogador internacional de rúgbi pela Escócia na década de 1960, ao pendurar as chuteiras ele se voltou para negócios internacionais e agora, nos últimos tempos, era o proprietário de um hectare de vinhedos que se agarravam precariamente à encosta da montanha. Era impossível não gostar do casal, que foi contagiante em sua acolhida, preocupando-se em me agradar como se eu fosse da família.

A vista do chalé pelo lado do vinhedo, que olhava diretamente para a descida da encosta da montanha, era espetacular, como estar na gôndola de um dirigível. O escritório de Ronnie, uma espaçosa sala de canto, era enorme, com papéis espalhados sobre mesas e paredes cobertas de *memorabilia* e fotografias. Ele estava em seu ambiente ali nas montanhas; era como se elas tivessem sido feitas para ele. Não demorou para que mapas fossem estendidos e mãos esticadas passassem sobre os contornos, sentindo cada centímetro do terreno que ele conhecia em detalhes.

– Meu conselho, Harry, é chegar tão alto e tão longe quanto puder amanhã. Isso facilitará muito o trecho final até o Grande São Bernardo no dia seguinte – disse ele.

Esse foi um daqueles comentários que fazem tanto amar como respeitar as montanhas; mesmo na altitude moderada de 750 metros, ainda havia a necessidade de estar preparado, o que acrescenta uma emoção ao cotidiano e sempre faz um arrepio de excitação subir por minhas costas.

– É incrível pensar que Aníbal passou por aqui... – comentei, olhando pela enorme janela para o vale lá embaixo, que se estendia na distância.

– Sim, só que ele não veio por este caminho. – Os olhos de Ronnie não escondiam seu prazer de me contar a história certa. Ele explicou que a muito aclamada façanha do general, no início da Segunda Guerra Púnica entre Cartago e Roma, em 218 a.C., embora carregada de surpresas, foi, em muitos aspectos, um desastre em comparação a outros que passaram por ali antes e depois.

Um exército mercenário de gauleses havia passado alguns anos antes, na primavera, sem incidentes, e Asdrúbal, o irmão do general, também passou dez anos depois. Não, ele afirmou, era final de outono, ou mesmo começo de inverno, quando Aníbal conduziu seu exército desde a Península Ibérica, sobre os Alpes, para a Itália. Martigny e o Grande São Bernardo deviam estar muito altos – aceitando que, naquele tempo, o nível da neve era mais alto. Mais provavelmente, com base em critérios contidos nos relatos, escritos alguns anos depois pelos historiadores grego e romano Políbio e Lívio, Aníbal dirigiu-se ao Col du Montgenevre vindo de Briançon e chegando no que é hoje a Itália, na cidade de Susa. Outras escolas de pensamento indicam que o Col de Clapier ou, menos provavelmente – por causa de sua altitude e passagem difícil –, o Col de la Traversette podem ter sido usados.

Ronnie falava com paixão da ousadia e determinação do general, mas consternadamente do fato de que, na execução de seu plano, quando a força de Aníbal chegou à Itália, ela estava muito enfraquecida por uma combinação da necessidade de guarnições, deserção, captura, ataques, clima cruel ou o terreno difícil da montanha. Tendo começado com uma força de 80 mil homens, ele alcançou a Itália com apenas 20 mil homens de infantaria e 6 mil a cavalo; de 37 elefantes de guerra, apenas vinte sobreviveram, conduzidos pelo indomável Syrus, um elefante indiano com uma presa artificial confeccionada de metal e prata.

– Mas – ele acrescentou – o interessante é que ninguém *nunca* soube de fato a rota que Aníbal tomou, exceto quando um dia, no meio do verão, ele apareceu entre os gauleses cisalpinos no norte da Itália e pegou Cipião e seu exército romano totalmente de surpresa na Batalha de Ticino. Para os romanos, ele era o próprio bicho-papão, e a simples menção a seu nome fazia o temor de Deus, ou dos deuses, cair sobre eles.

Carole nos chamou para a mesa; quando estávamos começando a comer, notei uma pequena madona em uma fita no pescoço dela.

– É para dar sorte. – disse ela, baixando a guarda. – Minha... minha irmã me mandou – ela fez uma pausa – porque o câncer voltou.

Por mais animada que ela tentasse soar, não conseguia esconder a sombra que a notícia produzira sobre o casal.

– Ah, mas eu vou ficar bem. Venci uma vez antes e acabei de começar a radioterapia outra vez. Tenho certeza de que, em algumas semanas, vai dar tudo certo de novo, não é, Ronnie? – Ele a olhou e, gentilmente, segurou-lhe a mão.

Em uma tentativa de aliviar o clima, subi correndo até o quarto e voltei momentos depois com um ícone de bolso de Santo Espiridião, em um quadrado de madeira não maior do que um polegar estendido. Carole acariciou a pequena figura entalhada enquanto a virava na mão.

Ela pousou o amuleto à sua frente e ficou olhando para ele.

Contei o episódio do penhasco em Paxos alguns anos antes, quando, ao cair, por alguma razão inexplicável, eu invoquei o nome do santo e escapei extraordinariamente de uma morte quase certa.

– Ah, que bonito – ela suspirou.

Quando o jantar terminou, o casal, determinado a não ser vencido pelo sentimentalismo, me arrastou para a casinha de madeira no vinhedo, onde iniciamos a atividade, muito mais alegre, de experimentar, tanto quanto possível, a produção do ano anterior no curto espaço de tempo de que dispúnhamos até a queda da temperatura nos forçar a voltar para dentro.

O café da manhã no dia seguinte foi substancial. Carole primeiro empilhou bacon, depois salsichas, depois ovos e, por fim, uma grande porção de feijões em meu prato já superlotado.

– Você tem um dia cheio pela frente – disse ela, apesar de meus protestos. Depois da noite anterior, era dia de trabalho normal para o casal. Juntei minhas coisas e, preparando-me para partir, joguei a mochila sobre os ombros.

– Pegou tudo? – Fiz que sim com a cabeça. – Tem certeza? – Carole perguntou repetidamente, como se eu estivesse me preparando para ir para a escola.

– Sim – garanti em resposta, enquanto o repetido mantra de Ronnie de "não amole o pobre homem" ecoava em apoio. Como eu detestava aquelas despedidas.

Acenei e, descendo a colina, sorri comigo mesmo. Claro que eu tinha deixado alguma coisa. Na mesinha de cabeceira, com uma página de meu caderno explicando, Santo Espiridião estava esperando por Carole. No momento em que levei o ícone para o jantar na noite anterior, eu soube que o havia trazido especialmente para ela.

Seguindo o conselho de Ronnie, imediatamente subi alto no vale, contornando as encostas íngremes seguindo *les bisses* – antigos canais de água que tinham sido cavados nas encostas séculos atrás para irrigar os pastos. Centenas de metros abaixo, como um cenário de uma ferrovia de brinquedo, um fluxo interminável de tratores e caminhões subia a grande estrada que serpenteia até o Túnel do Grande São Bernardo e a Itália. Por um momento, eu observei as desengonçadas bestas, com seu ruído irritante tão em desarmonia com a tranquilidade que havia em toda a minha volta, antes de me dirigir para Burgo de São Pedro.

Nos campos, grupos de homens recolhiam feno, pois a montanha era íngreme demais para máquinas. Como imagens em sépia do passado, na hora do chá as moças da família iam encontrá-los, estendiam tapetes na borda do campo e abriam cestas de piquenique com enormes pratos de sanduíches, bolos e jarras de limonada.

Naquela altitude, até mesmo nas árvores, as rajadas de calor que subiam pelo vale davam, às vezes, a sensação de que as portas do próprio Hades tinham sido abertas. Agradeci à minha boa sorte por não estar seguindo a estrada abarrotada de caminhões lá embaixo, refrescando-me sempre que possível nos muitos riachos que fluíam em abundância por toda parte.

Ainda assim, quando cheguei a Burgo de São Pedro, eu estava tão acabado que não tinha energia nem vontade de procurar uma cama à verdadeira maneira dos peregrinos. Bati à porta do primeiro pequeno hotel que encontrei. Eu não era uma visão muito elegante. Depois do jantar – um bife do tamanho de uma mesa que desapareceu quase em uma só bocada –, caminhei de volta pela cidadezinha escurecida, com fumaça de lenha suspensa no escuro; naquele momento, nos campos, tive uma súbita sensação de vida militar à minha volta. Inalei o cheiro intenso de antigas fogueiras, com franceses, gauleses, romanos e francos agrupados fora de seus acampamentos e das linhas de cavalos. A noite se tornou viva de línguas antigas e dialetos estrangeiros enquanto os homens conversavam, jogavam e murmuravam em tons sussurrados. Essas eram as almas dos muitos invasores que haviam atravessado a cidade, a qual servira de anfitriã, a contragosto, para uma imensidade de exércitos de passagem ao longo dos milênios.

A manhã seguinte estava fria e, na neblina, caminhei novamente entre fantasmas enquanto a reserva do exército francês se arrastava ao meu lado montanha acima. Por mais de uma semana, 6 mil homens por dia passaram pelo Burgo de São Pedro com engenheiros constantemente examinando e melhorando a rota. Carroceiros instigavam os grupos de cavalos que arrastavam peças de artilharia sobre troncos de árvore escavados, enquanto cavalaria, infantaria e carroças de bagagem avançavam com dificuldade nas condições penosas e desgastantes daquele maio de 1800.

Em meio à agora silenciosa cacofonia das tropas em marcha, lá na frente eu podia perceber vagamente um pequeno grupo movendo-se independentemente da coluna, uma figura solitária em seu centro sendo conduzida em uma mula malcuidada; envolto em cobertores para se proteger da neve, ele usava o inconfundível sobretudo cinza bem apertado contra o peito e um chapéu preto de duas pontas na cabeça. Tal era o sigilo da travessia que o atarefado guia, Pierre Nicholas Dorsaz, que subia laboriosamente ao seu lado, nunca soube a identidade da pessoa sob sua custódia. Aos trinta anos de idade e recentemente instalado como o primeiro cônsul da França, esse era nada menos do que o próprio Napoleão, o arquiteto do que talvez tenha sido uma das mais bem-sucedidas façanhas na história militar. Era uma tarefa aparentemente impossível que viria a anunciar a derrota do exército austríaco em Marengo quatro semanas mais tarde, em 14 de junho, e promover o retorno do domínio francês sobre o norte da Itália.

Em uma ocasião, Pierre Nicholas, que caminhava pela escarpada borda externa da pista, salvou a mula e Bonaparte da quase morte quando o animal escorregou no gelo. Napoleão, mais tarde, recompensou Dorsaz por "devoção a seu trabalho" com dinheiro suficiente para comprar uma fazenda, um campo e uma vaca. A nota mais tocante disso, para Dorsaz, foi que ele pôde, então, se casar com sua namorada.

Para os monges do Abrigo de Grande São Bernardo no alto do Passo, no entanto, a passagem do exército de Napoleão foi custosa. Havia sido determinado que cada homem deveria receber comida e vinho em sua chegada, antes de fazer a descida para a Itália. O cômputo final, quando o último soldado passou, chegou a 21.724 garrafas de vinho ao lado de uma tonelada e meia de queijo e oitocentos quilos de carne. O custo total foi de 40 mil francos. Em 1850, o governo francês pagou 18.500 francos da dívida pendente do Abrigo, e, em 1984, o presidente Mitterrand fez mais um gesto simbólico durante uma visita, mas a fatia maior continua em aberto até hoje.

Deixando a linha das árvores, com marmotas de caudas espessas se dispersando em busca de abrigo e caminhões sendo engolidos na encosta pela boca aberta do túnel na estrada, entrei em um mundo elevado de borboletas, orquídeas e intrépidos arbustos de azaleias roxas da montanha. Observei um rebanho de gado Herens preto e cor de mogno em impressionantes torneios de justas. Animais musculosos e fortes, eles travavam os chifres ruidosamente com bufos e grunhidos ferozes, levantando com as patas nuvens de pó que envolviam momentaneamente o oponente enquanto investiam de cabeça um contra o outro. Era uma visão empolgante, como se eles estivessem treinando para as lutas de touros que são tão populares em toda a região.

Atravessando riachos, cruzando pântanos e caminhando às vezes por velhas estradas de montanha que avançam para o cume, fui ultrapassado por duas Ferraris conversíveis, um ocasional ônibus de turismo e um fluxo contínuo de ciclistas ofegantes. Pensei em Sylviane, a moça que eu tinha conhecido perto de Ornans em sua cadeira de rodas, e me perguntei como ela teria se saído naquele trecho difícil da Via.

A trilha seguia, às vezes pavimentada com pedras antigas e gastas, a grama cada vez mais dando lugar a xisto e pedras, até, por fim, sucumbir à neve alta até os joelhos que marcava a entrada da ravina que leva ao Abrigo de Grande São Bernardo. Enquanto subia pela neve as últimas centenas de metros, notei um grande número de homens de barba e casacos pretos de couro, todos de óculos escuros, alinhados no alto de meu pequeno vale. Eu percebi o que estava prestes a acontecer, mas, por mais que murmurasse comigo mesmo "não, por favor, tenho de passar por aí em um minuto", os Hells Angels, indiferentes a mim, puseram-se a se aliviar todos juntos, sem nenhum pudor e em uníssono. Só posso supor que devem ter bebido para valer antes de partir.

A pequena e compacta comunidade no Passo de São Bernardo, entupida de viajantes para passar o dia, era um lugar movimentado na hora do almoço. Passei pelos prédios gêmeos do Abrigo, lojas de suvenir e restaurantes, até chegar a um local que dava vista para as águas escuras do lago, onde uma grande placa azul e branca dizia "PASSO DO GRANDE SÃO BERNARDO, 2.473 metros, 8.114 pés". Um melro passou voando bem quando uma dupla de grandes cães São Bernardo vinha conduzida por um tratador. Eu tinha chegado ao ponto mais alto da Via Francigena; era dia de São Pedro e São Paulo.

Libertado da euforia da subida, desabei em um banco em um canto sossegado longe das multidões e liguei para casa. Depois de alguns momentos, minha mãe atendeu, hesitante.

– Mamãe, sou eu, eu consegui. Estou a 2.500 metros de altitude no Passo do Grande São Bernardo.

Ao fundo, ouvia um barulho indecifrável, mas nítido.

– Ah..., que maravilha, meu querido... É, muito bem. – O barulho misterioso continuava. – Por acaso você está vendo a televisão? Federer está quase ganhando de Benneteau, está muito emocionante. Você não devia perder.

Eu olhei em volta; ali em cima nos Alpes, ninguém estava nem um pouco interessado no que ia acontecer com o esportista mais famoso da Suíça. Wimbledon era de fato uma ideia muito distante.

Acredita-se que as pessoas vêm atravessando os Alpes neste ponto desde a Idade do Bronze. O mosteiro atual, que data do século XVI, foi fundado originalmente em meados do século X por São Bernardo de Menton ou Mont Joux, como é às vezes conhecido, em uma referência ao nome anterior do Passo, derivado de Mons Jovis, a montanha de Júpiter. Havia um templo dedicado ao deus nas proximidades, e vestígios de construções da época do imperador Cláudio também foram encontrados.

São Bernardo era um nobre francês por nascimento, que se devotou a Cristo desde muito jovem – chegando ao ponto, segundo se conta, de pular doze metros da janela de seu quarto no Castelo de Menton para fugir de um casamento arranjado. Ele estabeleceu uma ordem no mosteiro, a Congregação de São Bernardo, para oferecer a viajantes e peregrinos a caminho de Roma cuidado, abrigo e proteção do clima e dos muitos bandidos existentes na área.

Do lado de fora, as construções são monótonas e comuns, como seria de esperar, já que o Passo está coberto de neve durante a maior parte do ano, mas, dentro, há um antigo labirinto de passagens e corredores de lajes alisadas pelos passos do tempo. Eles conduziam a uma rede de cozinhas, refeitórios, pisos de dormitórios, uma capela cheia de dourados e uma cripta retirada. Tudo estava imaculadamente limpo e, como a maioria das construções monásticas, cheirando levemente a lustrador de metais Brasso e incenso.

Há apenas três membros da ordem no Abrigo hoje. No entanto, com a ajuda de um exército de voluntários e trabalhadores locais, o lugar não estava menos movimentado por isso. Conheci o irmão Frédéric, um cônego que morava lá havia catorze anos, no refeitório dos peregrinos. A sala, compacta e com janelas pequenas que davam para os Alpes, estava preenchida com longas mesas de ponta a ponta. O gentil Frédéric logo percebeu que eu estava precisando de algo para beber, o que chegou na forma de duas grandes jarras de metal fumegantes, uma de leite e uma da chá, que ele, então, começou a despejar juntas de uma altura e com alguma cerimônia dentro de uma grande caneca. Quatro copos espumantes em rápida sucessão e as jarras se esvaziaram. Fui conduzido ao quarto, que era um dormitório escuro e de paredes revestidas, lotado de camas beliche de madeira. Fez-me lembrar de meu quarto de caserna quando fui um recruta em treinamento militar. Até o cheiro era o mesmo.

Não muito tempo depois, houve uma batida à porta, que se abriu enquanto Marco, um italiano de Roma de pouco menos de quarenta anos, pediu licença e entrou com sua bagagem. Ele parecia exausto.

Em uma breve viagem a pé para Orsières, Marco tinha passado os dois últimos dias subindo de Aosta. Foi um trajeto penoso.

Antes, ele havia dividido um quarto com Mario, que eu conhecera na estrada para Champlitte, no mosteiro dos capuchinhos em Châtillon. Perguntei pelo meu chapéu.

– Aquele chapéu era seu? Na minha opinião, ele é bom demais para um chapéu de peregrino!

Momentos depois, a paz relativa foi abalada novamente pela chegada de Luca, de Turim, também vindo por Aosta. Ele, um homem alto, apareceu à porta com uma mochila que era como um ônibus de dois andares pendurado em uma alça, tão grande que ele foi obrigado a entrar de lado. Essa enorme bagagem, como a bolsa de tapete de Mary Poppins, continha a maior parte das conveniências conhecidas pelo homem, de fogareiros a gás a pratos, barracas e, aparentemente, uma roupa para cada eventualidade. Esvaziar a mochila fez um barulho como de uma orquestra de metais caindo. O espaço confinado logo adquiriu o cheiro de um cesto de roupa suja, enquanto boa parte do quarto desapareceu sob uma grossa camada de parafernália de acampamento e acessórios variados.

Mas havia uma melancolia em Luca; algo não parecia certo. Conforme sua história foi sendo gradualmente revelada, ficou evidente que, sem conseguir encontrar emprego na Itália, ele havia saído em uma aventura sem nenhum objetivo definido que era, na verdade, uma fuga da vida. Ele disse que talvez fosse para Lausanne, porém poderia muito bem mudar de ideia e ir para Cantuária, se lhe desse vontade; mas, como não tinha certeza de nada, ia ver para onde o vento soprava, portanto, onde e quando ele ia acabar era impossível de prever. Luca era afável e de bom coração. Não pude deixar de me sentir mal por ele, que seguia sozinho naquela jornada para o desconhecido. Esperava que talvez, ao sair por aí daquela maneira arrojada, ele acabasse tropeçando na felicidade que procurava.

No fim da tarde, quando os turistas se foram, o Passo se tornou um lugar relaxante e tranquilo. Éramos 77 para o jantar naquela noite, e os irmãos transbordavam de alegria: o lugar estava tão movimentado que eles se lembraram do inverno, quando o mosteiro ficava cheio de esquiadores. O número foi ampliado pela chegada de um coral de todas as idades de Le Puy. Uma das mulheres, ao ouvir falar de mim, aproximou-se e contou que, quando fez uma peregrinação para Compostela, ela "levou a concha", ao que respondi (não que eu fosse muito bom em me gabar) que, como um peregrino para Roma, eu levava "a chave", e acrescentei, para completar, que seria absolvido de todos os meus pecados ao chegar a São Pedro.

A cozinha serviu uma refeição simples de sopa de letrinhas, risoto e salada de frutas. O vinho fluía à vontade, amizades foram feitas e seguiu-se tanto barulho e risadas como se poderia esperar em uma sala tão cheia. No entanto, quando a sobremesa terminou, alguém em um canto distante pediu silêncio, um diapasão soou e, como se isso bastasse, toda a sala começou imediatamente a cantar. A princípio, o canto foi solene quando as *Vesperais* de Rachmaninoff inundaram a sala em uma sonoridade profunda, seguida por *Cor Jesu melle dulcis* de Bortniansky e pelo hino judaico *Yigdal*. Foi magnífico. Mas, então, uma garrafa de eau-de-vie caseira foi passada entre os presentes com efeito drástico e quase imediato, pois o canto tornou-se alegre e animado, em contraste com a rígida disciplina de coral anterior. Cantamos, batemos palmas, demos vivas e marcamos o ritmo nas mesas em músicas como *The Song from the Moulin Rouge* até que a hora foi anunciada depois de uma interpretação barulhenta de *Milord* de Piaf, com direito a bis. Estávamos exaustos. Despedimo-nos com apertos de mão afetuosos, muitos sorrisos, desejos de boa viagem e bom sono.

No dormitório, Luca e Marco tentaram me dar um curso rápido de italiano. Meu conhecimento rudimentar da língua restringia-se basicamente a lembranças nebulosas do latim da escola. Mas não adiantou muito porque, depois de toda a alegria e brincadeiras do dia, a necessidade de dormir falou mais alto.

Nas primeiras horas da manhã seguinte, nós nos despedimos nos degraus do Abrigo e nos separamos como melhores amigos. Marco e Luca viraram para a direita em direção a Orsières, enquanto eu virei à esquerda para a Itália, Aosta e Roma. Estava nevando.

946 quilômetros para Roma.

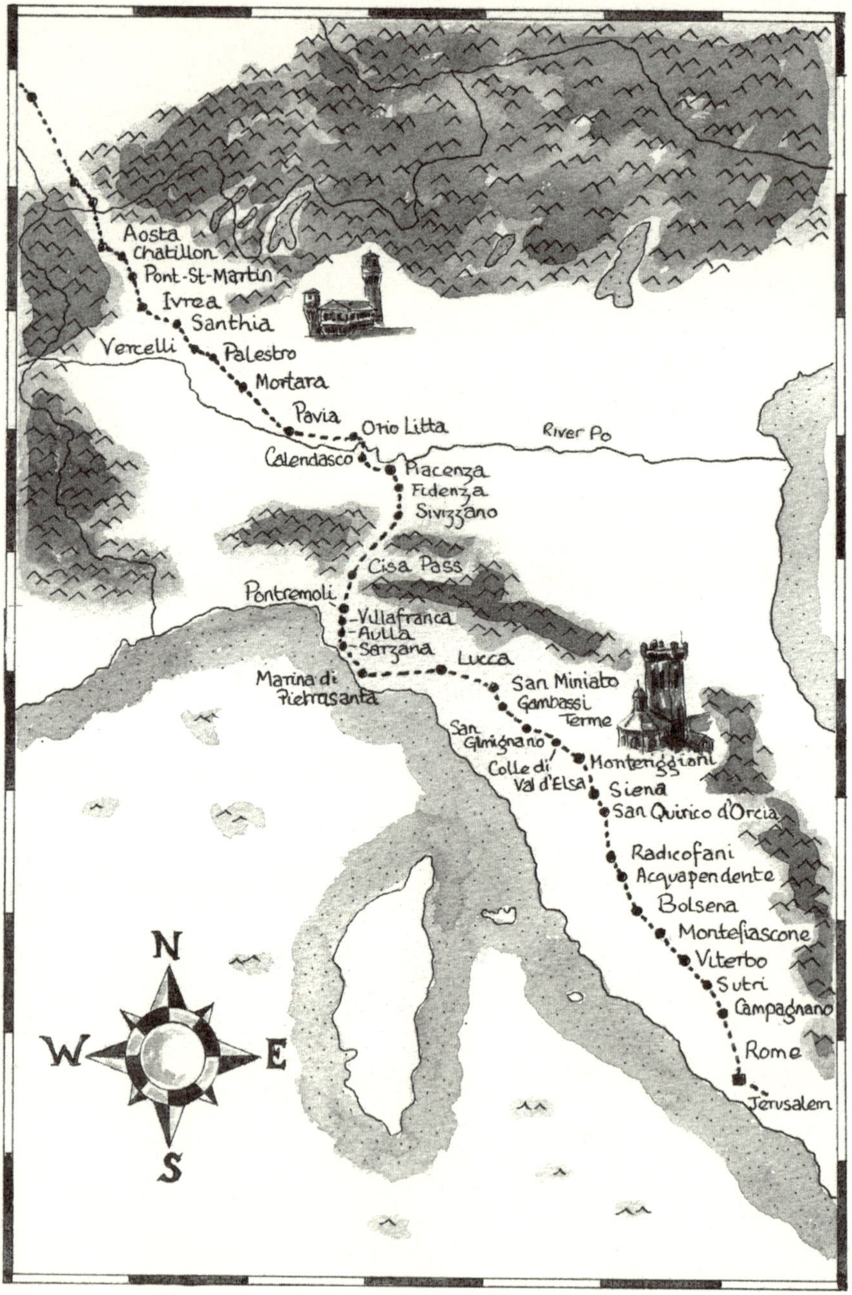

Aosta
Chatillon
Pont-St-Martin
Ivrea
Santhia
Vercelli
Palestro
Mortara
Pavia
Orio Litta
River Po
Calendasco
Piacenza
Fidenza
Sivizzano
Cisa Pass
Pontremoli
Villafranca
Aulla
Sarzana
Lucca
Marina di Pietrasanta
San Miniato
Gambassi Terme
San Gimignano
Colle di Val d'Elsa
Monteriggioni
Siena
San Quirico d'Orcia
Radicofani
Acquapendente
Bolsena
Montefiascone
Viterbo
Sutri
Campagnano
Rome
Jerusalem
N
W
E
S

Parte 4

Itália

A Itália é um país insalubre e cultiva alimentos nocivos.
Santo Alcuíno de Iorque, 798 d.C.

14

De Aosta a Santhia

A atmosfera da fronteira – é como começar de novo; há algo ali como uma boa confissão: posicionada para alguns momentos felizes entre pecado e pecado.
Graham Greene, *The Lawless Roads* [As estradas sem lei], 1939

Como qualquer pedra que cai de uma grande altura, eu rolei para Aosta com alguma velocidade. Minha primeira impressão foi de barulho, como se eu tivesse caído de pé no meio de uma festa; todos gritando, todos rindo, e o lugar inteiro funcionando em um caos. Havia flores por toda parte, roupas de cores vivas penduradas em varandas, roupas de cama tomando ar em janelas; os óculos escuros eram obrigatórios, e todos os homens dirigiam com um braço para fora da janela do carro. A Itália, pensei comigo mesmo, vai ser uma diversão.

Como para enfatizar essa sensação de alegria infinita, quando subi à Catedral de Aosta para carimbar meu passaporte peguei o final de uma cerimônia de casamento, que incluiu confete, vivas, palmas, uma taça de champanhe, muitos beijos e, claro, minha inclusão na fotografia de casamento.

O apartamento espaçoso e elegante de Cesare Gerbelle e Carmela Camodeca tinha amplas vistas para a cidade e para o vale, das quais era impossível se cansar. O casal trabalha com propriedades e em educação. A linda Carmela, que tinha belos cabelos castanhos avermelhados, havia deixado atenciosamente histórias e literatura sobre minha cama como boas-vindas. Tendo corrido boa parte do caminho de descida do Passo de São Bernardo, porém, eu estava, para dizer o mínimo, vencido, especialmente porque, em questão de horas, teria de estar de novo em pé e a caminho.

No jantar, lamentei-me por não ter tempo de ficar e desfrutar daquela cidade fascinante cujo nome derivava do mais inspirador dos imperadores, Augusto. Carmela, no entanto, lembrou-me que eu era um peregrino e que Roma deveria ser o foco inabalável de minha viagem, e não o turismo ao longo do caminho. Apesar de suas palavras, porém, eu senti que estava, de alguma maneira, desapontando a mim mesmo ao ficar tão agarrado a um impulso autoimposto de continuar seguindo para o sul.

De manhã, enquanto seguia meu caminho para o Arco de Augusto pela Via Santo Anselmo, notei uma placa do tamanho de uma lápide colocada alto na lateral de um prédio, anunciando o local de nascimento de Santo Anselmo. Acho que a dica já estava no nome da rua, mas, às cinco horas da manhã, não costumo estar muito ligado em fatos históricos.

Pensei em Cantuária e no altar que a cônega Clare tivera tanta preocupação em me mostrar antes que eu saísse na neblina. Na capela lateral onde o santo está enterrado, esse notável presente dos cidadãos de Aosta, feito pelo escultor Stephen Cox, consiste em duas grandes lajes verdes de mármore local, de cujas extremidades desce um veio irregular de traços brancos até um ponto central, como se fosse um contorno dos cumes alpinos que convergem na cidade, alojada no começo de seu vale lá embaixo. A peça simples, trabalhada de modo tão inteligente, representa uma declaração poderosa em contraponto com a arquitetura de pedras de Caen da catedral, ecoando a vida do grande homem.

Anselmo era um homem profundamente espiritual e um filósofo cristão instruído que passou boa parte de sua vida como monge na Abadia de Bec, na Normandia. Em 1093, aos sessenta anos de idade, aceitou o arcebispado de Cantuária com compreensível relutância, não só pela idade avançada, mas também porque era muito difícil lidar com o rei Guilherme, o Ruivo, que o indicou, uma vez que este competia pela primazia sobre a Igreja. Como muitos outros monarcas da Europa na época, Guilherme via seus planos continuamente frustrados pelas intervenções do papa em assuntos da Inglaterra.

Mas, em uma época antes da democracia e da liberdade de expressão, a Igreja proporcionava um controle e um equilíbrio significativos ao governo absoluto da Coroa. Sendo um homem de bons princípios, Anselmo lutou bravamente para manter esse importante *status quo*, persuadindo Guilherme, o Ruivo, a reconhecer o papa Urbano II, recusando-se a apoiar a supressão de uma revolta galesa pelo rei ou a aceitar a recusa do rei a cooperar com a reforma da Igreja. Esta última atitude levou ao primeiro período de exílio do arcebispo.

Anselmo, ameaçado com a perspectiva de submissão total ao monarca e da retirada de seu direito de apelar a Roma, deixou a Inglaterra e foi recebido com altas honras em Cápua, no sul da Itália, pelo pontífice, que estava participando do cerco conjunto católico e sarraceno para reconduzir o príncipe Ricardo ao trono que era seu por direito. Ele se tornou uma figura popular entre os soldados muçulmanos, que ficaram impressionados com sua postura santa. Depois do cerco, Anselmo passou a residir em Lyon.

Guilherme, o Ruivo, nesse meio-tempo, foi morto enquanto caçava em New Forest com seu irmão mais novo, Henrique, e outros nobres a seu lado. Sua morte foi considerada um acidente, mas poderia ser interpretada como um assassinato simples e bem-sucedido, especialmente pelo fato de o corpo do monarca ter sido abandonado onde caiu e Henrique ter viajado rapidamente a Londres para ser coroado rei três dias depois.

Após três anos no exílio, Anselmo foi convidado a voltar. Henrique I, o novo monarca, agora precisava do apoio do arcebispo para fortalecer sua reivindicação a um trono que seria contestado por seu irmão mais velho, Roberto da Normandia, em seu retorno das Cruzadas. Anselmo aceitou, mas exigiu a devolução das terras do arcebispado que Guilherme, o Ruivo, havia tomado. Ele se recusou a prestar homenagem a Henrique, um homem laico, que considerava seu direito indicar e investir membros do clero, como seu irmão fazia antes dele. Quando o papa Pascoal II aceitou o apelo de Anselmo a Roma sobre esse caso e excomungou os bispos investidos pelo rei, o arcebispo voltou à França para mais quatro anos.

Por fim, Henrique concordou em devolver muitos poderes e propriedades para a Igreja, mas foi só quando o rei visitou pessoalmente Anselmo em Bec que o arcebispo voltou a Cantuária, após a Concordata de Londres, em 1107, confirmando os acordos que haviam sido feitos. Anselmo morreu dois anos depois, aos 76 anos, tendo passado quase metade de seu arcebispado em Cantuária no exílio, em conflito com a Coroa.

A não muita distância da cidade, as vacas perderam seus sininhos, as primeiras figueiras apareceram e a música do verão – o som raspado das cigarras – começou. Esta viria a se tornar uma característica permanente que me acompanharia, daquele dia em diante, por todo o caminho até Roma. Mas, em comparação com a impecável Suíça, as cidadezinhas italianas eram deterioradas e malcuidadas, com a terra seca, policiada por cachorros enormes e pontilhadas de sistemas de irrigação que pareciam se divertir em me ensopar, mas, mesmo assim, não ajudavam muito a aliviar a umidade opressiva que pairava pelos estreitos confins abafados do vale de Aosta.

Em Nus, parei para ver a casa onde se acredita que Pôncio Pilatos parou em sua viagem para o exílio na Gália, antes de eu chegar a Châtillon, cujas ruas estavam abarrotadas de barracas vendendo queijos, pães, mel, geleia e carnes curadas. Era dia de feira e fui recebido no mosteiro capuchinho por um frade, Luca, que me avisou para não deixar minhas botas do lado de fora porque havia o risco de elas não estarem mais lá de manhã.

No quarto simples, tive um sono agitado, pois minhas pernas ainda doíam da rápida descida de 1.800 metros alguns dias antes. Lá fora, o vale inchou-se de chuva quando trovões e raios assumiram o comando e a tempestade, por fim, desabou.

O sino para as matinas ainda estava soando quando me aventurei pela manhã molhada bem cedo para continuar a viagem para o sul. Subindo alto nas colinas, deparei com uma terra maravilhosa, com vinhedos por toda parte, e cada cume e pico que surgia através da neblina era coroado com um castelo. A ventania que soprava acima, porém, era tão violenta que, às vezes, eu tinha pouca opção a não ser buscar abrigo em uma casa deserta, sob uma árvore copada, um rochedo e, por fim, a questionável sanidade de uma laje de uma enorme rocha solitária. Esta última me deixou com medo de ser encontrado séculos depois, achatado como uma pizza, depois de seu desmoronamento sob o súbito dilúvio que cercou a pedra e a mim sem aviso prévio.

Depois que as águas furiosas do Dora Baltea, cujo curso eu vinha seguindo desde Aosta, arremessaram-se através de uma ravina espetacular, as placas indicando a Via Francigena conduziram-me para o coração da velha cidade de Bard, que parecia ser um atalho por um trecho do curso do caudaloso rio. O caminho levou, por alguma distância, até um abrupto beco sem saída, onde uma grande barreira vermelha e branca proclamava que não havia mais acesso. Molhado e cansado, eu não iria voltar tudo outra vez de jeito nenhum.

Esse foi meu primeiro encontro na Itália com o que viria a se tornar o fenômeno de muitas Vias Francigenas. A habilidade, na qual eu nem sempre me mostrava muito bom, era identificar a rota direta. Os peregrinos, depois das primeiras centenas de quilô-

O vale de Aosta
...cada cume e pico era coroado com um castelo...

metros, tendem a não estar mais tão interessados nos desvios com belas paisagens, cuja constante e em geral confusa sugestão diária seria, de agora em diante, uma característica da rota durante as semanas seguintes.

Eu não tinha tido a oportunidade, desde a chegada à Itália, de comprar mapas. O trajeto era fácil naquele estágio, bastando seguir o rio. Isso era uma bênção, já que meu volumoso guia, com seus esquemas em diagramas indecifráveis que eram escassos em detalhes, mas continham uma infinidade de notas e imprecisões, era, agora, uma irrelevância redundante e pesada. Eu o atirei, com alguma alegria, de cima de uma ponte.

Nem bem tinha feito isso e desejei não ter feito. Perdido naquela situação de "eu sei mais ou menos onde estou", eu me vi persistindo em descer por uma estrada encantadora, que, desprovida de qualquer tipo de tráfego, estava sendo ocupada ativamente pela natureza, até que a trilha revestida de macadame deu lugar a espinheiros, e o caminho ficou para sempre escondido entre o mato impenetrável. Assim, acabei no escuro, descendo pelos trilhos principais da ferrovia até Donnas, o que, na verdade, é provavelmente algo que "não se deve tentar fazer em casa". Nem no exterior.

A ponte em Pont St. Martin, o fim da linha, é muito bonita. Mais um monumento notável às qualidades duradouras da arquitetura romana, ela faz lembrar de imediato a famosa Stari Most do século XVI, a ponte construída pelos otomanos em Mostar sobre o rio Neretva, na Bósnia e Herzegovina, mas a ponte em Pont St. Martin foi concluída cerca de 1.700 anos antes. Mesmo debaixo de chuva, fiquei fascinado. Construído em sólidas camadas alternadas de blocos de pedra, esse arco perfeito estende-se por 32 metros até a margem oposta do Dora Baltea, que ruge embaixo. Ao voltar para meu quarto depois do jantar, caminhando sobre as pedras entrelaçadas de grama e alisadas pelos anos, não pude deixar de pensar nos muitos que deviam ter atravessado antes de mim: homens do clero, soldados, santos, governantes, mercadores, peregrinos e mesmo o próprio arcebispo Sigérico – todos tinham utilizado aquela importante passagem ao longo da grande extensão de tempo.

Quanto mais eu avançava para fora do vale, mais suas laterais íngremes começavam a desaparecer, e o céu, mais uma vez de um azul-claro depois da tempestade do dia anterior, despejava-se sobre mim. A vista à frente me convenceria, se eu não soubesse a verdade, que, logo após a subida, o mar se abriria como uma vasta expansão diante de meus próprios olhos. Era cruel; eu não podia estar mais longe da costa, no entanto, naquela manhã, desejei ardentemente estar à beira da água, tal havia sido o confinamento da paisagem à minha volta nos últimos dias.

– Bom dia, sou o peregrino Harry da Inglaterra, quero lugar para mim 3 de julho, certo? – Dessa maneira muito insatisfatória, consegui um quarto para passar a noite no Canoe Club em Ivrea. Depois de anos de desatenção durante aulas de latim e de ver propagandas que mostravam um homem pedindo só um sorvete em uma gôndola, meu italiano até que estava se saindo bem.

Cheguei, resmungando, depois de um desvio inesperado em volta de um lago, por cortesia das placas de sinalização italianas. Isso havia acrescentado umas boas três horas ao meu dia e sublinhado a necessidade urgente de encontrar um mapa se eu quisesse chegar a Roma antes do Natal. Ivrea é uma cidade bonita, com um castelo no alto da colina que se ergue sobre um cenário desordenado de telhados de telhas curvas descendo para as margens do rio, que, não mais restrito pelo vale, havia se alargado e agora seguia em um ritmo mais calmo, embora não menos poderoso.

O Canoe Club, supervisionado por um gerente com a boca cheia de dentes quebrados, era um lugar movimentado, em preparação para algum campeonato internacional no fim de semana. A juventude em toda sua beleza parecia estar em toda parte:

namorando em bancos, lendo sob árvores ou preparando-se para descer por uma emocionante pista de *slalom*. Observei enquanto uma atleta da equipe britânica disparava pelas corredeiras; remando em vão, ela desapareceu com alguma velocidade a distância, gritando "é água demais!".

O dia havia sido perturbado o tempo todo pela presença persistente de um cheiro horrível, o qual parecia pairar momentaneamente junto à minha orelha direita e, quando eu virava a cabeça para investigar, desaparecia misteriosamente e, nem cinco minutos depois, retornava com renovado vigor. Por um tempo, achei que o cheiro estava emanando do pomar que eu atravessava; no entanto, depois que saí de lá, comecei a perceber que o fedor devia estar em algum lugar em mim. Seguiram-se várias paradas inúteis à beira da estrada e muita atividade de cheirar meu equipamento, mas tudo se mostrava inconclusivo até que, depois de um grande trabalho de detetive, localizei o esquivo aroma no alto de minha mochila, sobre a qual, ao correr para me abrigar de uma das tempestades da véspera, eu me lembrei de ter sentado – ao mesmo tempo que a esfregava, sem perceber, sobre a carcaça em decomposição de um rato morto, que agora deixara pedaços entranhados no tecido da mochila. Ou seja, a mochila foi acrescentada à roupa para lavar daquela noite.

Ivrea foi a primeira cidade maior em que pude me reabastecer desde que saí de Genebra. Lá, em uma livraria grande e moderna, consegui comprar os muito necessários mapas que me guiariam pelo restante da Via Francigena até Roma. Cada trecho era impresso como uma tira de papel, mostrando apenas uma faixa estreita de terreno de cada lado da direção da viagem, e eram muito semelhantes aos mapas que eu havia estudado na Biblioteca Britânica antes de partir. Preparados e ilustrados por Mateus de Paris, o monge e cronista beneditino do século XIII, em sua *Chronica Majora*, eles representavam a rota de peregrinos de Londres a Jerusalém de forma quase idêntica. Mas, em minha pressa, deixei a legenda na loja, o que significava que tentar adivinhar o que eu estava vendo a cada dia acrescentaria um certo desafio e um elemento de surpresa à minha orientação dali em diante.

Comprei também um livro de frases italianas, uma publicação muito simpática que eu acreditei que me abriria as portas para as complexidades do idioma de minha nação anfitriã, evitando, desse modo, novas tentativas precárias. A senhora gentil atrás do balcão, notando que eu era um peregrino, colocou uma pequena madona de prata em minha mão, para se juntar à já tilintante coleção de placas de identificação, um crucifixo, uma impressão de um pé e um terço que estavam pendurados em meu pescoço para um caso de emergência real.

– Pode chamá-la de Maria d'Ivrea – ela sorriu.

Nunca usei o livro, mas Maria ainda está pendurada em minha corrente.

Caminhando pela cidade, observei as famílias conversando umas com as outras de varandas dos dois lados da rua. Em uma *piazza*, sentei-me a uma mesa, pedi uma bebida e desfrutei de um cigarro, enquanto, acima de mim, as andorinhas chilreavam pelo céu sem nuvens. A vida estava em toda a minha volta, mas, como um espírito do Hades, eu passava despercebido entre as pessoas de Ivrea. Fazia mais de três dias que não conversava de fato com ninguém. O que o escritor John Fowles descreveu como "a monotonia da solidão", ao mesmo tempo bela e assustadora, tinha voltado – só que, dessa vez, não havia um Domingo para me resgatar. Olhei meu telefone e notei que havia uma mensagem de texto. Era Alain, meu colega peregrino de Cantuária, contando-me que teve de voltar para casa "por motivos familiares" – um lembrete de que a Via Francigena era mesmo uma longa estrada.

Enquanto eu apagava meu cigarro, o majestoso frontão de mármore sobre uma grande porta comum chamou minha atenção. Empurrá-la revelou do lado de dentro uma igreja de maravilhas douradas cujas colunas e pilastras *trompe-l'oeil* coríntias ladeavam afrescos, enquanto pinturas a óleo grandiosas encaixadas em molduras douradas elaboradas eram guardadas por *putti* (meninos alados rechonchudos) de mármore em posturas de adoração e, nos céus azuis que enchiam a cúpula, circulava uma hoste celestial de anjos.

Os excessos barrocos não pareciam, de modo algum, *kitsch* ou vulgares. Na verdade, em comparação com as muitas outras igrejas que eu visitaria no devido tempo, era bem o contrário; ela era bonita. Talvez os vasos de plantas floridas colocados aqui e ali acrescentassem um toque de humildade.

Sentei-me em um banco, olhando para a frente. Imóvel. Sem pensar em nada. Então, uma senhora idosa entrou e se ajoelhou atrás de mim, murmurando seu catecismo em uma voz rouca. Havia um suave ritmo terapêutico em sua oração e, enquanto eu ouvia, uma grande sensação de calma me envolveu. Esperei até que ela terminasse e, quando ela se levantou para sair, eu a segui para fora da igreja, decidido a falar com ela.

– *Scusi, signora, qual è il nome di questa chiesa?* – Qual é o nome desta igreja, perguntei. De onde veio esse súbito jorro de italiano eu não sei explicar; raramente, se é que em algum momento, eu demonstrei tal domínio da língua outra vez.

A senhora pareceu repentinamente tímida e, dando um sorriso, confessou que não tinha certeza – "há tantas igrejas", disse ela, levantando os ombros, "poderia ser San Savino ou...". Ela parou e perguntou a uma moça que passava com um cachorro, a qual também pareceu um pouco surpresa. Depois de uma conversa empenhada, elas concordaram, com muitas risadas, que devia ser San Ulderico.

O interessante, porém, é que Santo Ulrico, como o conhecemos, era alemão. Nascido no final do século IX, foi bispo de Augsburgo, perto de Munique, e manteve esse posto por quase cinquenta anos. A lenda local é que a igreja foi construída no local onde ele fez um milagre, em 971. Em um dos prodígios que ele realizou, conta-se que transformou carne, em uma quinta-feira, em peixe, em uma sexta. Em 993, ele foi o primeiro santo a ser canonizado por um papa. Acredita-se que a terra de seu túmulo seja infalível para espantar ratos.

Depois disso, resolvi parar para beber alguma coisa no meu caminho de volta para o Canoe Club. A moça atrás do balcão me perguntou para onde eu iria em seguida.

Para Santhia, respondi.

– *Zanzare!* – ela exclamou. Mosquitos.

Havia um cheiro forte de palha no ar de manhã cedo enquanto o orvalho evaporava dos campos e dei um último adeus ao reino das montanhas; a colheita tinha começado e grandes plantações de girassóis agora acrescentavam cor às laterais da Via.

Meu consumo de água disparou: quatro a seis litros naquelas condições tórridas eram a norma apenas para poder seguir viagem. Às treze horas, a temperatura era tão esgotante que havia pouca alternativa a não ser procurar uma sombra. A Itália estava passando por uma onda de calor recorde.

Para todo lado que eu olhava parecia haver ciclistas. Eu via essas figuras solitárias cobertas de *lycra* colante ao corpo, com óculos escuros arrojados que pareciam olhos de insetos e grandes capacetes, virem de longe em minha direção sobre suas aerodinâmicas máquinas de corrida e parava, observando com admiração quando passavam por mim em considerável velocidade. Vez após outra, sem falhar, era sempre um homem idoso na condução da bicicleta, ofegando, arfando, suando no calor, como em fútil perseguição de anos tenros que estavam perdidos para sempre.

No lago Viverone, parei para uma grande tigela de sorvete e um cappuccino. O rapaz que me serviu parecia ter saído direto de uma propaganda da Abercrombie & Fitch. Mas, em toda a minha volta, havia aposentados vestidos com os *designers* da moda, bem penteados e de mãos cuidadas. Caminhei até a margem do lago, onde barcos balançavam suavemente em suas amarras, mas, novamente, fosse em espreguiçadeiras, estendidas em toalhas, remando ou praticando esqui aquático nas águas cristalinas, havia pessoas mais velhas por toda parte.

Enquanto eu passava por bares e cafés, tudo que via eram grupos de homens idosos. Para qualquer lugar que olhava, era difícil ver uma pessoa jovem. Devido à contínua elevação do custo de vida, a taxa de natalidade na Itália desabou; o país agora tem a maior porcentagem de idosos da Europa. Em dez anos, estima-se que quase 18 milhões de italianos terão mais de 65 anos, ao passo que apenas sete milhões estarão abaixo dos vinte anos. Cinquenta anos antes, era o contrário.

Santhia é basicamente uma longa rua; no final, há uma extensa estação ferroviária e, depois dela, estendem-se os arrozais. É um lugar simples, como se poderia esperar de uma cidade em que as pessoas ainda bebem café às 20h45. Como não há muito que fazer à noite e eu estava sozinho no albergue de peregrinos, examinei o livro de visitantes com os nomes dos que já haviam passado por ali antes de mim.

Descobri que eu era o 78º peregrino a ficar no albergue naquele ano. A maioria era italiana; vinte eram franceses, e o resto era uma mistura de europeus, mais três australianos, dois norte-americanos e um cubano. O mais velho tinha 77 anos e o mais jovem, 21, e a média de idade era 55 anos; 49 estavam caminhando para Roma, dos quais seis seguiriam, então, a caminho de Jerusalém. Apenas dez haviam começado em Cantuária, e, como eu desconfiava, eu não só parecia ser o único inglês na rota naquele período, como também seguia em minha própria bolha particular: o grupo mais próximo de peregrinos estava dois dias à minha frente e LN, minha amiga de Reims, era uma dessas pessoas. Mandei-lhe uma mensagem de texto.

Eu já havia avançado 140 quilômetros pela Itália quando me vi na beira dos arrozais de Vercelli, a maior área produtora de arroz da Europa. Campos de arroz se estendiam até onde os olhos podiam enxergar, com água fluindo pelas largas valas de irrigação que percorrem toda a paisagem monótona além de Santhia. E, onde não era arroz, era milho, bosques cerrados de plantas subindo a dois ou dois metros e meio de altura. Os brilhantes campos verdes eram um paraíso para garças, grous e socós, que eu observava caminhar graciosamente pelas plantações inundadas ou parar curvados nas margens como se estivessem perdidos em pensamento.

Descendo pela estrada, fui ultrapassado por dois ciclistas, Helmut e Franz, que tinham partido de Stuttgart para Roma. Como era costume, trocamos as conversas de peregrinos, os três felizes por fazer um rápido intervalo no tédio das planícies à nossa volta.

– Vocês se encontraram com Sylviane? – perguntei.

– A moça de cadeira de rodas de Linz?

Confirmei que era ela.

– Não, mas vimos o nome dela no livro de visitantes em Cavaglia, onde ficamos a noite passada.

Então a admirável mulher tinha conseguido superar os Alpes. Fiquei muito contente e, só por essa notícia, poderia ter feito uma dança ali mesmo.

790 quilômetros para Roma.

15

De Vercelli a Pavia

> *Somos três soldados,*
> *Perdoem-me, por favor...*
>
> Atribuído a Thomas Ravenscroft, *Deuteromelia: or The Second Part of Musick's Melodie* [Deuteromelia: ou a segunda parte da melodia da música], 1609

Assim que pus os pés nos arrozais saindo de Vercelli naquela manhã de julho, fui cercado por mosquitos. Todas as precauções tomadas foram completamente inúteis. Na verdade, a atração deles por mim era tão grande que ficava impossível parar mesmo por um momento.

Havia uma sensação de paz enquanto eu caminhava na luz tranquila do amanhecer, a terra imperturbada pelo dia, exceto por um ocasional faisão perambulando entre os arbustos ou pelas interrupções espalhafatosas de um sapo-boi. Conforme a manhã chegava devagar, eu ia passando por fazendeiros inundando campos e caminhos com fluxos desgovernados de água barrenta bombeada por tratores barulhentos das valas que cruzavam a planície. Isso criava pequenos mares interiores, atravessados nas pontas dos pés ou em grandes passos molhados até que o santuário de uma trilha elevada pudesse ser encontrado.

No fim de maio de 1859, Palestro foi o local de cenas dramáticas da Segunda Guerra de Independência Italiana, o breve mas intenso conflito que resultaria na derrota do poderoso exército austríaco, removendo, assim, um obstáculo importante que estava no caminho do Ressurgimento, como a luta pela unificação ficou conhecida. A causa, com o rei Vítor Emanuel II da Sardenha na liderança, dominou a agenda política dos reinos, ducados e estados que constituíam a península italiana por boa parte do século XIX.

Aqui, depois de dois dias de lutas, os austríacos sofreram uma de várias derrotas para uma coalizão franco-piemontesa. A batalha foi parte de uma estratégia maior de imobilizar o exército austríaco enquanto tropas francesas deslocavam-se de trem para avançar sobre Milão, onde os austríacos eram mais fracos. Essa foi uma das primeiras ocasiões em que ferrovias foram usadas para ganhar vantagem estratégica na guerra.

Um dos momentos mais decisivos, mais perto do final da batalha, foi o ataque do 3º Regimento dos Zuavos ao flanco austríaco. Essa ousada ação forçou um batalhão de infantaria austríaco a vacilar e levou à captura da artilharia de uma brigada. Vítor Emanuel participou pessoalmente da ação, e, no dia seguinte, o regimento fez dele um membro honorário em reconhecimento. O esquema dos aliados foi vitorioso.

Os acontecimentos em Palestro, no entanto, foram apenas uma abertura para o violento confronto final em Solferino três semanas depois. Junto às vitórias de Garibaldi em Varese e Como, essa custosa vitória, que envolveu 300 mil combatentes e só terminou depois de nove horas de combate com mais de 5.500 mortos, 23.500 feridos e 11.500 desaparecidos ou capturados, pôs um fim na guerra de dez semanas. A Áustria pediu paz a Napoleão III. O armistício, assinado em Villafranca, obrigou a Áustria a ceder a Lombardia para a Sardenha. Esse foi um ganho significativo, um ponto decisivo que deu ao movimento pela unificação uma força considerável.

Dentro de um ano, muitos dos estados do norte foram anexados à Sardenha. Apenas em 1861, porém, o Reino da Itália viria a ser proclamado e mais nove anos se passariam antes que o mapa começasse a se parecer com a Itália que conhecemos hoje.

Enquanto eu caminhava para o único café de Palestro, vi um homem grandalhão sentado do lado de fora. Seu rosto era bronzeado e gasto como velhas botas marrons e ele usava uma espessa barba branca com dentes brilhantes para combinar – inconfundivelmente um peregrino.

– Olá, colega! – cumprimentei meu colega viajante antes de determinar que em alemão seria mais fácil, apesar de Andreas, que morava desde os dezoito anos em Dortmund, ser originalmente de Gdansk, na Polônia. Tirando a cor de seu cabelo, havia pouco para sugerir que o enorme polonês tinha acabado de completar sessenta anos. Ele, como eu, estava a caminho de Mortara naquele dia. Mas, quando eu ia me sentar, ele se levantou com um sorriso e um aceno e foi embora. Foi só quando ele se virou que notei a concha, o símbolo da peregrinação a Santiago, e uma foto do papa João Paulo II presos à sua mochila.

Entediado com os intermináveis arrozais, que eram um trecho da viagem que tinha simplesmente de ser enfrentado, parei outra vez alguns quilômetros adiante em Robbio. Enquanto dava um telefonema, vi Andreas passar. Fiz um sinal para ele se aproximar. Quando terminei a ligação, decidimos derrotar o tédio e o calor continuando nossa viagem juntos, o que resultou em uma conversa ininterrupta nas horas seguintes em seu fluente (e meu nem tanto) alemão.

Andreas era um bom homem com uma grande convicção religiosa. Mas bastou uma olhada para ele, que era maior do que eu, para perceber que caminhar no ritmo dele ia ser um desafio.

Ele logo contou que as hordas que havia encontrado ao andar pelo Camino o haviam deixado vazio, insatisfeito e à procura de uma experiência espiritual maior. Desde que saíra de Cantuária, sua experiência tinha sido muito mais intensa do que qualquer coisa que tivesse vivido ao atravessar a Espanha. Então, quando eu estava prestes a perguntar, ele acrescentou, "Harry, os anjos cuidaram de mim...".

Meu queixo caiu. Mas ele afirmou com convicção, e não de uma maneira fantasiosa ou idealizada, que coincidências demais tinham acontecido. De pessoas aparecendo em janelas no último minuto para oferecer uma cama para passar a noite a encontrar água ou receber indicações do caminho dadas por estranhos que apareciam do nada – até mesmo o nosso encontro, disse ele, fora obra de anjos. Era difícil discordar.

No entanto, eu me via em um trote contínuo para conseguir acompanhar o passo daquela figura falstaffiana que, apesar da temperatura em elevação, só tomava cerveja; ele raramente tocava em água. Isso lhe dava uma certa aura medieval, já que essa prática remontava a um tempo em que a água era com tanta frequência contaminada que a cerveja era a única alternativa segura.

E, quando não estávamos falando, assobiávamos, cantarolávamos com a boca fechada ou cantávamos. Nossa primeira canção foi *"Hitler Has Only Got One Ball"*, cantada com a melodia da marcha *"Colonel Bogey"*, que se traduz com incrível facilidade para o alemão. Aprendi algum vocabulário novo no processo, o que resultou em uma parada momentânea até eu conseguir parar de rir, para espanto dos surpresos motoristas italianos que passavam.

Mais ou menos uma hora mais tarde, vi um guarda-chuva solitário ao lado da estrada com alguém sentado à sua sombra – "morangos?", gesticulei para Andreas.

O polonês olhou para mim com ar de incredulidade. "Não, Harry..." A expressão dizia tudo. Quando nos aproximamos, também ficou óbvio. Não havia nenhuma caixa de morangos à venda, apenas uma garota bonita em um vestido muito justo que, sentada minutos antes em uma espreguiçadeira, estava agora saindo, trinta euros mais rica, de uma espessa cortina de pés de milho infestados de mosquitos, seguida não muito depois por um homem idoso oscilando sobre uma bicicleta, com um sorriso que era grande demais para o seu rosto.

Mortara, com alguns prédios grandiosos em seu centro que sugerem um passado próspero, era uma cidadezinha compacta meio maltratada, no costumeiro estilo italiano. O albergue para peregrinos da Abadia de Santo Albino era uma igreja com um campanário de tijolos vermelhos do século XVI e fachada neoclássica, situada entre alguns prédios de cor creme que haviam claramente sido parte de algo bem maior. Era um lugar isolado à beira dos arrozais, cercado de choupos. Os sons intermitentes de patos e crianças brincando no jardim davam ao lugar uma atmosfera tranquila, a mesma, desconfio, que os peregrinos a caminho de Roma vinham experimentando havia séculos.

Ao bater na porta parecida com a de um celeiro, fomos recebidos por Franca, a alegre mulher que dirigia o lugar, e seu marido, Gigi. Eles nos levaram para um grande salão moderno e funcional, que seria não só nosso refeitório para o jantar, mas também nosso dormitório para a noite. Éramos os únicos hóspedes naquele dia. Mandaram chamar o padre Nunzio, um homem sorridente que, quando jovem sacerdote, 38 anos antes, tinha realizado o matrimônio do casal. Ele conferiu nossos passaportes com alguma pequena cerimônia antes de carimbá-los com a insígnia da Abadia em um belo tom de verde.

Não havia nada de presunçoso em Andreas enquanto conversávamos durante um jantar de vitela à milanesa. Devotado à sua família, ele era sólido e confiável, como um velho carvalho. Nos últimos tempos, vinha claramente pensando muito, pois conversamos longamente sobre os caminhos da vida. Andreas afirmou que "sem crença, sua família, um trabalho, uma meta, sei lá, alguma coisa... você não é *nichts*, nada". Ele sibilou o *s* de "*nichts*" como para dar ênfase.

– Uma vida sem propósito – ele continuou, com o copo na mão – não vale a pena ser vivida. As pessoas precisam recuperar seus valores. A peregrinação é boa por essa razão, porque esquecemos. Esquecemos que é importante fazer uma pausa e reaprender, não relembrar, Harry, mas reaprender – ele enfatizou em sua voz profunda. – Para sermos felizes, para sermos realmente felizes, precisamos buscar a vida.

Depois de comer, fomos nos sentar no jardim, passando por um grande mural pregado alto na parede. Era de dois cavaleiros, um caído no chão mortalmente ferido enquanto o outro vinha a cavalo em sua ajuda quando cavaleiro e montaria foram fatalmente atingidos por flechas no pescoço e peito. As palavras *"Morte di Amico e Amelio – Paladini di Carlo Magno"* estavam escritas embaixo.

Andreas e eu o observamos. Por um momento, talvez em respeito pela mensagem clara que o quadro transmitia, ficamos em silêncio.

Nesse momento, Franca espiou pela porta.

– O que é isto? – o polonês perguntou, apontando para o mural.

Em uma mistura de italiano e um inglês hesitante, ela explicou a história do quadro, que eu, por minha vez, fui repetindo para Andreas em meu alemão bem simplificado.

– Bem, em tempos antigos, este lugar se chamava *Pulchra Silva*, o "belo bosque", e, em 12 de outubro de 773, foi o cenário de uma batalha terrível entre o imperador Carlo – Carlos Magno, expliquei a Andreas – e Desidério, o rei dos lombardos. Na verdade, tantas pessoas morreram na batalha que eles mudaram o nome da cidade, depois disso, para Mortara, que vem do latim *Ara Mortis*, o "altar da morte".

Franca olhou para meu amigo polonês, que franziu a testa em uma expressão pesarosa e balançou a cabeça em entendimento.

– Enfim, durante o combate aqui, dois dos cavaleiros de maior confiança de Carlo, Amis de Beyre e Amile d'Auvergne, foram mortos. Ele tinha doze cavaleiros no total. Estes eram chamados de Paladinos, tão famosos naquele tempo como seu rei Artur e seu Lancelot. Mas, esses dois, eles eram especiais. Nunca tinham se separado desde o dia em que se conheceram quando adolescentes. E sempre lutaram lado a lado. Até fizeram um juramento de, ahn... Como eu digo isso? Harry, pode me ajudar?

– Lealdade?

– Isso, exatamente, um juramento de lealdade um para o outro. Eram melhores amigos – ela acrescentou, levantando os olhos uma vez mais para o quadro.

– Então, depois que a batalha terminou, naquela noite, Carlo disse que um deles deveria ser enterrado na Igreja de Santo Eusébio e o outro, em São Pedro. Acontece que, na manhã seguinte, fiéis ao juramento, os dois corpos foram encontrados juntos em Santo Eusébio. E ninguém sabe como eles chegaram lá. Carlo então disse que eles deveriam permanecer juntos.

Franca olhou para mim.

– Alguns dizem que o seu Santo Alcuíno, que era sacerdote de Carlo, sugeriu que eles construíssem a Abadia aqui no local da antiga Santo Eusébio. Mas, para mim, gosto de pensar que uma das razões de este lugar ser tão feliz é que ele tem tudo a ver com uma celebração da amizade. É por isso que os peregrinos a caminho de Roma na Idade Média paravam tanto aqui. Eles vinham homenagear os famosos *Paladini*...

Saindo nas pontas dos pés antes do amanhecer, preparamo-nos para partir em direção a Pavia. Entramos quietamente na capela retirada para ficar um momento em suas sombras escurecidas. No silêncio, pensei nos dois Paladinos e na luta desesperada que havia acontecido naquele lugar tantos anos atrás. Nós rezamos,

Abadia de Santo Albino, Mortara
...tudo a ver com a celebração da amizade.

olhamos os nomes entalhados por nossos antecessores ao longo dos séculos e saímos na luz matinal.

Depois das bravatas iniciais do dia, os assobios e cantos foram gradualmente desaparecendo. Primeiro, meus pés fizeram bolhas, depois, quando torci o tornozelo, ficou evidente que manter o passo para acompanhar Andreas seria praticamente impossível. Eu fui reduzido a um deplorável manco ficando para trás dele a uma distância cada vez maior.

E, então, o sol se levantou no céu sem nuvens e seus raios impiedosos começaram a nos secar enquanto, ao modo de um vampiro, ele se alimentava de nossa vontade de viver. Caminhávamos para um Paraíso de Lúcifer que ofuscava a visão e enfraquecia o ânimo. Minha cabeça pendeu para a frente como em súplica pelo machado do carrasco; o avanço no calor aprisionador era com frequência reduzido a pouco mais do que um cambaleio. Mãos e articulações inchavam, enquanto moscas grudavam em nariz, boca e olhos que já estavam sensíveis pelo escorrimento ácido do suor. O pouco de saliva que conseguíamos juntar era seco, acre e pegajoso na língua, que, por mais que bebêssemos água, nunca se saciava. A única opção era avançar pesadamente. Com a mente envenenada por qualquer coisa exceto devoção, viajei com o Diabo naquele dia, uma voz que sussurrava constantemente em minha cabeça, "isso é loucura... tudo loucura".

Cambaleamos no fim dos 35 quilômetros do trajeto até Pavia, como sobreviventes vindos do deserto. Meus pés estavam desesperadamente necessitados de atenção, como se eu tivesse passado oito horas andando sobre vidro quebrado. Quando chegou o fim do dia, mergulhei em um abrupto declínio.

Eu mal havia chegado ao luxo comparativo do *Ostello di Santa Maria in Betlem* e já queria ir embora. Percebendo meu estado, o bondoso Andreas me lembrou que nossa situação, a dois terços do caminho para Roma, era como chegar ao momento da exaustão em uma maratona.

– Nessas horas, Harry – disse ele, mexendo uma panela de macarrão na cozinha –, você precisa lembrar que não é a força de seus músculos, mas a força de sua mente que conta. – Ele tocou a têmpora ao falar isso. E ele tinha razão. Nada além de pura determinação iria nos levar até Roma, como o dia havia provado.

Cuidei de meus pés e, deixando Andreas preparando seu jantar, peguei meu cajado e me arrastei pela Ponte Coperto à procura de *piazzi*, bares, pessoas e vida; em suma, qualquer lugar e qualquer coisa que não tivesse absolutamente nada a ver com a caminhada.

Pavia estava movimentada naquela noite. Sentado ao ar livre, depois de alguns *Aperols*, quase toda uma garrafa de vinho e um grande prato de vôngoles, a vida começou a parecer boa outra vez.

Eu estava relaxando com um cigarro, contemplativo, quando notei um rapaz jantando em uma mesa próxima. Ele apertou os olhos para enxergar melhor, depois levantou-se e veio até mim.

– Desculpe, mas eu não o conheço de Londres?

E de fato conhecia, mas, quando se encontra pessoas quase 1.500 quilômetros fora de contexto, o cérebro demora alguns minutos para se recalibrar.

– Marco? – eu disse. – O que está fazendo aqui?

– Moro aqui agora. Estou aqui com minha família há algumas semanas...

Combinamos de nos encontrar para um café na manhã seguinte.

Na rua cheia de gente, a fachada de arenito da Basílica de São Miguel Maior parecia elevar-se sobre mim como os tubos acima de um órgão. Marco, meu autoindicado guia para aquele dia, encontrou-me do lado de fora das portas entalhadas, usando óculos escuros ridiculamente grandes. Como um bem-ensaiado guia de ônibus de turismo com um punhado de informações e pouca preocupação com cumprimentos, ele começou.

– Bem-vindo a Pavia, construída de acordo com o modelo romano clássico que chamamos de *"cardo e decumano"*, ou seja, o *"cardo maximus"*, a rua principal no sentido norte-sul, onde estão todas as lojas – ele deu uma piscadinha e um grande sorriso – e o *"decumanus maximus"*, que é a rua que vai de leste a oeste e é a segunda rua. E, atrás de você – apontando para São Miguel como um comissário de bordo indicando as saídas de emergência –, está a que é, para nós, locais, a verdadeira igreja de Pavia. – Ele me levou para dentro. Estava agradavelmente fresco.

– Foi aqui que Carlos Magno e Frederico Barbarossa, ou barba ruiva, receberam a coroa de ferro de Lombardia em sua coroação como reis da Itália. Sabe que dizem que ela foi feita de um prego da cruz de Jesus?

– É mesmo?

– Sim, certo. Mas esse Barbarossa jamais conseguiu, na verdade, ter o domínio sobre nós, lombardos. Ele sitiou Milão duas vezes e morreu ao atravessar um rio nas Cruzadas – contou Marco, com um grau de triunfo, como se isso tivesse sido a paga justa por ele ter ousado levantar um dedo contra uma das capitais da moda do mundo moderno.

– Vê como a pedra mantém o ar fresco? Minha irmã casou-se aqui na semana passada. *Eu* fui o padrinho... imagine... eu... *todo* de *Prada*. – Ele pôs a cabeça de lado e fez uma pose tão glamorosa que quase poderia ser o centro do cartaz de *Bonequinha de luxo*. Sob belíssimos tetos de afrescos azuis e dourados, Marco me levou até um ícone de San Michele, ou nosso São Miguel, de pé sobre um dragão.

– Veja aqui – por um momento, ele ficou estranhamente pensativo – como o arcanjo nos protege – apontando a imagem – dos dragões; as coisas ruins da vida.

Fomos em seu pequeno carro para o *Duomo*, a Catedral de Pavia, cuja cúpula havia dominado meu horizonte por boa parte do dia anterior. Era uma sensação estranha enquanto seguíamos em velocidade pelas ruas. Eu me via continuamente fazendo cálculos de tempo e distância na cabeça, constantemente olhando para o velocímetro e me admirando com a rapidez com que conseguíamos chegar a qualquer lugar.

Envolta em andaimes, a Catedral estava fechada. A oportunidade de ver a relíquia do único espinho que tinha sido tirado da coroa de espinhos na crucificação me foi negada. Mesmo assim, não pude deixar de reparar em uma estátua enorme de um dignitário romano a cavalo do lado de fora. Algum gaiato tinha pintado os testículos do garanhão de dourado.

O Castello Visconteo é hoje lar de pombas e andorinhas. No passado, pertenceu à grande família Visconti, que governou Milão e Pavia por mais de duzentos anos. Em seu estado bastante lamentável, é difícil imaginar carruagens chacoalhando de um lado para outro pela ponte que se estendia sobre o fosso agora seco. Olhamos através de maciças grades de ferro para um pátio com a grama crescida, onde algumas plataformas haviam sido deixadas semidesmontadas.

– Você conhece o diretor Luchino Visconti, que fez *Morte em Veneza*?

Confirmei com a cabeça.

– Esta é a casa da família dele. Uma das casas – ele riu. – Nos terrenos da propriedade, que já foram muito grandes, o exército francês foi esmagado na Batalha de Pavia por Carlos Quinto, o sacro imperador romano, em 1525.

– Você está falando de Charles Quint, não é? – interrompi, referindo-me ao nome francês do governante, cujo rastro eu havia encontrado semanas antes em Besançon.

– Sei lá, não sou francês. – sem nem piscar, ele continuou – Então, como eu dizia, Carlos acabou com os franceses enfiados aqui na Itália, graças a Deus. Gostamos de fazer isso de tempos em tempos. Depois da Segunda Guerra Mundial, nós também pusemos o idiota do rei e toda a sua Casa de Savoy em um avião e dissemos adeus para um punhado deles. – Mas então, enquanto olhávamos para o pátio, ele acrescentou: – É triste, tanta vida, e agora o castelo só é usado para concertos de vez em quando. Mas tivemos o festival *Jump Up* aqui alguns dias atrás... dez mil pessoas... imagine...

Antes de entrar na Basílica de São Pedro no Céu de Ouro, paramos para ver um monge corpulento se deliciar, com evidente prazer, com um sorvete igualmente grande. Lá dentro, o extremo oposto da igreja era dominado por uma magnificência branca brilhante que, sobre seu pedestal, quase parecia tocar o teto de mosaicos dourados que representava o Céu de Ouro.

– Este é o túmulo de Santo Agostinho, um dos santos mais importantes de toda a Igreja – disse Marco – porque, no século IV, ele renovou o cristianismo. Até o papa Bento fala como ele foi uma pessoa influente.

Era tamanha a aura que irradiava do grande monumento que me aproximei dele com alguma ansiedade. Os altos-relevos em volta do túmulo do século XIV, com seus triângulos góticos, representavam cenas da vida do santo na atual Argélia. Elevado como ele se encontrava, ficar olhando por descarada curiosidade parecia piegas. Como se para ressaltar isso, um padre próximo sussurrava em tom animado com uma senhora que estava claramente sofrendo com alguma angústia.

– Todo esse mármore de Carrara, imagine quanto custou – disse Marco.

Naquela altura, eu também estava precisando de um grande sorvete. Marco, no entanto, não pôde resistir a me mostrar uma estátua magnífica de Giuseppe Garibaldi, um dos fundadores do Estado italiano, o qual, desafiador, estava de pé sobre uma grande elevação de pedras, com uma ninfa expressiva e de peitos atrevidos escorregando com alegre abandono em um lado. Na base, um musculoso leão em mármore mastigava distraído um feixe de fasces. Para mim, aquilo dizia muito sobre a atitude do grande homem em relação à autoridade.

– Você sabia que o nome dele era Marie? – perguntou Marco. – Ele era um capitão do mar que, na verdade, veio de Nice, e é por isso que ele não falava com Cavour, o primeiro-ministro de Vítor Emanuel, porque ele deu a cidade para os franceses no acordo para que estes ajudassem a vencer os austríacos. – Pensei em Palestro. – Mas Garibaldi, que homem! Ele só lutou por independência, aqui e na América do Sul. – Ele olhou para mim. – Ele sabia o que queria e nunca descansou até que a Itália fosse uma só. – Então, olhando com afeto para o leão, ele disse: – Eu gosto dele. É tão expressivo e poderoso. Resume Garibaldi, eu acho.

Jock Davis, de cabeça raspada, vestido da cabeça aos pés de preto, parecia totalmente um neofascista – exceto que, durante os meses em que eu não o tinha visto, ele parecia ter engolido uma grande bola de praia. De pé em posição de sentido do lado de fora da estação de Pavia, como o soldado da guarda que ele havia sido no passado, bastaria um grito rápido de "preparar baionetas" e desconfio que ele teria despachado a maior parte da multidão em volta com aterrorizante eficiência. Quando viramos na entrada, pus a cabeça para fora do carro e gritei para ele.

– Ah, graças a Deus, Harry – ele disse, com um forte sotaque de Halifax enquanto corria em nossa direção, dava uma olhada para Marco com seu enorme óculos de sol e virava-se para mim. – Onde você se enfiou, parceiro?!

Tentei falar sobre a estátua de Garibaldi e sua ninfa animada, mas as palavras ficaram perdidas em um abraço gigante que quase me sufocou, seguido por uma garrafinha de bolso que foi imediatamente enfiada em minha mão.

– Vamos lá, chefe, beba aí.

"Chefe", um termo carinhoso nos círculos militares que me anima até hoje, soou totalmente incongruente agora que estávamos em Pavia e em uma peregrinação. Três dias antes, Jock havia me mandado uma mensagem de texto de Surrey. Parecia que a vida não andava muito boa em casa e não foi preciso muito incentivo para convencê-lo a vir para o norte da Itália tirar umas necessárias férias. Agora na polícia, ele havia, durante a maior parte do meu tempo no exército britânico, estado sempre ao meu lado nos bons e maus momentos. Talvez o único tocador de gaita de foles de três dedos no mundo (não tente consertar o carro com o motor ligado), Jock é uma das pouquíssimas pessoas que conheço que pode deter um disparo de artilharia antiaérea do inimigo dirigindo um veículo de encontro ao armamento ou fazer um Land Rover virar uma pirueta completa de 360 graus e, em ambas as ocasiões, sem ter planejado fazer isso. Até hoje, fiel ao código de lealdade, apesar de raramente, ou talvez nunca, conseguir manter a boca fechada, continua sendo um de meus melhores amigos, que eu amo como um irmão.

No caminho de volta para casa, Marco nos deixou no *Ostello*. Don Lamberto, o padre calvo e de meia-idade de Santa Maria, estava de pé nos degraus falando com paroquianos na rua. Com uma camisa de colarinho aberto, ele parecia muito jovial em comparação com a aparência austera que tinha no rosto na missa da noite anterior, quando, por engano, eu o havia elevado à posição de monsenhor – uma promoção que, disse ele, era muito pouco merecida, mas muito bem-vinda.

A primeira dificuldade que tive ao voltar para o alojamento, porém, foi que Jock não falava nada de alemão, Andreas não falava nada de inglês e nenhum dos dois sabia uma palavra sequer de italiano. Eu não precisava ter me preocupado. Bastou eles terem sido deixados sozinhos por alguns minutos na cozinha, da qual nós havíamos de fato tomado posse, e a dupla já arrumou um modo de comunicação, com base, em grande medida, no conhecimento residual de Jock de histórias em quadrinhos de guerra. Eles ficaram amigos rapidamente, uma das muitas qualidades de Jock, de modo que, quando voltei, fui recebido com gritos de "herr major!", os quais, por mais que eu tentasse evitar, permaneceram pelo resto da semana.

A segunda, e maior, dificuldade foi a logística envolvida em atravessar o rio Pó dali a dois dias. Depois de algumas frustrantes conversas telefônicas, meu italiano, que havia se saído tão bem até então, finalmente falhou. Michele, que dirigia o *Ostello*, veio me ajudar. Mais alguns telefonemas e ele me explicou os intrincados arranjos, pouco menos complexos do que escapar de um campo de prisioneiros de guerra, que seriam necessários para eu me encontrar com o grande Danilo Parisi, "o grande almirante do rio Pó".

– A próxima noite – Michele começou, com seriedade – vocês vão passar em Santa Cristina com Don Antonio, depois, às oito horas na manhã seguinte, você telefona a Danilo para avisar que está a caminho. Ele os encontrará na Corte Sant'Andrea ao meio-dia para fazer a travessia do rio. Quando chegarem ao outro lado, em sua pousada, o *Caupona Sigerico*, ele lhes dará algo para comer e – levantando uma sobrancelha –, se a esposa dele gostar de vocês... então talvez possam passar a noite, mas, se ela não gostar, ele vai lhes dizer para continuar até Calendasco.

De volta à cozinha, passei as instruções para as tropas sobre o importante estágio da viagem que estávamos para iniciar. E, no fim, anunciei, "e então, pessoal, são apenas quatro semanas até

Roma!". Nesse ponto, o aposento explodiu em cantos e marchas em volta da mesa, quando nós, por alguma inexplicável razão, carregávamos vassouras como fuzis em um desfile enquanto cantávamos, a plenos pulmões: "Eu gosto de sair a vaguear, ao longo da trilha da montanha, e enquanto eu caminho, eu adoro cantar, com a minha mochila nas costas! Val-deri, val-dera, val-deri, val-dera-ha-ha-ha-ha-ha. Val-deri, val-dera, com a minha mochila nas costas!". Don Lamberto espiou da porta, com ar espantado.

697 quilômetros para Roma.

16

De Belgioioso a Piacenza

> ... *quero que você entenda que,*
> *no Pequeno Mundo entre o rio e as montanhas,*
> *muitas coisas podem acontecer que não podem acontecer em nenhum outro lugar.*
>
> Giovanni Guareschi, Dom Camilo e seu pequeno mundo, 1948

Quando se está em três sujeitos fortes andando juntos com bastões e mochilas, é difícil passar despercebido. Toda vez que parávamos em qualquer lugar, logo nos tornávamos objeto de muito interesse. Os entusiásticos italianos não resistiam a tentar descobrir, com muitos "Oh!" e "Ah!", de onde éramos, de onde tínhamos vindo e para onde estávamos indo. Devido ao meu italiano macarrônico, essa linha de questionamento com frequência resultava em alguma confusão, que, uma vez corrigida, levava a restaurantes e cafés com grandes risadas e muitos vivas e palmas.

Ao parar para o café da manhã em Belgioioso naquela manhã, fomos encurralados no restaurante por um grupo de senhores que vinham observando em grande detalhe cada movimento nosso. O questionamento logo começou, mas foi Emilio, falando em um sussurro rouco como se tivesse acabado de levar um pontapé em algum lugar desagradável, que, apontando para meu pé, expressou preocupação por eu estar mancando.

– Sem problema – respondi.

– É, problema *nenhum* mesmo – Jock acrescentou, em voz não muito baixa –, a não ser que o major nem consegue andar.

Emilio pediu que servissem três grapas para nós e desapareceu. Levantei os olhos, com ar questionador, mas seus colegas nos fizeram sinal para esperar com sons tranquilizadores e gestos com a mão pedindo calma. E, então, mais três grapas chegaram. Conforme o líquido agradável fazia sua mágica, Andreas começou a sorrir e Jock, a rir. Felizmente, antes que ficássemos muito à vontade por ali – lembrando que a maioria das pessoas havia apenas acabado de tomar o café da manhã – Emilio reapareceu por uma rua lateral com uma pequena caixa embrulhada em papel de seda e fita. Entregando-me o pacote com grande dignidade, ele me deu um tapinha nas costas e disse "Boa viagem, peregrino!"; com o bar inteiro se unindo aos gritos de "A Roma! A Roma!", fomos mandados de volta ao nosso caminho.

A caixa estava embrulhada com tanto capricho que parecia um crime abri-la, mas os outros dois insistiram tanto que, ao sairmos de vista, eu não tive alternativa. Dentro dela havia um frasco de polvilho para os pés com infusão de ervas, e o perfume de alecrim nos envolveu quando abri a tampa. Foi um gesto delicado e generoso.

Santa Cristina foi o local de um grande hospital de peregrinos na Idade Média. Fomos recebidos por um rapaz que nos conduziu à *Parrochia*, um salão barulhento onde Don Antonio, um padre de rosto vermelho com uma paciência sem fim, estava ocupado com a escola infantil. Era um lugar esplêndido, com toda a ordem de uma máquina de lavar na centrifugação final. Havia crianças por toda parte, no pátio, na sala de jantar, na cozinha, na frente e nos fundos brincando de todos os jogos imagináveis, de pegador a esconde-esconde, futebol, tênis de mesa, dardos e sinuca. O barulho era tão grande que a diversão delas era quase tangível.

Esse cenário caótico era supervisionado por Piera, uma senhora que administrava a irrequieta multidão de trás de um balcão como um velho papagaio em seu poleiro. De tempos em tempos, ela gritava estridentes pedidos de ordem o mais alto que podia. Essas súbitas explosões, junto com os gritos e risadas das crianças e indecifráveis transmissões pelo alto-falante, mantinham nós três em estado contínuo de tensão. Era tudo muito enervante.

Depois de um almoço de sanduíches frios de carne de porco regados a muito vinho tinto frisante, sentimo-nos mais relaxados. Don Antonio nos mostrou nossas acomodações no andar superior, uma sala de aula desorganizada cheia de cadeiras empilhadas, estrados, colchões e mesas sobre cavaletes.

Concordamos, depois da longa caminhada da manhã desde Pavia, que era hora de uma sesta. Felizmente, não havia beliches. Lembrei-me que a última vez em que havia dividido um quarto com Jock havia sido na Bósnia quando, uma noite, ficamos presos atrás das linhas muçulmanas e tivemos de passar a noite em sua retaguarda. Depois de longas negociações com o comandante local, eu voltei, exausto, e encontrei Jock já profundamente adormecido. Meu saco de dormir tinha sido atenciosamente estendido na cama de cima do beliche vizinho. Cansado, subi para a cama. As consequências de alcançar meu destino foram imediatas, ruidosas e desastrosas. Todas as ripas, com exceção de duas, tinham sido removidas.

Agora, deitado em seu saco de dormir, Jock fez cara de desdém enquanto eu me besuntava da cabeça aos pés com repelente contra mosquitos.

– Eles não me picam – ele afirmou com alguma autoconfiança e então, referindo-se à algazarra contínua lá embaixo, acrescentou, "que droga de gente barulhenta", pôs protetores de ouvido, virou-se para a parede e peidou ruidosamente.

Nem preciso dizer que, quando Jock acordou mais tarde, sua cabeça parecia ter sido deixada em uma panela de pressão por tempo demais. Ele se tornou um adepto instantâneo dos benefícios do repelente.

Descemos pela estrada protegida por taludes entre os campos de milho e arroz até o vilarejo de Corte Sant'Andrea à beira do rio. No calor opressivo, eu tinha pouca energia para responder ao fluxo constante de indagações de Jock, a mais memorável das quais era a repetida pergunta de por que os choupos cresciam em linha.

Ao nos aproximarmos dos subúrbios da cidadezinha, vi um homem baixo e roliço de *shorts* brancos e camiseta vermelha aparecer na trilha. No momento em que pus os olhos nele, soube que era ninguém menos que o grande almirante do rio Pó, o famoso Danilo Parisi de quem eu tanto ouvira falar.

No mesmo instante em que ele pegou minha mão entre as suas e me olhou direto nos olhos, pude afirmar que o autointitulado barqueiro do rio Pó era um homem generoso e especial, com um enorme coração; um dos grandes personagens da Via Francigena, se não da vida, para quem a riqueza material não importava nada. Para Danilo, a experiência, não só para ele, mas, mais importante, para os outros, ao longo do grande caminho da vida era tudo que contava.

Entre muitas declarações de boas-vindas, fomos conduzidos pelo aterro até a cobertura sombreada de um alpendre nos fundos de uma pousada, com um varal de roupas lavadas de um lado e uma fileira de hortaliças secando do outro. Aqui, Renato, o chefe de polícia local, tinha colocado grandes garrafas de água de cevada com limão como se em preparação sagrada para o *Transitum Padi*, a travessia do rio Pó, ou, usando seu nome em latim, o *Padus*. Nossos passaportes foram chancelados com um grande carimbo azul, o Pó no centro com duas chaves acima e um pequeno barco a remo embaixo.

Danilo perguntou, então, de onde tínhamos vindo.

– Cantuária – disse Andreas.

– Londres – acrescentei, e o velho barqueiro deu uma gostosa risada rouca e, apontando para o meio esférico Jock, comentou, "você *não* veio de *Londres*!".

Fomos conduzidos à lancha de Danilo, a *Sigérico*, atracada na base das escadas íngremes de um cais de ferro. Equipamentos acondicionados, Andreas e Jock na popa e eu sentado na frente, afastamo-nos do cais com exclamações de alegria e, por fim, nos despedimos dos arrozais da Lombardia. Danilo manejou com firmeza a alavanca de aceleração e manobrou a embarcação ao longo dos altos bancos de areia branca para o tranquilo Pó margeado de árvores. A proa levantou e, cortando uma faixa de respingos de água, abrimos caminho em uma direção diagonal por cerca de um quilômetro e meio corrente abaixo até a margem oposta. Foi uma sensação de liberdade viajar àquela velocidade.

Enquanto atravessávamos essa impressionante extensão de água, que vai dos Alpes ao Adriático, não pude deixar de pensar nos incontáveis lígures, etruscos, celtas, venezianos, úmbrios e romanos, para citar apenas algumas das antigas tribos e povos, que viveram às margens do rio mais longo da Itália e seus 141 afluentes desde os tempos mais antigos.

Ao desembarcarmos na margem sul, no apropriadamente chamado *Guado di Sigerico*, "alegria de Sigérico", a sensação era de que mais uma das grandes dificuldades da viagem tinha sido vencida. Subimos pela margem e caminhamos entre vinhas e arbustos até chegarmos a uma coluna com a figura de um peregrino escavada em pedra. Em sua base havia um tijolo antigo com uma pegada claramente marcada.

– Isto marca onde acreditam que Sigérico desembarcou – disse Danilo. – Claro que ninguém sabe o local exato; algumas pessoas dizem que ele viajou acompanhado de mais de cem pessoas, de tanto que era importante, e, veja – ele apontou para o tijolo –, este é o pé de Sigérico.

Levantei uma sobrancelha.

– Certo. *Di Napoleone...*?

Outra sobrancelha.

– Certo, certo...

Apesar de semiescondida entre as árvores, era impossível

não ver a pousada de Danilo. Era uma construção grande enfeitada de gerânios, com telhas curvas no telhado cheio de chaminés. As paredes externas eram cobertas de avisos e cartazes como uma estação ferroviária, anunciando *"Caupona Sigerico"*, "hospedaria de Sigérico", *"Hospitum Peregrinorum"* e uma grande placa de bronze que afirmava que faltavam 588 quilômetros até Roma. Era um verdadeiro santuário em celebração à viagem do antigo arcebispo de volta a Cantuária.

Nos últimos quinze anos, desde que Don Antonio, nosso bondoso padre da noite anterior, ligou no dia 12 de setembro de 1998 perguntando se ele poderia ajudar um holandês a atravessar o rio, Danilo dedicara sua vida ao bem-estar e ao transporte de peregrinos pelo rio Pó.

Do lado de dentro, a *Caupona* era senhorial, com uma enorme sala de banquetes com mesas de refeitório, paredes de tijolos aparentes com quadros e tapeçarias medievais de cenas de caça e todo tipo de fósseis e *memorabilia*. À noite, a sala era iluminada por grandes candelabros de ferro pendurados alto nas vigas de madeira do teto. Sobre uma mesa, havia até um osso de tamanho incomum que parecia ter sido feito de concreto. Danilo insistiu que era parte de um mamute. Era um lugar mágico.

No extremo oposto havia uma grande lareira, o local preferido de Lika, a cachorrinha, que achava as cinzas e o ar que vinha da chaminé refrescantes no calor. Em algum outro lugar da casa estava uma terrier, Missy, para quem fugir era a única preocupação, enquanto em algum canto embaixo da mesa espreitava o velho Bilbo.

Examinando a grande sala, eu me lembrei de Mario, com quem havia entrado em Champlitte, e das viagens de escola que ele me contou que fazia para esta terra do nunca da vida real que Danilo tinha criado do nada. Não importava se as origens das histórias eram, vez por outra, um pouco forçadas; havia ali uma conexão única e antiga com um tempo do qual éramos, naquele momento, uma parte inegável. Eu não podia pensar em melhor lugar ou pessoa mais fascinante do que nosso anfitrião para inspirar a imaginação de uma criança para as maravilhas do grande mundo à nossa volta.

Danilo, transformado de capitão de navio em *maître* pela simples adição de um grande avental, reapareceu com uma garrafa de vinho tinto resfriado, tigelas de pimentas, cebolas, tomates e alface e tábuas de salame, carne defumada e pedaços de queijo parmesão. A segunda garrafa de vinho veio com a carne assada e, nesse ponto, estávamos fazendo nossa habitual rodada de informações sobre quem havia passado por ali. Perguntei por Sylviane na cadeira de rodas.

– Ah, a moça da Áustria?

– Ela mesma.

– Renato me falou sobre ela. Não seria um problema, mas as pessoas de Orio Litta insistiram que ela fosse de carro pela ponte e a levaram a Piacenza. Disseram que ia ser difícil para ela, mas eu falei que, se ela conseguiu atravessar os Alpes, o rio era moleza.

Bem nesse momento, recebi uma mensagem de texto de LN, com quem eu havia estado na noite anterior a Reims. Não tive tempo para digerir completamente a mensagem em que ela me contava que havia sido diagnosticada com tendinite e precisava descansar por cinco dias, terminando com um desanimado "fazer o quê?". Sua chegada coincidiu com a sensação muito agradável do focinho de um cachorro em minha panturrilha.

– Ai! CARALHO! – gritei, quando os dentes se enfiaram em mim sem aviso prévio. Quase derrubei a mesa em meu susto.

Danilo estourou de rir, como todos os outros.

– Bilbo? É Bilbo?!

Pouco me importava quem fosse, mas apenas que algo nas profundezas escuras embaixo da mesa havia desenvolvido um súbito e insalubre apetite pela minha perna.

– Não se preocupe com ele – disse Danilo. – Ele nem tem

dentes mais. Imagine como é para mim! Ele dorme do meu lado da cama e toda noite, sem falhar uma, quando eu me levanto para fazer xixi, ele morde meu pé!

A comemoração de mais uma dificuldade vencida estava totalmente na ordem do dia. Não muito depois, com a chegada da terceira – ou talvez fosse a quarta – garrafa de vinho, as coisas ficaram um pouco nebulosas. Foi um momento *La Vita è Bella* em que Jock resolveu tocar com as colheres e, com Andreas na percussão usando uma pinça de salada e um pires virado ao contrário, não demorou até estarmos cantando *That's Amore* um pouco mais do que *fortissimo*.

Já estávamos no terceiro verso ou, mais precisamente, no primeiro verso pela terceira vez, quando Danilo, com uma expressão de pânico, entrou correndo na sala pedindo para fazermos silêncio.

– É minha esposa – ele explicou.

Depois de uma sesta, os "perigosos peregrinos" – como éramos agora conhecidos – foram chamados ao jardim murado onde um gato cochilava sobre um banco de mármore. Ocupando a maior parte da mesa diante dele estava um grande livro com uma suntuosa capa de couro vermelho onde se liam as palavras *Liber Perigrinorum*, "O livro dos peregrinos", em relevo na frente. Esse livro registrava todos que tinham passado por ali desde aquele primeiro peregrino, catorze anos antes. Danilo passou a mão sobre as muitas entradas no livro com um respeito que era quase como se fosse uma Bíblia; as páginas eram tão pesadas que, quando viradas, faziam um barulho agradável como a abertura de uma arca do tesouro. Contando conosco, Danilo tinha transportado cinco peregrinos em seu barco naquele dia; no ano anterior, ele me disse, 350 tinham feito a travessia, alguns continuariam por todo o caminho até Roma, outros percorreriam a Via Francigena aos poucos, um trecho por vez a cada ano.

Com muita cerimônia, ele pegou nossos passaportes e, com um carimbo enorme, mais ou menos da circunferência de um copo de cerveja, fez sua marca em tinta vermelha vibrante em cada documento. A de Danilo foi a maior de todas as insígnias que viríamos a coletar na viagem.

Houve murmúrios vindos da casa, aos quais Danilo, pulando e correndo para dentro, respondeu com a urgência de um bombeiro a um chamado. Ele voltou para informar que seríamos bem-vindos para passar a noite em uma casa externa e perguntou o que gostaríamos de ter para o jantar. Tínhamos sido considerados aceitáveis.

O jantar foi comedido, já que Bilbo passou a refeição inteira com a cabeça em meu colo.

Ao chegar a Piacenza, nós nos despedimos de Andreas. Depois de ter caminhado juntos por cinco dias, chegara a hora de seguirmos nossos caminhos separados. Não havia muito que precisasse ser dito: nós dois sabíamos que logo nos encontraríamos de novo na estrada à frente.

Agora era a hora, como expliquei durante o almoço na Piazza Duomo, de adquirir um pouco de cultura, o que, dentro do espírito de aperfeiçoamento pessoal de um *Grand Tour*, acrescentei, era algo nobre a ser feito. Jock, porém, não parecia muito seguro disso até que, olhando para cima, avistou uma gaiolinha de aspecto sinistro no alto de uma das laterais da torre do sino da catedral.

A gaiolinha, que era bem espaçosa, ao contrário das mais apertadas armações de madeira britânicas usadas para pendurar os restos de assassinos e outros indesejáveis, foi instalada por ordem de Ludovico, o Mouro, *Il Moro*, apelido do duque de Milão do século XV, famoso por ter encomendado a Leonardo da Vinci a pintura d'*A última ceia*. Seria errado, porém, dar a *Il Moro* o crédito por ter inventado o cruel artefato. Muito antes, o campanário na Praça de São Marcos em Veneza tinha gaiolas de madeira onde padres rebeldes, adúlteras e outros casos problemáticos eram pendurados para se acalmar – às vezes por até um ano, alimentados com apenas pão e água. Em situação extrema, para servir de exemplo aos outros, criminosos eram simplesmente deixados ali para morrer de fome. Mais tarde, em 1536, os corpos de três anabatistas radicais foram deixados apodrecendo em gaiolas penduradas na torre da Igreja de St. Lambert depois da derrota da Rebelião de Münster, no norte da Alemanha.

Esses castigos públicos devem ter acrescentado uma dimensão totalmente nova à noção de que obedecer à lei era uma boa ideia. Por um momento, Jock ficou pensando nisso; depois, tomou um gole de sua cerveja e comentou que, dados os acontecimentos recentes em círculos religiosos, havia muitos bons motivos para reintroduzir aquelas coisas.

Chegamos ao Palácio Farnézio, um bloco sem graça e inacabado construído no século XVI, por uma rota tortuosa que envolveu muitas paradas para tomar alguma coisa no caminho. Fomos andando por diversas salas de exuberantes pinturas em estuque com magníficas representações exaltando as virtudes da dinastia dos Farnésio, que produziu os duques de Parma, Castro, Piacenza e inúmeros dignitários da Igreja. Mas foi em uma das partes mais no fundo do prédio, quase escondido em obscuridade, que descobrimos o *Fegato di Piacenza*, também conhecido como o Fígado Etrusco. É uma curiosidade que, para mim, equivale ao Disco de Festo da Idade do Bronze, escavado em Creta em 1908.

O Fegato é um molde de bronze de um fígado de carneiro encontrado por um agricultor que arava um campo nos arredores da cidade, no final do século XIX. Ele é similar em forma e tamanho a um abacate cortado no meio, com a pedra modelada em três saliências na forma de um figo, um pico de montanha e um túmulo. A superfície superior do metal verde-escuro é gravada com entalhes e divisões rudimentares que os especialistas acreditam que representam as diferentes partes do céu e as divindades em cada uma, que, naqueles tempos antigos, tinham nomes como Satres para Saturno, o deus da agricultura, Fuflus para Baco e Tin para Júpiter, o soberano dos deuses. Há cinco nomes ou palavras cujo significado foi totalmente perdido no tempo.

Essa peça singular deixou Jock e eu encantados, esticando o pescoço, virando a cabeça e ajoelhando para examiná-la mais atentamente, tal era nosso desejo de tentar entender o que esse objeto extraordinariamente atraente poderia ser. Daríamos tudo para poder segurar o Fegato como, segundo se acredita, um harúspice etrusco fazia. Um harúspice era um adivinho que se especializava em auspícios, ou a arte de profetizar o futuro pelo exame de animais sacrificados, principalmente galinhas e carneiros.

Embora o Fegato não seja único, ao contrário do Disco de Festo, não é menos fascinante. Itens semelhantes foram encontrados entre ruínas hititas na Anatólia e em assentamentos babilônicos ao longo dos rios Tigre e Eufrates, que cortam a Mesopotâmia, onde se acredita que a prática teve origem. Depois de muito olhar, Jock de repente começou a ficar com a visão embaçada e concordamos logo que já era o bastante de *Grand Tour* por uma tarde; com considerável alívio, saímos ao sol outra vez.

No início da noite, chegou o momento de Jock voltar para casa. Eu o acompanhei até a estação.

– Vou lhe dizer uma coisa boa sobre este lugar, Harry.

– O que é, Jockie?

– Não tem as pragas dos mosquitos!

Quando chegamos à entrada, meu amigo enfiou a mão no bolso e tirou um pacote.

– Tome, eu lhe trouxe isto, H. É para a sua mochila, para as pessoas saberem quem você é e não mexerem com você.

Eu o abri e vi uma grande Estrela da Jarreteira de oito pontas em prata com detalhes em esmalte azul e vermelho, a insígnia regimental dos Coldstream Guards.

Olhei nos olhos de Jock. Ele parecia revigorado e renovado

outra vez, pensei, pronto para enfrentar as dificuldades que com certeza o aguardariam em casa.

– Você vai ficar bem, não vai?

– Vou ficar bem, chefe, não se preocupe.

Eu sorri, toquei-lhe o ombro e fiquei observando enquanto ele se virava e se misturava à multidão.

635 quilômetros para Roma.

17

De Fidenza a Marinella di Sarzana

Passei um longo tempo examinando os mapas. Eles cobriam todo o país entre a montanha e o crinale, a crista principal dos Apeninos... O efeito geral era como se um bando de centopeias com pés sujos de tinta tivessem passado um dia andando sobre uma folha de papel.
Eric Newby, Love and War in the Apennines [Amor e guerra nos Apeninos], 1971

Anjos, agora estou convencido, habitam as pessoas temporariamente, de modo que uma pessoa possa fazer uma boa ação para outra precisamente no momento necessário. Depois que ela é feita, o anjo esvoaça para outro lugar. Por que mais eles teriam asas? Ocasionalmente, porém, para alcançar o que julgam que precisa ser feito em tempo hábil, anjos ocuparão os seres mais improváveis e, desconfio, sentirão algum prazer travesso com o processo.

Depois de Fidenza, virei para o sul para subir os Apeninos e me vi de imediato em um mundo sublime de vales profundos, vilarejos no alto de montanhas e casas de fazenda dilapidadas – uma terra cheia de carvalhos, abetos e ciprestes que reverberavam com a cantiga de ninar dos *cri-cris* das cigarras e os doces chamados dos pombos.

Costa Mezzana não era uma cidadezinha bonita. Era sem graça e muito próxima de Fidenza, mas, ao mesmo tempo, tinha seu charme, cheia de vida e do barulho feliz de crianças brincando que podia ser ouvido em toda parte. De qualquer modo, empoleirada no alto de sua serra com vales descendo dos dois lados, ela estava afastada do calor sufocante da planície, que havia me perseguido desde que eu deixara o vale de Aosta.

Assim que cheguei, fui recebido na rua por uma velha senhora enrugada, Luciana. Sem muita conversa, ela me conduziu à sua loja, hoje não mais em atividade, carimbou meu passaporte e me levou de novo para fora.

– Tem a trattoria, nham, nham, e... – ela apontou para o outro lado da rua e, enquanto subíamos os degraus para a entrada do albergue, cutucou-me com a chave – ... no primeiro andar você vai encontrar uma cama. O seu nome está na porta. Não faça bagunça. Até logo, Harry!

Franco, de cabelos grisalhos imaculadamente repartidos e um uniforme de colete branco e *shorts* azuis, dirigia o lugar do mesmo jeito que Luciana administrava o albergue: com mão de ferro. Eu conhecia bem o tipo. Havia sofrido na mão de pessoas rigorosas como ele em meu tempo de recruta no exército. Havia regras para quase tudo, pregadas em toda parte em pedaços de papelão em um italiano indecifrável.

Franco morava em algum lugar no prédio; sua aproximação em patrulhamento podia ser ouvida em escadas distantes pelo ameaçador tilintar de sua identificação de trabalho: um enorme molho de chaves pendurado no cinto. Do lado de fora, ficava sua montaria, um ciclomotor com um crucifixo preso no velocímetro. Ele nunca sorria.

A trattoria, *Lo Scoiattolo*, era dirigida por um sujeito simpático chamado Oliver que, depois de alguma explicação e um pouco de demonstração quando as palavras faltavam, preparou-me um suntuoso prato de ovos mexidos em torradas. Um grupo de ciclistas da Alemanha entrou e ocupou bruscamente um canto. Com rostos magros e agressivos óculos enormes, eles pareciam alienígenas e frios, e seus trajes felinos faziam um nítido contraste com minha figura meio desarrumada. Trocamos cumprimentos. Eles disseram que chegariam a Roma em seis dias, ao contrário de mim, que, depois de dez semanas e pouco mais de 1.500 quilômetros, ainda enfrentaria mais três ou quatro semanas de estrada.

Mas havia mais em Oliver do que se notava à primeira vista. Ele foi estranhamente irredutível ao insistir que também queria carimbar meu passaporte e, apesar de eu já estar ficando quase sem espaço, entreguei-lhe o documento, que foi devolvido acompanhado de um copo de grapa. No canto superior direito do carimbo havia um escudo branco com uma cruz vermelha: a marca inconfundível dos Cavaleiros Templários.

– Templários? – perguntei.

Ele confirmou com a cabeça.

– A Ordem foi originalmente estabelecida no século XII para proteger os peregrinos a caminho da Terra Santa. Não vou cobrar pelo seu jantar. Você é meu convidado, peregrino.

De volta ao saguão do albergue, antes de subir para dormir, parei para examinar um mapa grande e muito interessante do Mediterrâneo Oriental que estava emoldurado na parede; o terreno em branco simples, as cidades em pontos pretos e o mar em azul pastel. A Via estava marcada a partir do Grande São Bernardo da maneira nítida de costume, mas algo me atraiu intuitivamente para estudá-lo com mais atenção do que outros mapas recentes. Talvez fosse a chance momentânea de sonhar com terras além de Roma, quando meus olhos traçaram uma rota pelo mar, minha mente se enchendo de vistas, sons e cheiros carregados de especiarias em *souks* e bazares distantes. Mas talvez, e mais importante, aquela conversa com Oliver tivesse despertado algo em meu subconsciente.

Enrica Adorni estava à minha espera em um banco do lado de fora da igreja em Sivizzano, com sua neta de sete anos, Marlene, brincando a seus pés. Ela me conduziu por um caminho até um par de altos portões de ferro que se abriam para um claustro pavimentado de paralelepípedos com o pátio repleto de gerânios. Construído no século XI, o prédio já havia sido um mosteiro e, desde sua fundação, havia atendido as necessidades de viajantes e peregrinos. Era um lugar silencioso, exceto na hora em que a paz era abalada pelas batidas do relógio da igreja, que soava sobre o tranquilo cenário com todo o clamor e estampido do Big Ben.

– Não se preocupe, ele para das dez da noite às seis da manhã – Enrica disse, levantando os olhos –, mas nós nos acostumamos com ele, morando aqui há quarenta anos.

Fui levado por arcos para uma longa sala branca com um teto baixo abobadado. As paredes eram de pedras rústicas, tão grossas quanto um castelo de cruzados, fazendo que os cômodos ficassem frescos, senão frios. Em uma extremidade havia bancos e mesas; na outra, camas dobráveis. Duas estavam arrumadas.

– Temos um peregrino suíço chegando também – Enrica informou. Ela nunca parava de sorrir, apesar de provavelmente estar exausta, pois havia acabado de voltar de um dia inteiro de trabalho fazendo limpeza para uma família em Parma. Agora tinha de cuidar de Marlene e fazer o jantar para seu marido, Pietro, que eu ouvia de tempos em tempos se movimentando pelas galerias superiores.

Não muito depois de eu ter me lavado, ele desceu pela escada de pedra para ver quem era o recém-chegado. Pietro era um mecânico aposentado e seu conhecimento parecia ser ilimitado. Era um prazer conversar com ele, tamanha era sua amplitude. Enquanto Marlene brincava em volta dos pilares e colunas, nós nos sentamos em um banco, fumando. Pietro me instruiu, com seu modo discreto e paternal, sobre os padrões rigorosos necessários para a produção do queijo parmesão na região, o que explicava a onipresença de alfafa recém-cortada por toda a parte onde eu havia andado naquele dia.

Curioso, eu lhe perguntei onde ele havia aprendido aquele inglês tão perfeito.

– Bem, meu pai foi prisioneiro de guerra perto de Birmingham na Segunda Guerra Mundial; ele voltou da Grã-Bretanha com uma enorme admiração e respeito pelos ingleses. Fiquei tão impressionado com isso que decidi aprender sua língua. Então eu comecei a ler livros... – Nisso ele embarcou em um mundo onírico habitado por Walter Scott, Fielding, Dickens, D. H. Lawrence e Shakespeare. Na verdade, cada vez que eu mencionava o nome de um autor, Pietro desfiava detalhes intricados da maioria de suas obras, se não de todas elas.

– Falando de prisioneiros de guerra – ele interrompeu de repente –, você já ouviu falar de Eric Newby?

– Você o conheceu? – indaguei, induzido pelo modo como ele fez a pergunta.

– Ah, não – ele sorriu –, mas você conhece seu livro *Love and War in the Apennines*, sobre sua fuga de um campo de prisioneiros italianos ajudado por uma garota chamada Wanda, que mais tarde se tornou sua esposa? – Eu disse que sim. – Bem, tudo aconteceu nas colinas aqui em volta – disse ele, apontando para além dos portões com seu cigarro.

Eu poderia ter ficado a noite inteira conversando com Pietro. Ele era uma pessoa especial, de fala mansa, modos humildes, mas grandeza de espírito; no entanto, o relógio batendo oito horas nos interrompeu.

– Se quiser comer alguma coisa, a *trattoria* na *piazza* só fica aberta por mais uma hora.

A *piazza* em Sivizzano era compacta, mais um grande pátio lajeado do que a clássica praça italiana que logo vem à mente. Enquanto eu me aproximava da porta da *trattoria*, notei um tipo boêmio muito magro totalmente estendido em uma cadeira em uma das duas mesas ao ar livre. Ele era uma mistura de um cantor de banda heavy metal da década de 1970 com um espantalho, com cabelos volumosos em algum desarranjo mantidos em um estado de turbulência permanente por uma faixa encardida. De barba por fazer, pingando suor e fumando um cigarro enrolado, ele tinha ao seu redor a parafernália de um vagabundo: a mesa carregada de garrafas de cerveja, meias velhas e um cinzeiro cheio de pontas de cigarro, enquanto por toda volta, portanto a maior parte da praça, havia uma trilha de roupas sujas que haviam caído de sua mochila, a qual estava largada e vazia aos seus pés muito brancos. Ele soltou uma longa baforada de fumaça.

– O restaurante está fe-cha-do – ele falou com uma voz pastosa e um áspero sotaque alemão, com alguma alegria. – Fe-chou faz dez minutos. – E, então, sorriu, revelando um conjunto perfeito de dentes manchados de nicotina, como se tivesse acabado de mastigar um grande pacote de balas de alcaçuz.

Reto, um professor da Suíça, tinha partido de Pavia quatro dias antes. Para ele, caminhar até Roma era uma aventura barata para preencher suas férias escolares.

– Também está indo para Roma? – perguntei.
– Talvez, depende.
– O *ostello* esta noite?
– Não sei, vamos ver... Já fez o Camino?
– Não – respondi.
– Duas vezes – ele franziu a testa para mim, balançando a cabeça com ar condescendente.

Outra longa baforada de fumaça.

– Sabe, na segunda vez, a quinhentos quilômetros de Santiago, eu desloquei o ombro. Acabei no hospital e lá eu vi uma mulher com uma cesta de compras de rodinhas. Eu disse para mim mesmo, Reto, é disso que você precisa, então, saí da enfermaria, encontrei uma daquelas em uma loja, pus minha mochila e a puxei atrás de mim todo o caminho até Compo-stela.

Eu afetei o meu melhor olhar de total desdém inglês.

– Então – ele falou, recolhendo suas coisas espalhadas como uma mãe juntando a bagunça de um filho –, onde é esse Ho-stello, afinal?

Estava frio quando subi o vale para os Apeninos na manhã seguinte. A distância, abaixo de mim, ouvi o relógio de Sivizzano bater seis horas. Fui seguindo o caminho pela velha estrada da montanha por Bardone, onde cachorros amistosos correram de suas casas e vieram se esticar à minha frente em cumprimento, até Terenzo, com o sol esquentando minhas costas o tempo todo. Lá peguei a trilha que subia pelo bosque, o que me levou a uma crista que revelava uma paisagem de proporções épicas, um mundo secreto de extensas florestas, campinas verdejantes e bonitas igrejas espalhadas por um vasto panorama como se fosse exclusivamente para mim.

Saí da linha das árvores em Cassio e parei para saborear a vista em uma cafeteria com um café, um ou dois copos de grapa com mel e um grande sorvete. Era um belo dia, quente, mas não incômodo. Eu estava imensamente feliz.

Meus devaneios foram interrompidos por um barulho que só posso descrever como um bêbado cantador desgovernado. A melodia, como eu a chamaria em falta de termo melhor, uma mistura de canto fúnebre e torcida de rúgbi que oscilava descontroladamente na afinação, com todo o controle de um piloto em um bombardeiro danificado vindo em direção ao solo, ficava mais próxima e mais alta. Fiz uma careta, rezei para que não fosse verdade, até que a realidade me atingiu. Reto deu um tapa em minhas costas e sentou-se ao meu lado.

Olhei meu mapa. A aldeia seguinte, Berceto, estava a uma boa distância. Pedi mais uma grapa, uma grande dessa vez.

Estava ficando opressivamente quente no caminho colina abaixo, mas a falação constante de Reto fazia um ruído de fundo que ajudava a passar o tempo, quando ele não estava conversando com borboletas ou começando cada frase com "no Camino...".

Berceto é notável por um poço de água gasosa fresca, que é ótima para beber, mas faz garrafas de água explodirem. Fora isso, é um lugar desanimado; nenhum de nós ouviu o barulho de portas batendo quando entramos na cidade, mas foi assim. Enquanto o calor do dia fazia seu trabalho, escapamos do sol em um longo almoço na *piazza* da cidade, servido por uma garçonete que deixava muitíssimo claro que preferia estar em casa.

Depois do sexto ou sétimo relato da história da cesta de compras, não consegui mais me conter.

– Sabe de uma coisa? – falei.

– Claro, sei um monte de coisas, o que você quer saber?

– Eu não quero saber nada! – revidei. – Cada frase que você fala começa com essa droga de "Quando eu estava na Espanha..."!

Silêncio.

Fiquei com medo de ter ultrapassado os limites.

– Então – disse ele –, quando eu estava na França, no Camino...

Depois do café, iniciamos buscas extensas e separadas por uma cama, mas, por mais lugares que tentássemos, não pude deixar de concordar com Reto quando ele anunciou, enquanto tomava uma última lata de cerveja, que "Berceto está fe-cha-da".

Não tínhamos outra opção além de continuar pelas montanhas até o Passo de Cisa, onde os mapas indicavam que havia um albergue, só que, como ninguém atendeu ao telefone, não tínhamos muita certeza se estaria aberto.

Chegamos no momento perfeito para coquetéis. O *Ostello della Cisa*, enfiado no meio das montanhas no marco de 58 quilômetros da ss62, era um prédio quadrado e grosseiro pintado com reboco de cor ocre, originalmente destinado a abrigar as equipes que construíram a velha estrada que levava pelos Apeninos até a costa. Tinha duas portas grandes como as de um celeiro que, quando chegamos, notamos com algum alívio que estavam abertas. Um rapaz com ar preguiçoso levantou os olhos em interrogação de uma espreguiçadeira no jardim, enquanto, pela porta da cozinha, saiu Katerina, uma alma maravilhosa com algo de mãe-terra em si. Tinha um brilho de alegria nos olhos e, quando não estava carregando seu filho Pietro, dirigia o lugar. Pedimos imediatamente duas cervejas grandes.

O rapaz, perturbado por nossa chegada ruidosa, veio espiar o que estava acontecendo. Exceto pelos braços e nariz devastados por queimaduras de sol, Fabio era branco como leite e, apesar de seus 25 anos, era tão novato e inexperiente na vida como um cabritinho. Tinha lido sobre "essa Via Francigena" e decidira sair de Veneza, onde trabalhava em uma loja, e tirar cinco dias de férias caminhando pelos Apeninos. Ao ouvir isso, Reto me deu um daqueles olhares que, a princípio, diziam, "esse cara existe de verdade?", depois mudava rapidamente para algo mais como "bem-vindo à escola da vida, dois escolados a seu serviço, senhor".

Reto anunciou, através de uma nuvem de fumaça, que tínhamos de ir ao "ter-raço" para ver o pôr do sol e saiu, derrubando sua cerveja enquanto andava, como Teseu deixando uma trilha no labirinto do Minotauro. Fabio foi atrás como um gatinho inocente à espera de sua primeira aula de conduta com um gato de rua.

As cristas das montanhas nos impediram de ver o pôr do sol, mas isso não importava muito, porque, na quietude do fim de tarde, Reto aproveitou a oportunidade para fazer uma vez mais o elogio do Camino e da cesta de compras de sua velha senhora, enquanto Katerina nos servia tigelas de sopa de feijões fumegante, pratos de salame, queijo, ovos e batatas cozidas. O frágil Fabio só concordou com a cabeça o tempo todo e foi absorvendo tudo; sensatamente, optou por beber apenas dois copos de nossas duas garrafas de vinho, apesar das insistências, pois anunciou que pretendia partir às quatro horas da manhã seguinte para pegar a trilha pelas montanhas até Pontremoli.

– Montanhas?! Ah, nós estamos nas montanhas, não é? Vou lhe contar sobre montanhas... – mas antes que Reto tivesse a chance de se vangloriar mais, Fabio interrompeu:

– Não é no Camino, por acaso?

Meu amigo suíço, de repente silencioso, acendeu um cigarro.

Fabio, ao que parecia, havia imprimido todos os documentos sobre a Via Francigena que não fossem mapas. Eles estavam guardados em infindáveis plásticos, presos por um enorme elástico. Senti cheiro de problemas à frente e insisti para que ele permanecesse na estrada, onde veria tantas árvores quanto na trilha, mas, se algo saísse errado, seria um pouco mais fácil conseguir ajuda. Ele foi irredutível em afirmar que, a julgar por sua experiência de um dia, ficaria bem. Mesmo assim, eu lhe dei meu número de telefone e consegui convencê-lo a pelo menos levar mais água além do pequeno recipiente que ele considerava suficiente. Katerina trouxe duas garrafas de um litro, que ele recusou mais por causa do peso extra que elas representavam do que pela quantidade de líquido que eu esperava que ele bebesse.

Os contrafortes dos Apeninos
...um mundo secreto de extensas florestas, campinas verdejantes e bonitas igrejas...

– Oi! – gritei para a triste visão que passou por mim arrastando os pés, sem me notar sentado do lado de fora de uma lanchonete de beira de estrada, desfrutando uma xícara de café matinal. Fabio vinha usando sandálias, com as botas balançando à toa de uma mochila adornada de roupas descartadas como um exército de plebeus em retirada. Eu o chamei e fui lhe buscar uma necessária xícara de chá. O garoto estava um caos; com os cartões de rota perdidos, pés com bolhas, pernas doendo e equipamento inadequado, nesse estado atual deplorável suas férias estavam praticamente acabadas. Seguiu-se uma curta e dura lição sobre como cuidar de si próprio e do equipamento, acompanhada de um pouco de curativos e um bom café da manhã. Com os calçados e o espírito restaurados, continuamos juntos do Passo de Cisa por uma densa floresta cheia de ensurdecedores cantos de passarinhos que eram interrompidos de vez em quando pelo bramido fantasmagórico de veados distantes. Em alguns pontos, as árvores se abriam, permitindo-nos belos vislumbres das magníficas cristas enfaixadas de verde e vales barulhentos que seguiam paralelos a nós.

Depois do humor um tanto brusco de meu amigo suíço, o veneziano de maneiras suaves era uma companhia agradável. Ele era fácil de conversar e tinha um charme inocente e uma natureza tranquilizadora.

Paramos em Montelungo para um intervalo. O vilarejo era um lugar sossegado de uma maneira cada-um-cuidando-da-própria-vida, ou pelo menos foi assim até que o inconfundível cheiro de fumaça de cigarro desceu pela colina e a interpretação mais pavorosa de *Here I Go Again* de Whitesnake abalou a calma do dia. Reto apareceu bem no ponto da música em que estava gritando para o mundo – ou pelo menos para a parte dos Apeninos – que ele *"was born to walk alone"* [nasceu para andar sozinho].

– Caramba – gritei –, seu despertador funciona...
– Homens da montanha nao precisam de despertador... – ele

disse, e jogou sua mochila no chão, sentou-se ao meu lado e começou a comer o meu bolo.

– Que tipo de gente exatamente sai da sua escola? – Fabio perguntou.

– Todos eles me amam – Reto respondeu, mastigando com barulho –, especialmente as mulheres, como pode ima-ginar – ele piscou. Fabio ficou pálido.

A cidade murada de Pontremoli, literalmente "Ponte Trêmula", fica na convergência dos rios Magra e Verde. Ela é dominada por um campanário, *Il Campanone*, que foi originalmente construído em 1322 por Castruccio Castracani, um membro importante da Casa de Antelminelli, gibelinos que haviam tomado o controle da cidade da família Malaspina três anos antes. A estrutura, reconstruída no século XVI, formava a parte central de uma "linha de paz" destinada a manter alguma aparência de ordem separando os guelfos pró-papa dos gibelinos que apoiavam o Sacro Império Romano.

Desde o tempo dos Antelminelli, Pontremoli teve uma história movimentada. Foi propriedade de João, o Cego, rei da Boêmia, dos senhores de Verona, dos Visconti de Milão, dos Fieschi de Gênova, dos franceses, dos espanhóis, dos duques de Milão e do Grão-Ducado da Toscana até, finalmente, tornar-se parte da Itália durante o Ressurgimento no século XIX.

Por fim, chegamos às portas da cidade, um arco medieval. De cada lado havia uma placa em latim. Perguntei a Reto o que elas diziam. Não foi um pedido tão estranho, já que ele era professor. Ele pensou por um momento, e então, "bem, hum... meu Deus, é do prefeito e diz...", engrossando a voz para um baixo profundo e esticando bem o corpo: "Neste dia especial, dezoito de julho de dois mil e doze d.C., as ruas de Pontremoli aguardam os três intrépidos peregrinos do Passo della Cisa. No momento em que passarem por este arco, o tapete vermelho terá sido recentemente varrido e a banda da cidade começará a tocar. No fim da rua, o bar está à sua disposição com champanhe gelada pronta para servir e doze jovens nuas reclinadas ao seu serviço, escondidas sob uma capa de uvas recém-colhidas. Cavalheiros da Estrada da Via Francigena, por favor, sua cidade os aguarda!".

– Impressionante – um homem comentou enquanto passava.

Do lado de dentro, era dia de feira. A oportunidade de se exibir para um novo público era grande demais para Reto perder, e roupas foram tiradas de cabides enquanto ele dançava e pulava rua abaixo, perseguido por comerciantes aflitos. Em uma barraca de frutas, ele começou a se dar bem até demais com o proprietário marroquino, até começar a fazer sugestões libidinosas com uma melancia. O resultado teria sido interessante, dadas as proporções atléticas do homem. Fabio e eu chegamos para o salvamento antes que houvesse encrenca. Concordamos que era melhor ir almoçar.

Conversando sobre um grande prato de salada comido à sombra de muitos guarda-sóis, embora fosse o fim do dia para Fabio, Reto e eu decidimos continuar para Villafranca depois das dezesseis horas. Essa era uma maneira de evitarmos o calor e, ao mesmo tempo, cobrir mais distância, ao que o suíço acrescentou, "mas tem um trem direto, então talvez a gente pudesse pegá-lo. Ia poupar tanto tempo...".

Três horas mais tarde, depois de respeitáveis 35 quilômetros andados desde as seis horas da manhã, estabelecemo-nos no Station Bar em Villafranca, que usaríamos como base para procurar alojamento para a noite. Não demoramos a perceber, porém, que o Station Bar não era o tipo de lugar comum que havíamos imaginado de se parar para beber. Depois que dois homens se envolveram em uma briga por causa de um jogo de cartas, começamos a olhar ao redor e logo notamos que os outros ocupantes pareciam todos ter fugido da filmagem de *Um estranho no ninho*. Mais uma vez houve a já conhecida sensação de portas se fechando em toda a nossa volta; Villafranca estava muito fechada. Bem, pelo menos para nós.

– Você notou uma coisa? – gritei.

– Eu sei, fico meio sem jeito, todas as meninas sorriem para mim...

– Setenta e três dias que estou na estrada e nenhum problema, depois duas noites com você – apontando o dedo sobre a mesa – e em toda parte o lugar inteiro está completamente fechado. E... Pontremoli parecia tão bom também!

Reto olhou para mim, sorriu e soltou um enorme anel de fumaça.

– Vai ver que eu tirei os sapatos cedo demais...

Não havia opção a não ser continuar para Aulla.

Procuramos o número da Abadia de São Caprásio. Reto foi o primeiro a ligar. Seu italiano era ligeiramente melhor do que o meu.

– Nenhuma vaga para ficar – disse ele, depois de desligar. Ou, melhor, as hospedeiras já estariam na cama na hora em que chegássemos à cidade.

– Por que não estou surpreso? – eu ri.

Uma sensação desamparada de *Godot* começou a me invadir; talvez estivéssemos fadados a apenas perambular pela noite sem destino, na maior parte da qual, independentemente do resultado, teríamos de andar mesmo. Mas, na verdade, eu não estava muito incomodado com isso, o que era estranho.

– Passe esse telefone – falei com irritação. Em meu italiano sofrível, implorei com as senhoras do outro lado da linha, dizendo que éramos dois peregrinos cansados a caminho de Roma, que já havíamos andado desde Londres e, mais importante, desde antes do nascer do sol naquela manhã tínhamos percorrido uma boa distância em uma rota árdua pelo Passo de Cisa, desde Berceto. Talvez eu tenha exagerado um pouquinho a verdade, mas atribuo isso ao meu vocabulário insuficiente para detalhes muito específicos.

– Pelo Passo de Cisa?

– Sim, sobre os Passos de Cisa – respondi.

Um grunhido... depois uma conversa em voz baixa...

– Está bem, senhor, mas no máximo às onze horas, por favor.

Seguiu-se uma profusão de agradecimentos e eu desliguei.

– Eu estava certo, o problema é VOCÊ – rosnei vitorioso para meu amigo suíço, e nos pusemos a rir como loucos.

Mas pude ver que meu amigo, de repente, não estava nem um pouco feliz. Naquele intervalo de mais ou menos uma hora desde que tínhamos parado e o curto espaço de tempo em que estive ao telefone, a fadiga o havia tomado e, como ele estava na estrada há poucos dias, seus músculos doloridos começavam a enrijecer.

– Preciso comer alguma coisa...

– Mas precisamos estar lá às onze...

– Só meia hora, elas vão esperar. Somos peregrinos... Elas sempre esperam. Elas *gostam* disso...

Eu gostaria de ter também toda essa autoconfiança resoluta de Reto, que com tanta frequência quase beirava uma arrogância teutônica. Assim, depois de uma porcaria com cara de pizza que resumia Villafranca, revigorado como se estivesse com uma bateria nova, Reto e eu partimos para nossa 14ª hora na estrada.

Estávamos passando por uma obra no caminho quando, em algum lugar à minha esquerda, no alto das árvores, ouvi os leves gemidos lamentosos de um gato em apuros. Estava escurecendo.

– Você ouviu isso?

– O quê? – Reto perguntou.

Deixei minha mochila na beira da estrada e corri por uma pequena trilha. A quase quatro metros de altura nos galhos de uma arvorezinha de tronco fino, eu vi um filhote de gato preto e branco com os olhos arregalados para mim. De tempos em tempos, ele dava um miado fraco que revelava uma boca de dentes brancos saudáveis e afiados. O instinto entrou em ação, mas como, pensei, eu ia chegar até ele? A resposta, claro, era simples: subir na elevação de terra, escalar a árvore, me arrastar pelo galho e descer de novo com o felino resgatado. Eu já via as manchetes no jornal local quando alguma pobre e velha senhora recebesse de volta seu gatinho de estimação de um peregrino de passagem e, ainda por cima, inglês.

Minha mãe, que sabe das coisas, diz que, se algo chegar muito fácil, é porque não tem valor. Primeiro veio o monte de terra; eu dei um passo para cima dele e logo desapareci em uma vala de um metro de profundidade astutamente escondida por trepadeiras. Livrando-me dos tentáculos verdes e cuspindo folhas, agarrei-me ao solo para continuar minha jornada para cima, quando um grande torrão de terra se soltou, me atingiu no estômago e me jogou de volta rapidamente para o fundo da vala. O gato choramingou outra vez.

A árvore foi a parte fácil. O galho foi um pouco problemático; ele cedeu sob meu peso de sílfide como um arco curvado em Agincourt e, nisso, o bichinho sensatamente pulou para um ramo mais alto. Fiquei pendurado por um braço a quatro metros de altura. Fiz um movimento na direção do gatinho. A árvore balançou e o animal caiu de seu galho.

Se garras de gato são afiadas, posso dizer que garras de filhotes de gato são ainda mais. Posso dizer também que, quando elas estão agarradas ao seu rosto como se a vida dependesse disso, a mente tende a ficar um pouco mais focada. Assim, fazendo um som de Tarzan que errou a corda, caímos juntos no chão com um barulho muito pouco elegante. O gato correu para subir de novo na árvore, mas eu estava esperto dessa vez. Fui atrás do felino, agarrei-o, joguei-o no ombro e, parecendo mais árvore do que peregrino, com um arranhão particularmente bonito sobre o olho, voltei para a estrada, onde Reto estava sentado sobre o *guard rail* fumando um cigarro.

– Você sabe quanto tempo perdeu? – Ele olhou para o gato miando em meu ombro. – O que é *isso*?

– É o nosso gato.

– E o que você vai fazer com esse gato bobo? – ele gritou sobre o ombro, enquanto voltava a andar.

– Levá-lo para Roma, acho. – Eu não tinha pensado nessa parte ainda. – Dick Whittington tinha um gato – acrescentei, contente com minha resposta sagaz.

Caminhamos pela noite, segurando pequenas lanternas no alto como vagalumes para alertar os carros, enquanto o gatinho se aninhava confortavelmente entre meu pescoço e a mochila, mastigando as alças. Em Terrarossa, fizemos uma pausa; nem bem eu pus o gato no chão, ele saiu correndo no escuro. Reto revirou os olhos para mim.

Sentados nos bancos ao lado do novo bebedouro da cidade, secamos as últimas gotas de nossas garrafas. Apertei o botão que, normalmente, faria jorrar um grande jato de água. Nada. Tentei de novo. Ainda nada.

– Este país é tão atrapalhado às vezes – Reto disse, apontando para o cano que saía do chão e, presumivelmente, um dia seria ligado à rede de água.

– Vamos parar em um restaurante ou algum outro lugar, não se preocupe – eu disse.

– Que restaurante, onde? Já passa de onze horas...

O telefone tocou; eram as senhoras da Abadia, onde nós estávamos? Reto disse que a cinco minutos de distância, ao que eu respondi que ele certamente iria para o inferno.

– Já fiz coisas bem piores.

– Por que será que eu não acho difícil acreditar nisso? – Eu ri enquanto retomávamos o caminho, agora andando como se eu próprio estivesse vencido pela fadiga, graças a uma bolha do tamanho de um pêssego em ambos os pés.

Renata e Patrizia, nossas duas velhas salvadoras, estavam esperando pacientemente do lado de fora da abadia quando finalmente as encontramos. Quando nos aproximamos, elas acenaram. Acabados depois de quase dezoito horas e 48 quilômetros na estrada, foi uma alegria vê-las. Depois de alguma comida e uma xícara de chá, fomos levados para um dormitório grande e arejado no andar superior. Reconheci as botas deixadas no corredor junto à porta do quarto ao lado; eram do meu amigo polonês, Andreas. Dei uma espiada pela porta. Ele estava dormindo profundamente, então deixei um bilhete amarrado no cadarço das botas. Ele com certeza partiria muito antes de nós de manhã.

Saímos às onze horas na manhã seguinte. Era muito tarde. Mas o dia anterior tinha sido longo. Olhando o mapa, e com apenas cerca de vinte quilômetros até Sarzana, ia ser uma caminhada fácil. O litoral estava logo adiante e havia uma nítida atmosfera de férias no ar. Exceto por um problema, que aprenderíamos do modo mais difícil; com relação a mapas, os italianos não se preocupam muito com curvas de nível. Como se não tivessem condições de imprimir todas elas, eles só incluem uma ou outra aqui e ali, de modo que montanhas e serras inteiras podem se esconder entre as pregas marrons e ninguém, exceto, claro, o peregrino atormentado debaixo do calor escaldante, jamais saberia.

O primeiro sinal disso foi a extremamente íngreme elevação na saída de Aulla. Na temperatura penosa e inclinação cruel do terreno, nosso progresso caiu para menos de dois quilômetros por hora em certo ponto. Era como se o dia anterior tivesse sido apenas um ensaio. Quando chegamos a Vecchietto, havíamos bebido, os dois juntos, quatro litros de água. Completamos as garrafas na torneira da cidadezinha, olhando com cansaço um para o outro. Impulsionados unicamente pela ideia do mar, enfrentamos a subida quase vertical, com a conversa reduzida a pouco mais do que uma troca de grunhidos, gemidos e pausas para tomar água. E, assim, fomos em frente. A encosta que não terminava nunca. O sol opressivo. Em frente, para cima, era a única coisa que podíamos fazer. Por fim, "tão certo quanto a noite segue o dia", chegamos à crista final e desabamos como sacos vazios sob algumas árvores no topo da trilha. Tinha sido a subida mais difícil de toda a viagem.

A maioria de nós pensa em anjos como criaturas serenas de grande elegância e beleza, com asas estendidas e um halo; e ali estava Reto, sujo, malcheiroso da estrada e ensopado de suor. Ele estava, pela primeira vez, sem fala. Olhei para meu exasperante amigo e sorri.

– E sobre todas aquelas montanhas que você vive me dizendo que os italianos não têm...

Depois de alguns minutos, nós prosseguimos, com a caminhada fácil, agora que estávamos descendo a encosta. Então, cerca de quinze minutos mais tarde, chegamos a uma pausa natural. Lembro-me do vento agitando as árvores e, quando um galho se levantou, apareceu uma fresta através da qual a planície cheia de ciprestes mais além acabava em duas colinas verdejantes. Olhei com encantamento. Havia, porém, algo diferente naquela paisagem. A princípio, meus olhos não conseguiram articular o que era.

Reto, atrás de mim, ficou em silêncio. Entre as duas colinas havia uma linha, tão tênue que se fundia naturalmente com o céu de modo a ser quase indecifrável. Era o mar.

– Eu... ahn... vejo você na cidade lá embaixo...

Concordei com a cabeça. Meu amigo passou silencioso. Ele não olhou para trás. Tudo que eu conseguia fazer era apenas ficar olhando a paisagem. Não um olhar distraído, mas de total absorção, enquanto meus olhos bebiam aquela súbita e drástica mudança no cenário. Um navio entrou na cena. Que alguém – quanto mais eu – pudesse andar 1.809 quilômetros por quatro países até o Mediterrâneo era motivo de júbilo. Sentei-me à sombra de um carvalho, um burro com grandes orelhas espasmódicas apoiou a cabeça confortadora sobre a cerca e, durante quase uma hora, nós só olhamos para o azul; era lindo.

462 quilômetros para Roma.

18

De Marina di Pietra Santa a Gambassi

> "E Deus falou todas essas palavras, dizendo...
> Não farás para ti nenhuma imagem esculpida ou nenhuma semelhança
> DE NADA que ESTÁ no céu acima ou que ESTÁ na terra embaixo, ou que
> ESTÁ na água debaixo da terra: Não te prostrarás diante deles..."
> Segundo Mandamento, Êxodo, capítulo 20, v. 1, 4 e 5, *The King James Version of the Holy Bible* [Versão do Rei Jaime da Bíblia Sagrada], 1611

Agora, por toda parte, havia bosques de oliveiras, pinheiros e aquele solo arenoso da costa mediterrânea, enquanto aqui, na planície costeira, tudo de repente parecia próspero; o tamanho parecia fazer a diferença: grandes carros, grandes óculos de sol, grandes cabelos e até casas maiores. Era a exuberância italiana em sua melhor forma.

Apesar da atmosfera festiva de Sarzana em dia de feira, ficamos só um pouco por ali, o que era estranho, devido à nossa fadiga acumulada, mas os chamados de sereia proclamando "*mare*" nos levaram a seguir sempre em frente, em um estado de expectativa ansiosa. Desviamo-nos da Via Francigena para uma parada havia muito aguardada no litoral.

Essa fase da aventura, porém, foi ampliada pela constatação final, que já vinha se formando em nós há alguns dias, de que os italianos são incapazes de avaliar distância. Trezentos metros são, invariavelmente, mais perto de oitocentos ou, em nosso caso, seis quilômetros transformaram-se em onze. Mas não importava de fato – estávamos indo para a praia.

A chegada ao mar e, depois, uma simples questão de ir para a esquerda ou para a direita. Para garantir que não acabássemos andando quilômetros na direção errada, perguntei a uma jovem lindamente vestida e muito acolhedora do Gabão que, no momento, estava acabando de sair do meio dos arbustos, para que lado ficava Marinella de Sarzana. Ela esticou bem os braços, como se estivesse encerrando um grande número, e anunciou:

– Meu querido, tudo é Marinella...

Então fomos para a esquerda.

Havia barcos por toda a parte, em estados variáveis de conservação. A rua de comércio era um festival de neon e o bom mesmo era que em cada canto havia uma jovem que sempre se mostrava contente por nos ver e nos dar as boas-vindas à cidade. Eu mal podia esconder meu prazer à visão das enormes lagostas piscantes, piratas faiscantes e âncoras acesas que iluminavam o lugar como uma mini-Las Vegas. Tínhamos dois números para ligar à procura de uma cama; o primeiro não funcionou e o segundo se revelou uma casa de idosos – ou pelo menos era assim que parecia na recepção quando entramos.

Renata, a pessoa encarregada, havia sido, a julgar pelas fotos na parede, uma loira magnífica, mas isso tinha sido no milênio anterior. Agora, ela administrava seu hotel como a ditadora de um pequeno estado, de dentro de uma grande paliçada de madeira que era, desconfio, mais um cercado do que um balcão para recepcionar os hóspedes.

– A que horas querem sair de manhã?

– Ele quer sair às seis. – Reto estava falando por mim, porque agora eu mal podia me manter em pé.

– Seis?! Seis horas da manhã?! O que ele pensa que eu sou, uma medalhista olímpica em fazer o café da manhã?! – Ela saiu de dentro do curral. – Não, não, não – agitando um dedo para mim como se eu tivesse feito xixi bem ali no meio da sala –, seis não é possível.

Reto me lançou um olhar sério. Ele viu que eu estava começando a me irritar. Havia muita coisa envolvida naquela conversa; era fazer algo errado, como havíamos sido mestres em fazer nos últimos dias, e estaríamos na rua. Em nosso estado de exaustão, não estávamos em condição de ir para mais nenhum lugar.

– Além disso, como você vai sair?
– A porta está trancada?!
– O portão está.
– Eu pulo por cima dele...
– Você não pode, a polícia vai achar que é um ladrão!
– Que lugar é este? – sussurrei para Reto.
– Sua cama para passar a noite, então cale essa boca!

Chegamos a um acordo. Sem café da manhã, mas a ponte levadiça estaria aberta à hora marcada para que eu pudesse descer pela costa, deixando Reto na cama para seguir seu caminho para Pisa mais tarde no dia.

Eu ia sentir falta do meu amigo.

Na manhã seguinte, às seis horas em ponto, Renata me cumprimentou como um buldogue furioso em uma correia curta demais. Com um bom-dia forçado e entredentes, ela pressionou um botão, as portas de aço se abriram e, sentindo o ar fresco do amanhecer, eu saí para a liberdade e o som das ondas batendo na praia.

O Hotel San Marco era especial, como se deparar com um quadro de grande valor em uma loja de quinquilharias. Afastado da rua principal de Marina di Pietrasanta em meio a casas cheias de plantas, no momento em que vi a placa enferrujada do hotel pregada em uma sacada eu soube que tinha encontrado uma joia. Pela aparência do jardim, com suas lâmpadas desamparadas opacas de poeira, sebes rebeldes e a entrada que servia ocasionalmente para carros, mas ansiava por ser um gramado, o proprietário tinha perdido o interesse havia uns bons vinte anos. Um VW Beetle preto empoeirado estava encostado em um canto distante sob uma árvore. Era como se Miss Havisham tivesse aberto suas portas para os turistas*.

Um par de grandes jarros orientais verdes rachados fazia sentinela na porta da frente. A recepção era supervisionada por uma entusiástica estátua de uma menina egípcia nua em mármore preto de *La Belle Epoque*. O balcão em si estava escondido sob pilhas de correspondência não aberta, e, de uma extremidade dele, nuvens de fumaça subiam como um vulcão pensativo. Espiei sobre o balcão e encontrei um homem franzino, mas imaculadamente vestido, sentado ali, curvado sobre seu computador. Ele tinha um rosto enrugado como uma velha folha de fumo, cabelos grisalhos presos em um rabo de cavalo e um cavanhaque cuidadosamente aparado. Levantou-se e me cumprimentou de uma maneira digna de nobre com um timbre áspero que fazia lembrar John Hurt – efeito, sem dúvida, de muitos cigarros e muita festa. Ao contrário dos outros hoteleiros, no entanto, ele não julgou minha aparência, mas declarou com mais sutileza que, lamentavelmente, senhor, não há mais quartos vagos, exceto um quarto duplo. De fato, ele fez um pouco de encenação com isso, olhando para seu livro de registro e para a tela do computador duas vezes com muito levantar compungido das sobrancelhas. Depois dos átrios de mármore sem cara dos muitos estabelecimentos de que eu já havia sido expulso sem a menor cerimônia naquela manhã, não me importava mais. Além disso, mesmo pelo preço do resgate de um rei que ele me pediu, eu estava tão cansado que disse "Eu fico com ele".

A rota para o quarto andar era uma longa escadaria espiral com paredes decoradas com velhas aquarelas de Veneza, gravu-

---

* Miss Havisham, personagem da obra *Great Expectations* [Grandes esperanças], de Charles Dickens, é uma mulher rica que sofreu uma intensa desilusão amorosa. Ao descobrir que foi abandonada por seu noivo, ela, infeliz e humilhada, passa a viver sozinha em sua mansão, chamada de Satis House, a qual representa a corrupção, a decadência e o destino de Miss Havisham. (N. E.)

ras de São Pedro e fotografias em sépia em que grupos de búfalos puxavam a frota de pesca da cidade para o mar, saindo de ancoradouros já há muito desaparecidos.

Meu quarto, todo de abajures desbotados e estampas florais estivais que teriam tido posição de destaque em um bazar de caridade anos atrás, traziam lembranças agradáveis de quartos de hóspedes na casa de minha avó. O banheiro, porém, era o orgulho: um santuário de mármore que, uma vez inundado pelo chuveiro, permaneceria um pântano permanente pelos dois dias seguintes. A pia tinha sido instalada em ângulos retos perfeitos com o bidê como uma pedra fundamental em uma arcada; de fato, era tão preciso o arranjo que teria sido exato para um amputado da perna direita, mas, para o resto de nós, o aparato engenhosamente posicionado exigia um processo de pensamento inteiramente novo, mais ou menos como o dilema de se ver na situação de montar em um camelo-bactriano: em qual das duas corcovas, se em alguma, é para sentar? Nunca se sabe com certeza.

O ritmo da vida nas bem-cuidadas ruas enfeitadas com oleandros em Marina era tranquilo e pacífico como eu imaginava South Beach, em Miami, na década de 1950; era o lugar perfeito para tomar fôlego antes de continuar mais para dentro da Toscana. A praia, com suas estátuas gigantes do mármore de Carrara local espalhadas liberalmente pelas calçadas cheias de gente, era um lugar totalmente diferente: uma enorme cidade linear de guarda-sóis multicoloridos que se estendia por quase quarenta quilômetros de Marinella di Sarzana ao norte a Viareggio ao sul, abarrotada por todas as formas e tamanhos de italianos cujo único interesse parecia ser futebol... e comida.

Não estava com vontade de nadar. Na verdade, na praia, eu me sentia tímido, quase um alienígena, entre tanta gente. Entrar naquele clima teria sido prematuro, beirando a uma comemoração, e parecia totalmente errado naquele momento. O que era muito estranho e não bem ao meu estilo, uma vez que, em todos os outros aspectos de minha jornada até então, eu havia me atirado em qualquer oportunidade de me libertar de minhas peregrinações. Então eu olhei para o mar e caminhei por longas e pensativas distâncias na linha da água, para cima e para baixo pela praia, com a água fresca nas pernas doloridas e a brisa refrescante nos ombros nus.

Naquela noite, com o ar recendendo a perfume de jasmim, Fabio, que havia chegado à costa de manhã, veio jantar comigo; naqueles breves cinco dias em que ele estava na estrada, sua transformação era notável: não era mais o assistente de loja de pele amarelada; ele tinha cor e um aspecto de autoconfiança.

– Estar na rota era liberdade, não isto – ele disse em tom de desaprovação, olhando em volta para seus compatriotas vestidos com excessivo apuro. – O que nós fizemos foi *extraordinário*. Se não fosse, todo mundo estaria na Via, mas a verdade é que ela os assusta. A própria ideia de andar o caminho inteiro força as pessoas a sair de sua zona de conforto; dá para ver isso quando a gente se aproxima delas para pedir informações, cheirando mal, sujo, com bastão, mochila, elas têm medo de nós. Essa é a verdadeira liberdade, não as camisetas justas, os coquetéis e as luzes brilhantes da noite. – Mais tarde, quando se levantou para ir embora, ele acrescentou: – Foram as melhores férias que já tive – e me deu um abraço afetuoso. – Boa viagem, amigo!

Os poderosos barbacãs e bastiões das muralhas da cidade de Lucca foram, no passado, o sustentáculo da duramente conquistada independência da minúscula república. Agora, eles se postam resolutos e desafiadores entre o esplendor dos gramados, como um couraçado venerado que é tirado de serviço para todos admirarem. Cruzar as maciças portas de acesso produzia uma entrada com estilo na Toscana, meu lar pelos próximos dez dias, até que eu passasse pelo olhar protetor da grande torre de vigia em Radicofani.

Aqui, entrei em um mundo onde o tempo parecia ter parado; as ruas de paralelepípedos, pelas quais já caminhou Puccini, apesar de repletas de pessoas se lançando de uma atração a outra à maneira de uma bolinha em uma máquina de *pinball*, retinham uma aura de mistério e intrigas – as tribulações de uma cidade-república continuamente empenhada, vendida, capturada, cedida, rendida, invadida ou conquistada.

Foi o *Duomo*, no canto da Piazza San Martino, que chamou minha atenção. Sua fachada de mármore verde e branco belamente entalhada e adornada de pilares, decorada com dragões medievais e outras criaturas místicas, aponta mais para os antecedentes do cristianismo do que para os ensinamentos do próprio Jesus. Ao lado da porta principal, no pilar da direita, há um labirinto circular no estilo clássico. Do tamanho de um livro grande, ele é entalhado no mármore, e sob a imagem é feita uma referência direta em latim à obra de Dédalo, que construiu o original em Creta, do qual apenas Teseu conseguiu escapar com a ajuda do fio de Ariadne. Em seu centro, hoje gasto no tempo pelos dedos dos devotos, havia uma imagem do Minotauro, a feroz criatura metade homem, metade touro, filho ilegítimo da esposa de Minos, Pasífae, com o animal sagrado oferecido ao rei cretense por Netuno para ser sacrificado.

Labirintos eram símbolos populares em igrejas na Idade Média; em comparação com as versões muito maiores nas catedrais de Chartres, Reims e Amiens que são feitas no chão, o labirinto de Lucca é relativamente discreto. Há muitas teorias sobre o significado desses desenhos inegavelmente pagãos; alguns acham que eles representam um "caminho de Jerusalém", uma peregrinação em miniatura para aqueles que não têm tempo, dinheiro ou inclinação para enfrentar os rigores da estrada. Outros acreditam que o labirinto, um espaço simbolicamente fechado, permitia à mente contemplar sem distrações externas, enquanto outra escola os considera uma representação de que existe um único caminho verdadeiro para Deus. Ninguém sabe de fato.

Mas o maior tesouro do *Duomo*, que fez de Lucca um destino de peregrinos por si só, está do lado de dentro. O *Volto Santo*, ou "Rosto Sagrado", é uma escultura quase em tamanho real de Cristo na cruz feita de cedro-do-líbano, que se diz ter sido obra de Nicodemos, que estava presente na crucificação e ajudou José de Arimateia a colocar o corpo de Jesus no túmulo depois de sua morte.

Para os céticos, o *Volto Santo* não passa de uma das grandes propagandas para o culto de relíquias na Idade Média. Sua lenda é tão inacreditável que deve ser inserida nos anais do folclore cristão ao lado de outras histórias fantásticas do tipo "olha só o que eu achei", como os restos de Santiago aparecendo misteriosamente em um barco a remo em Finisterra, o ícone de Nossa Senhora Panagia sendo "redescoberto" por meio de um sonho na ilha grega de Tinos e a santa padroeira do Brasil, Nossa Senhora Aparecida, uma estátua de barro, sendo encontrada em redes de pescadores. Um lembrete duro de que por trás do esforço, santidade e propósito espiritual da peregrinação existe um modelo comercial em que essa atividade era, e continua a ser, um excelente "chamariz de multidões". Lucca, localizada na Via Francigena em seu caminho serpenteante em direção à grande cidade de peregrinação de Siena, estava ansiosa para tirar proveito das multidões de devotos que afluíam para Roma e a Terra Santa mais além.

Hoje, o *Volto Santo* está em uma capela lateral de colunas protegido de mãos curiosas como uma ave premiada em uma gaiola ornamental. Espiando entre as grades das portas de ferro forjado, examinei com curiosidade a estátua: o corpo, tenso, rígido, esticado, pendurado ali em sua túnica de corpo inteiro, escurecido pela idade e a fumaça de velas. Havia uma simplicidade, beirando o singelo, que dava ao *Volto Santo* uma grande beleza enquanto os olhos pesarosos e muito abertos de Cristo voltavam-se para mim, ajoelhado embaixo. Conta-se que Nicodemos despertou de um sono profundo e descobriu que anjos haviam completado o trabalho para ele.

A lenda do *Volto Santo* é espantosa. Para escapar da perseguição, Nicodemos entregou a enorme escultura de madeira para um homem chamado Isaacar para que a guardasse em segurança em uma caverna. Perdida no tempo, sua localização foi revelada para um bispo misterioso, Gualfredo, em um sonho centenas de anos depois. O bispo recobriu amorosamente a estátua com alcatrão e a colocou em um barco iluminado de popa a proa com lanternas e velas, que ele empurrou para as ondas, sem vela nem tripulação para guiá-lo, deixando o destino da embarcação nas mãos da Providência.

Depois de atravessar o Mediterrâneo ao sabor das ondas, o barco finalmente alcançou a terra na costa ocidental da Itália em Luni, perto de La Spezia, não muito longe de onde eu também havia alcançado o mar. O ano era 742 d.C. e o *Volto Santo*, a se acreditar na lenda, tinha cerca de setecentos anos de idade.

Mas, toda vez que as pessoas de Luni tentavam se aproximar do barco, ele era soprado de volta para o mar. Houve outro sonho, no qual, desta vez, Giovanni, bispo de Lucca, é visitado por um anjo, que o informa sobre o barco misterioso. Ao acordar, o bispo conduziu multidões de habitantes de Lucca, em aclamação, por dois ou três dias até a costa, onde eles encontraram os intrigados moradores de Luni e a embarcação recalcitrante. Assim que Giovanni deu graças a Deus, o barco imediatamente veio à praia, abrindo suas escotilhas para o bispo. "Aleluia!", todos gritaram, e o *Volto Santo* foi carregado em uma carroça – sem condutor –, e os bois – sem ninguém para dirigi-los – entregaram-no diretamente na Basílica de São Frediano em Lucca, onde há uma série de afrescos contando a história da estátua até aí. Lá o *Volto Santo* permaneceu por trezentos anos, até o século XI, quando o Duomo di San Martino foi ampliado e elevado a catedral. O *Volto Santo* foi, então, "miraculosamente transladado" para o novo e reluzente *Duomo*, onde está até hoje.

No entanto, tamanho era o clamor das multidões de fiéis por lembranças que o original foi partido em pedaços; a estátua atual é uma réplica do século XIII.

Mas, pondo o *Volto Santo* no contexto da Idade Média, quando a crença e a observância religiosas estavam acima de tudo, é fácil entender o poder que essa imagem de madeira venerada teria desempenhado em fortalecer a fé dos crentes e garantir o tilintar das caixas registradoras para o povo de Lucca. Qualquer conspiração por parte da Igreja para inflar a proveniência da estátua rendia altos dividendos.

Níkulás Bergsson, abade do mosteiro beneditino em Munkathvera, no norte da Islândia, que percorreu todo o caminho até Jerusalém e registrou sua viagem em seu itinerário do século XII, *Leiðarvísir og Borgarskipan* (Rota e guia da cidade), anotou que o *Volto Santo* havia falado duas vezes: em um caso, supostamente insistindo para que seu sapato enfeitado de joias fosse entregue a um bobo da corte pobre e, em outro, em defesa de um homem que havia sido caluniado. Cem anos mais tarde, um peregrino da Picardia, falsamente acusado de assassinato enquanto fazia sua viagem para prestar homenagem ao *Volto Santo*, foi salvo da morte iminente quando a lâmina do machado do carrasco virou ao contrário no meio do movimento.

De fato, a estátua era tão popular que deu origem a uma infinidade de imitações por toda a Europa, muitas das quais se dizia que possuíam seus próprios poderes miraculosos. No século XIV, o *Volto Santo* originou uma santa, Vilgeforte, ou Uncumber, em inglês, filha de um rei português pagão. Acredita-se que ela rezou para que Deus a salvasse de um casamento arranjado. A resposta um tanto dramática, que dá razão ao adágio de que as pessoas devem ter cuidado com o que pedem em oração, resultou no crescimento de barba e bigode na pobre moça. O pretendente, compreensivelmente alarmado com o acontecido, mudou de ideia. O pai dela, o monarca enfurecido, foi irredutível em considerar que a desafortunada princesa havia feito crescer bigodes de propósito e mandou crucificá-la.

Então, ali eu me ajoelhei, refletindo sobre toda essa lenda, enquanto aquele rosto humilde me fitava. Algumas freiras vieram se ajoelhar ao meu lado. Continuei pensando, depois pensei um pouco mais. Era, afinal, apenas uma estátua. Observei as mulheres com o canto do olho. Levantei os olhos novamente e concluí que, se tivesse havido algum embuste eclesiástico em torno do *Volto Santo* ao longo dos anos, qual era o mal? Era uma história muito boa. Eu podia ver que a estátua, mesmo naquele momento, estava trazendo muita alegria às freiras. Podia imaginar com facilidade os milhões e milhões de pessoas para quem ela havia trazido prazer e felicidade nos últimos 1.400 anos. E isso era uma coisa boa. Eu me levantei, fiz o sinal da cruz e saí da cidade.

Tendo atravessado o rio Arno em Fucecchio, subi pelo meio dos pomares que se agarram às colinas íngremes na aproximação da cidade fortificada de San Miniato. É difícil não vê-la, dada a presença dominante da torre originalmente construída pelo imperador Frederico II, que pode ser avistada de quilômetros de distância, peculiar por seus dedos estendidos que se destacam como chaminés em um transatlântico.

Até 1799, quando o último residente, o cônego Filippo, morreu, San Miniato poderia ser considerada o lar ancestral dos Buonaparte, com o Palácio Formichini como a residência familiar por séculos. Os Buonaparte haviam se estabelecido originalmente em Florença e, como pequena nobreza, foram próximos dos Medici. Jacopo Buonaparte era conselheiro e amigo do papa Clemente VII. Em 1527, ele foi testemunha do Saque de Roma, quando as tropas amotinadas não pagas do imperador do Sacro Império Romano Carlos V devastaram a cidade. O relato de Jacopo desse terrível episódio da história é considerado definitivo. Não muito tempo depois, porém, a família se dividiu, um ramo para Sarzana, outro para Córsega. Os sobrinhos de Jacopo, como gibelinos ou apoiadores do Sacro Império Romano contra o poder papal, participaram da revolta contra a autoridade dos Medici sobre Florença. Séculos mais tarde, em 1778, seria ainda para San Miniato que o jovem Napoleão Bonaparte – a grafia francesa – retornaria para recuperar as cartas e documentos de seu tio, o cônego, necessários para que ele provasse seu nascimento nobre e entrasse na escola militar em Brienne-le-Château, onde seu treinamento militar teria início e, assim, faria os dados da história rolarem inexoravelmente pela Europa mais uma vez.

A porta do Convento di San Francesco era grande, escura e agourenta. Toquei a campainha inúmeras vezes até que, quando eu já estava a ponto de abandonar a esperança, Paolo, um noviço, chegou ofegante para me salvar. Por sua aparência, ele tinha percorrido um longo caminho para chegar até mim, o que, ao entrar no prédio, eu logo entendi, pois o mosteiro do século XIII, com seis monges andando ruidosamente em algum lugar lá por dentro, era enorme como um hangar de aeronaves. Era unido a cada uma de suas partes separadas por corredores espaçosos cujas paredes estavam cobertas de cima a baixo com murais *avant-garde* que faziam pensar em uma mistura incompreensível de Dali com grafite de rua. Tentar encontrar algum sentido no simbolismo resultou em uma torção de pescoço e dor de cabeça. Desisti. Mas eram cores bonitas.

No jantar, em um restaurante na Piazza Buonaparte, recebi uma visita da Corte Florentina. Animada, elegante e comedida, como se esperaria de uma representante do Departamento de Estado dos Estados Unidos, Judith entrou esvoaçante como um belo dia de verão, com seu bonito vestido turquesa ampliando o efeito; junto dela vinha Antonia; cada centímetro dela era uma afirmação da refinada perfeição inglesa, completada com o broche de brilhantes e as pérolas no pescoço. Tendo morado em Florença a maior parte de sua vida, ela era uma *Scorpioni* dos tempos atuais, sem o ferrão; uma zelosa convertida com um conhecimento que, aparentemente, não conhecia limites e, acima de tudo, um amor contagiante por tudo que era italiano. Em minhas roupas de dia de folga, sentado diante da dupla vestida como se fosse para as corridas de cavalos em Ascot, eu me sentia como em um daqueles terríveis momentos de frio no estômago em que se entra em uma festa e se percebe que está com a roupa errada.

Antonia assumiu o controle e mandou vir garrafas de vinho branco de Trebbiano e pratos de *fiore di zucchini fritti*, flores de abobrinha empanadas, "para distrair" enquanto o cardápio era submetido a uma inspeção detalhada.

As escolhas eram simples: podia-se ter praticamente qualquer coisa que se quisesse, desde que levasse *tartufo fresco* – trufas. Como entrada, eu poderia pedir dois ovos, *bresaola* ou *carpaccio*, todos com *tartufo*. Como *primi*, havia *taglioni*, risoto ou *tortelloni* de massa caseira, generosamente guarnecidos com o bom acompanhamento branco e, se isso não fosse suficiente, como *secondi* havia *scaloppini* ou *tagliata*, ambos "*al tartufo fresco*". San Miniato é famosa pelas trufas brancas.

Para a entrada, pedimos um pouco de tudo e roubamos desavergonhadamente dos pratos uns dos outros, até o *primi*, quando três grandes pratos fumegantes do tamanho de barcaças de cheiroso risoto de trufas chegaram, seu aroma flutuando pelo salão em ondas perfumadas.

As moças, que, ao contrário de mim, só haviam viajado no conforto do ar condicionado de Florença até ali, eram uma imagem da contenção, mas eu, tendo tido um trabalho considerável para chegar até o jantar naquele dia, comecei a salivar como um cachorro pavloviano ao ouvir o sininho. As boas maneiras foram para o espaço enquanto eu mergulhava sem cerimônias no prato de aparência decepcionantemente simples que, no entanto, era muito delicioso. Enfiei avidamente garfada após garfada empilhada de risoto pela garganta. No desajeitado frenesi de encher a boca, alheio a tudo à minha volta, eu me perdi em um mundo voluptuoso repleto de comida, impregnado de aromas e carregado de suculento arroz cremoso. Enquanto isso, de algum lugar no fundo do Elísio gastronômico em que eu me encontrava, Antonia falava algo muito interessante sobre as enchentes devastadoras que Florença havia sofrido em 1996 e, acho que me lembro, o dano causado pelas manchas de óleo de calefação que rodearam os prédios com marcas negras deixadas no nível das águas. Ninguém nem piscou quando eu pedi um segundo prato.

Interrompi minha viagem pela longa estrada sinuosa que leva à cidade de Gambassi Terme no alto da colina quando recebi uma mensagem de texto instruindo-me a aparecer na pequena igreja de Chianni, logo fora da cidade. Dei a volta no prédio que parecia tão em paz com o mundo em seu cenário tranquilo até que, passando por alguns grandes arbustos no fundo, vi um minúsculo alojamento em forma de bloco, um *ostello* para imigrantes novinho em folha. Esperando à porta, com os braços muito abertos e um sorriso igual, estava LN. Como foi bom ver minha amiga francesa.

Mas a euforia do momento logo passou e o rosto de LN ficou sério. Quando entramos, não pude deixar de notar a muleta que ela segurava para ajudá-la a andar. Enquanto suas companheiras, Jacqueline e Josceline, duas aposentadas de Sedan, ocupavam-se em tomar banho e se recompor depois de um dia na estrada, nós nos sentamos em seu beliche para falar das angústias da viagem dela, que havia sido perturbada por lesão e dor. Seus olhos, cheios de lágrimas, diziam tudo: "O que fazer, Harry? O que fazer?". Os meses de expectativa e preparação agora pareciam ter sido em vão, pois as dores incapacitantes na canela destruíam seus esforços e sonhos. Caminhar até Roma em uma combinação de táxi, ônibus e trem não só acabava com o objetivo, como já estava se revelando muito caro. No dia seguinte, ela decidiria se era hora de voltar a Reims. Concordamos em nos encontrar em San Gimignano na manhã seguinte.

Quando, por fim, cheguei a Gambassi, encontrei Brian Mooney recostado como Nero em um banco na Piazza; vestido em verde-oliva com um chapéu de sol questionável enfiado no alto da cabeça como um vaso de flor, ele parecia um rejeitado da revolução cubana. Ao seu lado, em um bonito vestido vermelho com um chapéu de palha combinando, estava Gail, sua esposa.

Seguiu-se um ritual, que muitos peregrinos e mochileiros seriais apreciam e não exige muito mais do que um "com licença". Como algum rito misterioso transmitido ao longo dos séculos, beira o primitivo e não é muito diferente de babuínos inspecionando uns aos outros em um zoológico. Brian, quase imediatamente depois de apertar minha mão, pegou minha mochila, fez uma careta como se tivesse ficado com uma hérnia e exclamou:

– O que você tem aqui dentro, Harry?

– Uma caixa de ferramentas da Halfords. – Fixei os olhos nele e, revidando ao ex-correspondente da Reuters, acrescentei: – Não me diga, Brian, que você não trouxe seu smoking?

– Só estou carregando oito quilos.

– Estou vendo – falei, olhando com algum desprezo para seu traje safári de secagem rápida com bolsos e zíperes em alguns lugares muito estranhos.

Havia, porém, pouca coincidência nesse encontro *à la Livingstone* no meio da Toscana; o plano básico havia sido incubado meses antes, durante um jantar em Londres, quando ficou evidente que nossos caminhos poderiam se cruzar. Brian, por quem poucos cantos da Terra ainda não foram pisados, havia pousado em Roma onze dias antes para fazer a viagem de volta para Londres; o caminho errado para uma *pizza*, como eu lhe disse, já que ele havia completado a Via Francigena pelo lado certo dois anos antes. Gail tinha vindo para acompanhá-lo por alguns dias.

    No curto tempo que eu conhecia Brian, ele passara de apenas um bom amigo para algo mais próximo de um irmão mais velho. Era um homem inerentemente bom, imbuído de um ótimo senso de humor, que estava sempre disponível para oferecer conselhos, o que fazia, generosamente, em um fluxo constante e hilário de textos e e-mails. Mas, ao contrário do resto de nós, o progresso de Brian era conduzido com grande estilo, pois ele viajava como um núncio papal distribuindo indulgências e favores a toda volta. Era um processo faustoso que só avançava de um hotel confortável para uma *pensione* bem-indicada. A ideia de um *ostello* o estarrecia. A menos que um lugar tivesse no mínimo três estrelas, os lençóis mais imaculados e uma piscina, não veria nem as alças de sua mochila. Na verdade, a adesão de Brian a esse *coda luxuria* rígido era tanta que ele devia ser o único entre a comunidade de peregrinos a chegar a seu destino final quase exatamente com o mesmo peso e forma com que partiu. Ver Brian e Gail, porém, depois de todos esses quilômetros, era um momento especial a ser saboreado e comemorado como abrir uma boa garrafa de vinho.

    No jantar, Gail apareceu vestida em seda indiana. Assim que eu lhe lancei um olhar interrogativo, ela começou a procurar desculpas para me dar.

    – Eu só estou carregando cinco quilos.

    – Certo, diga aí de uma vez, onde eles estão? – perguntei.

    – Eles quem?

    – As fileiras de xerpas que devem estar escondidos em algum lugar por aí para que você e seu núncio possam viajar como estão fazendo. Estamos juntos só há vinte minutos e você já trocou de roupa duas vezes, e isso não inclui seu traje de caminhada. O príncipe de Gales viaja com menos roupas do que você...

Brian pegou mapas cuidadosamente dobrados que estavam marrons pelo tempo e pareciam ter sido usados por Wellington em uma campanha, o que, conhecendo-o, era bem possível. Logo um dedo curto e gorducho estava passando sobre o terreno, apontando "istos interessantes" e "aquilos não vá ali" que eu encontraria ou precisaria saber conforme me aproximasse de Roma. Tamanho era o entusiasmo de Brian por seu assunto que era quase impossível acompanhar o fluxo de informações que jorravam dele.

Perguntei a ele por que estava caminhando de volta para Londres.

Ele brincou que, quando apareceu na Oficina do Peregrino no Vaticano, os funcionários quiseram lhe dar um *Testimonium*, o certificado em pergaminho que as pessoas recebiam ao chegar a Roma. Olharam para ele com descrença quando ele disse que queria o primeiro carimbo em seu passaporte porque estava indo para o norte; "ninguém vai a pé para Londres", eles disseram.

Como nos esquecemos. Na Idade Média, as pessoas rotineiramente caminhavam de volta para casa depois da peregrinação. Era impossível não admirar Brian enquanto ele seguia os marcos do caminho e lia seu guia de trás para a frente. Para ele, essa era a finalização de uma jornada que teve início em maio de 2010. Setenta e seis dias depois, ele chegou a Roma em uma parada súbita e brusca – uma experiência que, em comparação com a enormidade da viagem em si, pareceu muito breve. A "reentrada" de Brian na vida normal, como ele a chamara, tinha sido difícil, mesmo para uma pessoa com sua enorme experiência. Ele escreveu para seus companheiros de viagem que achava "a readaptação muito estranha e, às vezes, árdua", como se "algo grande estivesse faltando em minha vida". Assim, o retorno de Brian à Inglaterra a pé era uma promessa para si mesmo de completar o círculo e espantar os demônios de sua viagem anterior de uma vez por todas. Ao mesmo tempo, ele não podia deixar de notar como era estranho caminhar desta vez sem ter em vista a meta tangível de Roma.

O vinho fluiu livremente até que, às dez horas da noite, foi trazida alguma coisa aguada e cor de laranja que fez Gail tossir e meus olhos lacrimejarem. Brian nos assegurou que aquilo rebateria os efeitos da noite. Eu nem fiquei sabendo o nome para evitar no futuro.

Mesmo às cinco horas da manhã, encontramos uma padaria aberta na cidadezinha para um café da manhã. Gail chegou em fúcsia. Sensatamente, ela decidira deixar Brian caminhar sozinho naquele dia; ela pegaria um trem quando chegassem ao vale. Comendo um *croissant*, ela olhou para o marido, que estava vestido de sua maneira peculiar, e, virando-se para mim, disse secamente:
– Ele vai insistir em parecer um excursionista o tempo todo.
Acho que entendi a verdadeira razão de Gail preferir pegar o trem.
Na encruzilhada, trocamos beijos de despedida. Eu observei o casal se afastar colina abaixo na direção de San Miniato. Dei um aceno final antes de descer por uma íngreme estrada branca margeada de ciprestes para os vinhedos de *chianti* e bosques de carvalho que ecoavam o martelar do pica-pau e o chamado do faisão. Estava indo para San Gimignano.

314 quilômetros para Roma.

19

De San Gimignano a Monteriggioni

> Comentei por acaso, ao olhar para as nuvens, que ainda estavam brilhantes no oeste, que "o que havia me impressionado nos pores do sol italianos era aquela peculiar tonalidade rosada". Eu mal tinha pronunciado a palavra "rosada" quando Lord Byron, batendo a mão em minha boca, disse, com uma risada, "Ora essa, Tom, NÃO seja poético".
>
> Thomas Moore, *With Byron in Italy* [Na Itália com Byron], 1830

Visitar San Gimignano no verão é enlouquecer os sentidos; eu preferiria pendurar meus olhos em sal-gema a ter de confrontar novamente a muralha de humanidade que me saudou no momento em que passei pela entrada maciça. Lojas de bugigangas, museus de tortura medieval e barracas de bebidas em todo canto; o lugar gritava "em frente!".

Encontrei LN com um grande sorriso no rosto na clausura da Igreja de Santo Agostinho, onde ela e suas duas compatriotas iam passar a noite.

– Sabe, acho que estou um pouco melhor hoje – ela disse, radiante. – Se for, como você diz, *bem devagar*, um pouco de ônibus, um pouco a pé, acho que vou ficar bem.

Notei que a muleta não estava em nenhum lugar à vista. Fiquei contente; seria uma pena ela ter chegado até ali e ter de fazer meia-volta e, além disso, chegar a Roma sem minha amiga francesa teria me dado uma sensação de estar incompleto.

Abrimos caminho entre a multidão e entramos com algum trabalho na cidade, rapidamente concordando que San Gimignano era, naquele momento, tão divertida quanto preencher uma declaração de imposto de renda. Um café mais tarde e eu abandonei o caldeirão de turistas pela calma da estrada que me levaria a Colle di Val d'Elsa, meu destino para aquela noite.

– Onde você está? – a voz do Signor Christian, o responsável pelo Seminario Vescovile del San Cuore, estalou do outro lado do telefone. Como eu ia saber? Eu não teria ligado se soubesse onde estava.

A moça na farmácia, quando eu lhe perguntei, respondeu que sabia de uma Via San Francesco em Siena. Muito útil. De onde eu estava em "*Bassa*", ou baixo, não dava para ver nada de Colle "*Alta*" a não ser uma torre solitária cercada de árvores que não dava muitas pistas. Rezei a Deus para que o esquivo Seminário não estivesse "lá em cima", mas, claro, era "lá em cima" que ele estava, então "lá para cima" eu fui, e para cima, para cima e para cima até que, quando achei que já tinha ido "para cima" o suficiente, ficou óbvio que ainda tinha mais algum "para cima" para continuar. Na verdade, na metade da subida ficou claro que havia muito mais de Colle em *Alta* do que em *Bassa*. De fato, em *Alta* estava escondido todo um cume de montanha medieval, um magnífico segredo italiano, encrustado com igrejas e *piazzas* e adornado de casas periclitantes em ângulos esquisitos – todo o lugar estava enfeitado em cores vivas enquanto os habitantes punham para secar as roupas lavadas e arejavam roupas de cama ao sol da tarde.

Único peregrino na cidade, era difícil não me notarem. Christian era um sujeito interessante e nem um pouco parecido com um zelador típico. Ele me encontrou enquanto eu, muito desajeitado, tentava não ser o proverbial elefante enquanto pedia informações, talvez pouco sensatamente, em uma loja de porcelanas.

Gatos que brincavam no grande crucifixo do lado de fora debandaram como crianças aprontando alguma travessura quando nos aproximamos do Seminário. Quando finalmente entramos, ele era enorme, com clausuras, jardins, refeitórios, dormitórios, infinitos corredores e uma "capela" que poderia muito bem ter passado por uma catedral bastante respeitável em uma cidade pequena. Ele me levou a um quarto espaçoso com quatro camas e um banheiro privativo, decorado em marrons estilo década de 1970, que talvez tenha sido, no passado, o aposento do abade, tal era o desbotado esplendor. Christian me pediu para pôr a chave na caixa de correio de manhã, deu-me boa-noite e saiu em seguida. Eu tinha o prédio inteiro para mim.

Depois do jantar, deitei em minha cama olhando pela janela para o adro de chão de cascalhos, no canto do qual crescia um alto pinheiro de Natal. Havia uma meia-lua no céu e logo a noite se iluminou de estrelas. Minha mente começou a vaguear e não demorei a pensar na grande árvore coberta de luzes com os fantasmas de padres e estudantes passados reunidos à sua volta, cantando canções natalinas. Tempos felizes, pensei. Mas, sem uso e vazio, aquele prédio magnífico agora parecia triste e esquecido, como se cada tijolo pedisse para se encher de vida outra vez.

Uma imagem da perfeição medieval, Monteriggioni é uma versão menor mas perfeitamente formada de San Gimignano e, sem as multidões, um local idílico e pacífico em comparação. Que estranha coincidência que Dante, em seu poema do século xiv, *A divina comédia*, tenha escrito sobre os "muros circulares" de Monteriggioni enquanto ele e Virgílio se aproximavam do nono e último Círculo do Inferno, reservado à traição, o mais terrível de todos os crimes, em sua opinião. Desde o século xvi, é traição que agora está no centro da história da cidade.

O povoado no alto da colina, fortificado como uma guarnição no século xii, encontra-se na Via Cassia. Por mais de três séculos, protegeu bravamente as entradas de Siena, quinze quilômetros ao sul, das atenções de uma Florença expansionista a um dia de marcha para o norte.

Em 1554, a Guerra Italiana estava em andamento há quase três anos quando o arrojado Cosme I de Medici, grão-duque da Toscana, em aliança com o imperador Carlos V, tentou esmagar a República de Siena para ampliar o grão-ducado e aumentar o controle da Itália pelo Sacro Império Romano.

Conduzindo as tropas de Cosme estava *Il Medeghino*, o Pequeno Medici, nome pelo qual Gian Giacomo Medici era conhecido. O mais velho de catorze irmãos, ele era filho de um tabelião nascido em Milão em um ramo menor da família Medici, de cujos irmãos também sairia o papa Pio IV.

Depois de cometer um audacioso assassinato de vingança aos dezesseis anos de idade, *Il Medeghino* viria a se tornar um dos mais famosos *condottieri*, ou mercenários profissionais, de seu tempo. O combate estava em seu sangue. Ele era um matador impiedoso, renomado pela extrema brutalidade. Na luta, a arma preferida de *Il Medeghino* era um machado, e, depois de capturar uma cidade, ele marcava sua vitória enforcando os defensores nas ameias. Quando se queria um trabalho completo de guerra, morte e destruição, ele era a pessoa indicada.

Em 27 de abril de 1554, *Il Medeghino* marchou sobre Monteriggioni, enviando na frente uma delegação para negociar com o comandante da guarnição de Siena, um exilado florentino chamado Giovanni Zeti. Ele recusou-se a se render. A delegação retirou-se e, não muito tempo depois, a fortaleza se viu sob pesado bombardeio da artilharia do grão-ducado. O poço da cidade foi atingido. Sem água, a capacidade de Monteriggioni de resistir ao cerco ficou muito limitada. Mesmo assim, os homens de Siena decidiram que prefeririam lutar até a morte a render-se a Florença.

Zeti, no entanto, tinha planos diferentes. Sob a cobertura da noite, ele se esgueirou até as linhas florentinas, onde encontrou *Il*

Medeghino e fez um trato: em troca do restabelecimento de sua cidadania e da devolução de suas terras, ele entregaria as chaves de Monteriggioni a Florença. Quando Zeti retornou, estava comandando os homens de *Il Medeghino*.

Depois da rendição da cidade, Zeti foi rejeitado por todos, por mais que tentasse justificar sua ação. Até hoje, conta-se que seu espírito, abandonado não só pela humanidade, mas também pelo Céu e o Inferno, vagueia pelos túneis embaixo das ruas de Monteriggioni alegando inocência. Ninguém tem pena de um traidor.

Com *croissant*, doces, um grande *cappuccino* e um copo de suco de laranja feito na hora, eu estava sentado a uma mesa na pequena *piazza* de Monteriggioni aproveitando o momento quando, de trás de mim, para se somar à minha alegria, veio a voz inconfundível de LN: "Bom dia!".

Depois de aumentarmos o café da manhã – um dos muitos benefícios da peregrinação é que se pode comer tudo que quiser e um pouco mais –, tivemos uma conversa séria sobre o aparecimento de múltiplas e variadas placas que de repente pareciam surgir em toda parte devido à súbita profusão de rotas alternativas e concorrentes da Via. Isso estava causando alguma confusão e tristeza em outros peregrinos mais experientes, muitos dos quais, como eu, já estavam na estrada há algum tempo. LN era uma excelente fonte de notícias. Terminei meu terceiro *croissant* e, não muito depois, anunciei que era hora de seguir para Siena, que se podia ver a alguma distância.

– É um trecho curto. Talvez duas ou três horas no máximo – falei, enquanto agitava minha tira de mapa com grandes setas desenhadas que me levariam pela floresta em La Montagnola Senese, evitariam a "rota panorâmica" pegando a estrada para San Martino e, então, conduziriam direto à autoestrada, deixando-me em Siena na hora do almoço. Perfeito.

Concordamos em nos encontrar mais tarde e, com um aceno alegre, parti colina abaixo para o trecho curto que me conduziria ao sul pelo meio do bosque até a estrada do outro lado.

Era meu octogésimo dia desde a partida de Londres e o mapa em minha mão era o quadragésimo da viagem; salvo por pequenas aberrações ocasionais, eu achava que a caminhada para Roma estava bem definida, e isso, em grande parte, pelo fato de a Via ser tão bem marcada. Mais constante do que todas as outras marcas era o sinal vermelho e branco, pouco mais do que faixas de tinta, pinceladas ou pregadas discretamente em placas de trânsito, postes de rua, árvores, cercas, enfim, em qualquer lugar onde um peregrino talvez tivesse de alterar o curso. Essas marcas foram minha companhia constante pela Inglaterra, França, Suíça e Itália – amorosa e eficientemente mantidas pelo continente por muitos voluntários generosos que cuidavam, cada um, de seu setor da rota. Vermelho e branco, já por quase 2 mil quilômetros.

Confiante nessa rotina, segui a viagem. Talvez até estivesse cantando, porque me sentia muito alegre. Atravessei a estrada, sinal vermelho e branco, caminhei por uma trilha, sinal vermelho e branco, cheguei às arvores e, no sinal vermelho e branco (com uma seta), virei à esquerda para a floresta na direção de Siena. Quando a vegetação ficou mais densa, a rota começou a serpentear, mas tudo bem: desde que a direção geral continuasse sendo o sul, os ocasionais cem metros para leste e oeste para evitar obstáculos ou propriedades eram normais. Bem, claro que eram, porque tinha sido assim pelos últimos oitenta dias.

Começou a esquentar e, às vezes, havia uma subida íngreme que eu não esperava, mas tudo bem, porque eu havia completado meus dois litros de água em Monteriggioni, o que era mais do que suficiente para a curta distância até Siena.

Segui alegremente os sinais vermelho e branco e, durante o tempo todo, estava mantendo a direção geral do sul, mas meu trecho de três quilômetros pela floresta, que deveria ter levado uns quarenta minutos, não dava qualquer sinal de terminar. Na mata espessa, viajando com mapas em tiras que têm quase um metro de comprimento, mas apenas quinze centímetros de largura, comecei a perceber que devia ter saído da rota. No entanto, ainda havia os sinais vermelho e branco. Estava ficando mais quente e as inclinações do terreno, mais fortes. Mas tudo bem, eu continuava dizendo, ainda tenho um litro de água. Além disso, eu não podia estar tão perdido, continuava tentando me tranquilizar, mas, ao mesmo tempo, sem nenhum ponto de referência visível, eu não tinha a menor pista de quanto havia me desviado da rota. Havia árvores por toda parte. E sinais vermelho e branco. Cada vez ia ficando mais quente. E, ainda, os sinais vermelho e branco por toda parte, como se algum ateu sádico com ódio de peregrinos tivesse tido o trabalho de assegurar que a cada dia tivesse o prazer de saber que alguma pobre alma estava perambulando sem rumo pelas colinas escaldantes, tentando chegar a Siena. Meio litro de água agora. Então, a distância, na base de uma colina, eu avistei um homem. Corri na direção dele.

Klaus, um turista de Hanover, tinha deixado a esposa e as duas filhas naquele dia para fazer uma caminhada. Ele era a própria imagem da calma. Como era linda aquela região, ele exclamou, e, ah, você está andando até Roma? Desde onde está andando? De Londres? Não, isso não é possível. Mal sabia ele que, se não o tivesse encontrado, minha aventura estaria prestes a terminar. Klaus foi meu anjo: ele tinha um guia.

O clube de caminhadas local, como logo descobri, havia marcado não só uma rota, mas todas as trilhas e caminhos naquela colina deserta, em vermelho e branco, o que, só para lembrar, é a cor da Via Francigena praticamente ao longo de todo o trajeto desde Cantuária e, de fato, da maioria de outras rotas de longa distância pela Europa. Agora, eu não só estava do lado errado da colina, como mais longe de Siena do que se tivesse ficado em Monteriggioni.

A água acabou muito antes de eu chegar ao topo. Fazia quatro horas desde que eu deixara LN quando encontrei um bar em San Martino. Totalmente seco, fui direto ao freezer e, para espanto do proprietário, peguei uma garrafa de um litro de água gelada e a virei de uma só vez, depois coloquei alguns euros no balcão, peguei outra garrafa e tornei a sair.

Mas a verdade é que, embora o clube de caminhadas local tivesse confundido a trilha ao encher aquela colina com as cores da Via, eu também havia sido autoconfiante demais. Talvez aquele terceiro *croissant* me tivesse subido à cabeça, mas o fato era que eu havia interpretado errado os sinais.

Deixando aquela maldita colina atrás de mim, que começava a parecer muito bonita quando eu a olhava agora, segui meu caminho para Siena. Nas proximidades da cidade, cheguei a uma rotatória; no alto, havia uma placa de estrada azul e, escritas em grandes letras brancas, as palavras "ARE ZZO – GROSSETO – ROMA".

243 quilômetros para Roma.

20

Monte Benichi, San Leolino e Siena

"Eu gostaria de poder ganhar dinheiro contando histórias", falei. "Quero ganhar um milhão de libras, como Jeffrey Archer, para poder comprar uma casinha na Toscana e me afastar de tudo!"
Russell Harty, Mr. Harty's Grand Tour [O Grand Tour do Sr. Harty], 1988

"*Tocca Ferro*", Richard Fremantle disse, tocando sua virilha com os dedos indicador e mínimo da mão direita esticados na forma dos chifres de um boi, enquanto me servia uma taça de vinho branco. "É uma simpatia etrusca antiga para dar boa sorte." Eu o olhei intrigado. "Quando a gente não encontra algo de metal para tocar, toca as bolas."

Eu havia sido arrancado de meu caminho por uns dois dias para Monte Benichi, uma aldeia acastelada no alto das colinas toscanas com vista para uma paisagem que se estendia até além do imponente Monte Amiata, o qual se erguia na neblina a distância.

Olhar para Richard, com seus cabelos brancos penteados para trás e o lenço no bolso de cima de seu paletó de linho, seria imaginar a incorporação do cavalheiro inglês exemplar – até ele abrir a boca e despejar o sotaque nova-iorquino.

Mas, apesar das afirmações de meu anfitrião de que ele era, na verdade, apenas um garoto do Bronx que brincava de beisebol na rua e aterrorizava a vizinhança em seu *skate*, o fato inescapável é que sua família continua sendo um pilar da sociedade britânica, dando seu nome a um de nossos teatros mais famosos, com uma fileira de ancestrais ilustres que serviram ao longo dos séculos no mar na

Marinha Real Britânica ou em terra nos Foot Guards, acompanhando o duque de Wellington na Guerra Peninsular ou caindo de cavalos alvejados na Batalha de Quatre Bras.

Secretamente, desconfio, esse grande inspirador, escritor, historiador da arte e curador de museu adorava ser esse pouquinho diferente. Havia um brilho de travessura em seus olhos. Mas, mesmo como "o primo norte-americano", que recheava a maioria das frases com uma dose generosa de idiossincrasias do outro lado do oceano, suas raízes estavam firmemente plantadas em nosso lado do Atlântico, como revelavam os livros, tratados militares, folhetos, as gravuras e aquarelas que ele me mostrava não só como pontos de interesse e compreensível orgulho, mas também para fazer que eu me sentisse confortável. Junto com Barbara, sua alegre cara-metade da Alemanha, eu não podia deixar de sentir que a casa vivia sob uma grande sensação de *carpe diem*.

– Sabe, todos negligenciam os etruscos. Ah, os romanos isso, os benditos romanos aquilo. Eles eram um punhado de fanfarrões inúteis que forçavam sua entrada sem ser convidados em todas as festas até que acabavam tomando o lugar.

Barbara fez uma pausa em seu cigarro e levantou os olhos do jornal. Ela não parecia tão certa disso.

– É verdade – disse ele – que os etruscos construíram a base para o que Roma viria a se tornar depois.

Algo puxou o cordão de minha bota. Olhei para baixo e, junto ao pé de meu banquinho do bar, um minúsculo gatinho preto com olhos verde-esmeralda muito brilhantes olhava para mim.

– Pico! – Richard gritou, ao que se ouviu um barulho de movimento rápido e uma agitação sob uma cortina, de onde um rabinho zangado se destacou balançando para frente e para trás.

– Os etruscos não só tinham sistemas de governo, como também eram grandes soldados, comerciantes, trabalhadores em metal, artesões em prata, ouro, bronze e, acima de tudo, ferro, uma habilidade que trouxeram consigo da Lídia no oeste da Turquia. Está tudo em Heródoto – um comentário adicional que ele lançou na conversa como cebola para dar sabor ao molho de pão.

– Veja bem – ele continuou –, a Lídia sofreu uma fome prolongada e o rei Atis dividiu seus súditos em dois grupos. Ele manteve um grupo e pôs o outro sob a responsabilidade de seu filho, Tirsenos, dizendo-lhe que a terra não podia suportar toda aquela gente e que ele deveria ir para outro lugar. Praticamente da noite para o dia, por volta de 800 a.c., eles puseram tudo que tinham em navios e acabaram aqui na Toscana, e mais para o sul, na Úmbria. Daí o nome do mar Tirreno e os Chianina, o gado branco que você vê em toda parte. É por isso que na Toscana e na Úmbria as famílias antigas são tão escuras. Elas são originalmente da Ásia Menor.

Ele fez uma pausa, como se estivesse pensando, então soltou um súbito "Ai!" de dor. Pico tinha mordido seu dedo.

– Sabe por que as figuras femininas em embarcações etruscas com frequência têm os seios nus? – ele perguntou.

Sacudi a cabeça.

– Vou lhe dizer por quê. Porque os etruscos acreditavam que os seios nus afastavam maus espíritos. É para dar sorte, mais ou menos como o rosto da Górgona.

Naquela noite, a vinte minutos de distância de carro, a vila de San Leolino havia sido transformada em um circuito, como uma maratona muito curta para apreciadores de comida e vinho que serpenteavam colina acima, passavam pela igreja, atravessavam *piazzas*, desciam de novo a colina, passavam por uma banda e voltavam ao começo.

Em cada barraca de comida, pratos eram enchidos e copos, completados. Uma vez. A princípio, os moradores locais estavam disciplinados em relação a isso – uma característica de provadores de vinho que, para ser sincero, eu sempre achei terrivelmente chata; todos fazendo expressões de conhecedores e parecendo extremamente sinceros quando, bem no fundo, tudo o que querem é beber à vontade. San Leolino, porém, era diferente. Essa era uma degustação de vinhos para 5 mil pessoas.

Depois de algumas negativas, e quando a luz falhou, os aldeões atrás das muitas mesas de garrafas começaram a ceder, especialmente quando eu lhes expliquei que sua ajuda naquela noite asseguraria minha chegada mais rápida a Roma; de fato, tal foi seu entusiasmo para colaborar com minha missão que, embora todos os outros tivessem de formar uma fila tão ordeira quanto é possível para italianos, eu recebi acesso direto entre muitos sorrisos e chamados com a mão.

Richard, Barbara e eu avançamos pela vila lotada, com nossos pratos cheios alternadamente com *bruschetta*, salsichas toscanas com feijões, carne defumada e queijo pecorino. Como sobremesa, serviram-nos *pane col vino*, que é uma receita caseira simples feita de pão adormecido generosamente embebido em vinho tinto e envolto em açúcar; a perfeição em um prato, a menos que você, por acaso, esteja de regime.

No fim da noite, a regra de um copo só tinha caído completamente; a banda, deteriorando-se para um gemido indecifrável, não conseguia mais se decidir se era ópera chinesa ou teatro de marionetes, enquanto os homens acabaram sentados em um dos lados da rua e as mulheres, do outro.

No caminho de volta para o carro, falei sobre minha chegada final a Roma, que eu tinha decidido que seria direto pela Via della Conciliazione em vez da rota seguida pela Via Francigena, que passa despercebida pela lateral da Praça de São Pedro. Isso não parecia certo depois de ter andado todo o caminho até lá.

– Você tem de agradecer ao Musso por isso – Richard declarou.

– Mussolini?

– É, Musso, acho que foi a única coisa boa que aquele calhorda fez.

Eu fiz uma careta.

– Veja – Richard disse, enquanto se aproximava da porta de um carro empoeirado e, cuspindo no dedo, traçava um mapa da Itália em seu comprimento. Ele cuspiu de novo. No meio do contorno, desenhou um losango. – De 1870, quando Roma caiu, até 1929, isto – apontando o losango – tecnicamente não era parte da Itália. Os Estados Pontifícios resistiram à unificação com o Reino, e Pio IX, o papa na época, descreveu-se como "um prisioneiro no Vaticano". Seja como for, Musso chega e convoca Pio IX para a mesa de negociação. Ele disse que aquele absurdo tinha de acabar e, se não acabasse, ele tomaria o território de qualquer modo. Era pegar ou largar. Ele pôs um fim nos cerca de cinquenta anos de paralisia, conhecidos como a Questão Romana, e eis o Tratado de Latrão de 1929, que estabeleceu o nascimento formal do Estado do Vaticano com direitos e status reconhecidos dentro da Itália. Agora, antes de tudo isso – enquanto continuávamos a subir a colina –, São Pedro era cercada de cortiços e caos, então Musso decidiu, depois de literalmente séculos de indecisão, limpar toda aquela sujeira e construir a Via della Conciliazione, a Rua da Conciliação, uma grande avenida para ligar o Vaticano e o Estado Italiano, o que ele fez em 1936. E essa, meu amigo, é a história da avenida pela qual você vai caminhar seus passos finais daqui a dez dias.

Entramos no carro, Richard pôs um jazz porto-riquenho para tocar no máximo volume e, com as janelas baixadas e o ar fresco da noite em nosso rosto, seguimos nosso caminho pelos campos toscanos de volta a Monte Benichi.

Chegar a Siena é como aquele momento em que, quando criança, você põe os pés pela primeira vez em uma tenda de circo: é quente, barulhento, cheio de gente e o ar é carregado de expectativa e entusiasmo. "A Antecâmara do Paraíso", como a cidade é conhecida, tem tudo a ver com peregrinação e, como aquele circo chegando à cidade, todos adoram se aglomerar em seu seio.

A grande rival de Siena era Florença. Na Idade Média, esta última, situada no rio Arno, era uma das maiores cidades da Europa. Sede de uma enorme indústria de lã, era imensamente rica. A primeira, sem grande quantidade de água, mas localizada na Via Francigena, forjou conscientemente para si a imagem da Cidade da Virgem Maria, uma Nova Jerusalém onde o pleno benefício econômico dos fluxos de peregrinos dirigindo-se a Roma podia ser colhido; de fato, foi tão grande o espetáculo criado que, para muitos, Siena igualava-se a São Pedro em importância.

Foi só em 1260, depois que a cidade derrotou os florentinos, numericamente superiores, na Batalha de Montaperti, que a Virgem foi formalmente adotada como sua santa padroeira. Na noite anterior à batalha, os habitantes de Siena fizeram uma procissão pelas ruas até a Catedral e prometeram entregar Siena a Maria se fossem vitoriosos. Escolheram como seu estandarte as cores do Terzo di Camollia, um dos três distritos da cidade, cuja insígnia baseava-se na relíquia do manto branco da Virgem, abrigada na Catedral. Com a vitória assegurada, Siena cumpriu a promessa. A imagem de Maria esteve por toda parte desse dia em diante, na forma de enormes afrescos nas portas principais, pinturas, estátuas e nos altos-relevos em igrejas, ruas, prefeitura e todos os prédios públicos. Siena acreditava estar inextricavelmente ligada à Mãe Santíssima e, em seu nome, criou uma visão metropolitana de notável beleza.

A cidade cresceu e se tornou a incorporação do ideal cívico urbano. Com o fluxo maciço de pessoas, surgiram enormes oportunidades sociais, econômicas e educacionais. As muralhas de Siena tiveram de ser expandidas três vezes nos séculos XIII e XIV, tão rápido foi esse crescimento da população.

As muralhas foram construídas não só para defender, mas também para definir as fronteiras ideológicas da cidade. Do lado

Catedral de Siena
...um sinal para toda a cristandade da lealdade de
Siena à Mãe Santíssima.

de dentro, tudo era regulado, do projeto, da construção e composição dos prédios à largura das ruas, ao comportamento dos cidadãos e até à participação obrigatória em eventos religiosos, procissões e pagamento de impostos. O não cumprimento resultava em residências sendo derrubadas, confisco de propriedades e multas punitivas.

Para atender o número crescente de peregrinos, organizações como os Cavaleiros Templários e os Cavaleiros Hospitalários estabeleceram asilos e hospitais ao lado de várias instituições privadas similares dirigidas pelos ricos e importantes. A mais famosa dessas era Santa Maria della Scala, na frente da Catedral.

Peguei um quarto em um prédio de apartamentos velho, que não tinha cortinas. Isso não seria um problema normalmente, exceto que, em uma janela do outro lado do fosso central do prédio, um casal fazia amor incansavelmente ao longo da noite, com todo o entusiasmo de um veado no cio. Eles também não tinham cortinas.

Foi um som conhecido, no entanto, que me acordou de manhã. Os cabelos se arrepiaram em minha nuca quando as ruas ecoaram aquele timbre reconfortante de tambores soando em marcha – a música militar que por séculos havia reunido tropas em torno do campo de batalha. Os homens da *Contrada della Torre*, tradicionalmente os cardadores de lã, e uma das dezessete subdivisões de Siena, em toda a sua pompa de bandeiras agitadas e roupas medievais cor de vinho, estavam desfilando pela cidade, devidamente seguidos por suas mulheres e filhos.

Ao visitar o Ospedale di Santa Maria della Scala, fiquei imediatamente fascinado pelos grandes afrescos de Domenico di Bartolo. Pintados na década de 1440 com precisão quase fotográfica, eles se estendem por paredes inteiras que formam arcos como uma estação subterrânea de metrô infinita. O retrato que eles proporcionam da Siena do século xv é fascinante.

O painel que chamou minha atenção em particular foi uma pintura chamada *O cuidado com os doentes* – uma cena macabra de uma enfermaria de hospital no *Pellegrinaio*, a Sala dos Peregrinos, que por mais de 1.100 anos e até a virada do milênio tinha sido o *ostello* da cidade. Os detalhes da pintura quase de tamanho real eram reveladores; abarrotada de pessoas da cidade bem-vestidas, benfeitores em uma visita, a ordem era evidente em toda a parte, apesar de um gato e um cachorro procurando briga no primeiro plano. A sala era disposta com camas para os doentes como nos hospitais atuais, e um monge corpulento observava com ar entediado enquanto ouvia a confissão de um paciente. O lugar era movimentado: médicos examinavam um frasco de urina enquanto uma enfermeira, de branco, cuidava de um homem idoso agitado deitado em uma maca, com os braços para cima. À direita, carregadores traziam um ferido e, no centro, entre a nobreza que falava entre si, um homem seminu estava tendo os pés lavados e enxugados.

Mas o que realmente chamou minha atenção foi que esse homem tinha um talho profundo, mas de contornos muito precisos, em sua coxa; o corte era meticulosamente desenhado. Olhei com curiosidade para a ferida aberta, levantei a mão junto dela para avaliar a dimensão e a medi em minha própria perna. Tinha uns bons quinze centímetros de comprimento, mas o homem não demonstrava nenhum sinal de dor – licença artística, sem dúvida. Uma senhora simpática de Munique, que viu meu olhar espantado, me disse que o paciente estava sendo preparado para cirurgia. A notícia me deixou muito aliviado.

Quando voltei para a Piazza del Duomo [Praça da Catedral], com o sol agora alto no céu da manhã, fiquei ofuscado pelo brilho branco grandioso da fachada de Santa Maria Assunta. Ponto focal da piedade de Siena, a Catedral é construída no local mais alto da cidade; essa construção impressionante, com a frente em faixas alternadas de mármore preto e branco, reflete as cores heráldicas de

Siena. Foi deliberadamente projetado para brilhar como um sinal para toda a cristandade da lealdade de Siena à Mãe Santíssima.

Mostrei meu Passaporte do Peregrino na porta e fui conduzido a um mundo de faz de conta: um enorme salão de beleza estonteante que era quase rico demais para ser contemplado. Desde os altos tetos abobadados azuis que reluziam com estrelas douradas, qualquer canto que eu olhasse era mármore fino polido, dourados brilhantes, estátuas aristocráticas, esculturas nobres e formas primorosas que incluíam obras de artistas como Donatello, Bernini e Michelangelo – um teatro eclesiástico de escala grandiosa.

Aglomerando-se em meio a esse testamento magnífico da arte medieval estava uma multidão boquiaberta e de olhos arregalados, que havia, como no passado, viajado do mundo todo para se maravilhar com aquela visão incrível; as mulheres envolviam-se em xales que pairavam em torno delas como rastros fantasmagóricos de vapor. Como espectador daquele show religioso de vertiginoso excesso em que a humildade tinha sido rigorosamente varrida de lado, eu me senti estranhamente deslocado. Vi-me tomado de repente por um sentimento inquietante de que, com muita probabilidade, a cena diante de mim havia "sempre sido assim", incluindo os argutos moradores locais sacudindo seus lucros com alegria do lado de fora na forma de bugigangas e lembrancinhas à venda. Quando saí, pensei comigo mesmo que a peregrinação em Siena continua sendo boa para os negócios, independentemente de o visitante de hoje ser mais o turista que vai para olhar do que o peregrino que vai para cultuar.

Na Piazza mais uma vez, admirei a notável fachada ocidental de Giovanni Pisano. Combinando elementos góticos, romanescos e clássicos em uma mistura de colunas, esculturas, pináculos, adornos e mosaicos, ela é, ao mesmo tempo, condescendente e bela, o epítome do talento artístico italiano.

Em 1294, Florença começou a construir a icônica Catedral de Santa Maria del Fiore em uma escala que iria sobrepujar Santa

Maria Assunta. As autoridades de Siena, percebendo isso, iniciaram uma reforma de tal magnitude e escala que tornasse sua Catedral a maior catedral do mundo. Construção verdadeiramente digna da Virgem, ele eclipsaria a Basílica de Santa Sofia de Constantinopla e se elevaria acima de São Pedro – tão ilimitada era a ambição de Siena. A nova construção asseguraria, claro, que todo o importante comércio de peregrinos, do qual Siena dependia, não se desviasse para outro lugar.

As obras começaram em 1337. No entanto, dez anos depois, em outubro de 1347, uma pequena frota de mercadores genoveses estava voltando das costas da Crimeia, no mar Negro, trazendo carga da Rota da Seda. Quando os navios alcançaram a Sicília, a maior parte da tripulação estava morta ou extremamente doente. A Peste Negra tinha chegado à Itália.

A Grande Pestilência, como era chamada, propagou-se pela Europa nos dois anos seguintes como fogo em capim seco; catastrófico, seu avanço voraz atingiu não só o coração de todas as famílias, mas o tecido da própria sociedade. Nada jamais voltaria a ser como antes.

Para se ter uma ideia de dimensão, o número conjunto de mortes na Primeira e na Segunda Guerra Mundial foi de cerca de 76 milhões de pessoas. Calcula-se que a Peste Negra tenha matado 200 milhões de pessoas no século XIV – metade do mundo conhecido.

Siena foi atingida com particular violência; os peregrinos, sua principal fonte de renda, deixaram de vir e logo o dinheiro acabou. De uma população próxima de 100 mil habitantes, apenas cerca de 10 mil sobreviveram. Muitos fugiram, mas a maior parte morreu. O estado de direito desmoronou, o clero abandonou suas comunidades e, depois disso, a autoridade da Igreja foi amplamente contestada.

Agnolo di Tura del Grasso, o Gordo, escreveu em seus diários sobre esse capítulo desesperador da história da cidade: "Pai abandonava filho; a esposa, o marido; um irmão, o outro; pois essa doença parecia atacar pela respiração e pela visão. E assim eles morriam. E ninguém era encontrado para enterrar os mortos, por dinheiro ou amizade. Os membros de uma família traziam seus mortos para uma vala do melhor jeito que podiam, sem padre, sem os ofícios divinos. Nem os sinos [da morte] soavam. E, em muitos lugares em Siena, grandes buracos eram cavados e enchidos com a multidão de mortos... e eu, Agnolo di Tura, chamado o Gordo, enterrei meus cinco filhos com minhas próprias mãos. E havia também aqueles que eram tão mal cobertos de terra que os cachorros os arrastavam para fora e devoravam muitos corpos pela cidade".

A Catedral mantém-se como um macabro testamento daquele ano terrível. Ela permanece incompleta. A nave de hoje deveria ser o transepto de amanhã e os arcos inacabados que se estendem para a direita são testemunhas do fracasso do sonho de Siena. Levaria até o século XX para que o tamanho da população da cidade fosse recuperado.

A Peste Negra talvez tenha sido o primeiro prego no caixão da República. Florença, por força de sua posição, prosperou. Foi só uma questão de tempo até que sua rival menor fosse sobrepujada e acabasse caindo. Pois, enquanto Florença abraçava o Renascimento com toda a sua pujança, Siena permaneceu fechada nas sombras da Idade Média.

243 quilômetros para Roma.

21

De Monteroni d'Arbia e San Quirico a Radicofani

> *A região é agreste e solitária: o clima impiedoso... quando o trigo amadurece e a alfafa é cortada, os últimos trechos de verde desaparecem da paisagem. Todo o vale torna-se da cor do pó – uma terra sem compaixão, sem sombra.*
>
> Iris Origo, War in Val d'Orcia, 1947

Saí de Siena pela Porta Romana. Uma vez mais, a Toscana, um tapete de amarelo pós-colheita, estendeu-se ardente diante de mim. Eu estava indo para uma terra que já havia sido descrita como "árida e sem cor como o dorso de elefantes" – a *Crete Senesi*.

Não havia avançado muito pela estrada quando uma voz grossa soou atrás de mim.

– Ei, inglês! – Domingo, sem eu saber, tinha estado em Siena ao mesmo tempo que eu, com LN, que, ainda não totalmente recuperada, seguia separadamente de ônibus para Radicofani.

Como irmãos que não se viam há muito tempo, nós nos cumprimentamos com braços abertos – era como se nunca tivéssemos nos separado. No entanto, a alegria do encontro passou depressa, quando a expressão de Domingo endureceu. Carregando peso demais, como ele próprio admitiu, Domingo estava esgotado – a viagem tinha cobrado seu preço e ele agora trazia uma grande faixa elástica enrolada no joelho esquerdo.

– Eu tive uma queda feia em uma margem de estrada – ele contou, dando de ombros. Aquela manhã tranquila na Suíça agora parecia muito distante, pois frustração e raiva pareciam exalar de cada poro do corpo de meu amigo espanhol. – Detesto este lugar – ele desabafou enquanto tomávamos café em Isola d'Arbia, olhando à sua volta.

Eu o encarei com espanto.

– A Toscana?

– Para mim, é uma penitência – ele sacudiu a cabeça –, todos esses ciprestes em toda parte representam morte. Morte! No lugar de onde eu vim, eles ficam nas margens dos caminhos para o cemitério. Estou tão deprimido com esta Via Francigena. Essas últimas semanas têm sido tão difíceis para a minha cabeça, colega.

Desde que nos separamos, a solidão e a monotonia dos arrozais tinham de fato sido árduas para ele, ainda mais machucado. Mas não ajudava em nada em sua situação sua determinação de, na Itália, fazer o caminho até Roma seguindo apenas as marcas de referência, sem mapas. Com partes da Via Francigena agora cheias de sinais constantes e frequentemente confusos de associações de caminhada rivais, Domingo se arriscava a se extraviar pelo interior do país, aumentando ainda mais seus problemas.

Eu estava prestes a me derramar em expressões de compreensão na tentativa inútil de levantar o espírito de meu companheiro quando, na hora exata, duas moças surgiram para me salvar. Peregrinas a julgar por suas mochilas e roupas, na frente vinha Carmen, miúda, morena e exuberante, e atrás seguia Josephine, quase uma amazona, carregando um grande galho como bastão, com ramos e folhas, para completar sua aparência de mãe-terra. Josephine estava integrada com a natureza, sua cabeça quase inteiramente envolvida por uma enorme massa de cabelos brancos que pareciam se mover com vontade própria enquanto ela caminhava e lhe davam um ar de uma grandiosa ave ornamental. Se ela podia ou não enxergar através deles era uma questão controversa e talvez fosse por isso que Carmen andava na frente o tempo todo.

Josephine estava vestida para ter conforto, com sandálias e um biquíni relativamente justo, que eu tenho certeza que era prático, mas um pouco desconcertante quando ela se sentou. Esse conjunto um tanto surpreendente só acrescentava efeito à entrada bastante impactante das duas, que, sem o menor constrangimento, acomodaram-se à nossa mesa. Aquilo estava totalmente de acordo com a alegre dupla que, pelo que eu soube, tinha partido de Dijon com o único propósito de flutuar até Assis em uma nuvem de providência divina. O bem e a beleza, elas estavam convencidas, cercavam-nas em todas as suas manifestações gloriosas e diversas.

Como Domingo, elas também haviam decidido caminhar sem mapas – exceto que, em seu caso, elas tinham a certeza de que viajavam com a ajuda de anjos. Terem chegado até ali, acreditavam, era prova de que Deus era realmente o seu guia. Loucura total, foi minha reação inicial a isso, mas então, dadas minhas próprias experiências recentes e o fato inegável de que a dupla estava a apenas 120 quilômetros de seu destino, sua teoria, poderíamos dizer, tinha algum peso.

O alegre par, com seu senso de humor travesso e entusiasmo contagiante, emanava uma atmosfera de paz e serenidade. Em sua companhia revigorante, Domingo relaxou e recuperou um pouco da velha forma. Então, apareceu sobre a mesa uma sacola de pano cheia de penas.

– O que é isso? – perguntei.

– São penas de anjos, deixadas em nossa trilha para marcar o caminho – disse Josephine. Quase para provar, ela foi tirando uma a uma, como delicadas cartas brancas em um jogo de paciência. Observei a brisa agitar gentilmente a pluma felpuda nas extremidades das penas enquanto Josephine nos contava onde cada uma delas tinha sido encontrada. Ela insistiu que Domingo e eu ficássemos, cada um, com uma pena para nos proteger nos dias finais até Roma. Eu sorri, mas recusei com a desculpa de que realmente precisava ir.

– Tenho de encontrar amigos para o almoço perto do lugar onde vou passar a noite.

– Encontrar amigos para o almoço? – Domingo se animou. – Então agora é almoço, não é? Ah, essas moças que almoçam! Vamos lá, quem é? Não, nem me diga, conhecendo você deve ser um duque e uma duquesa.

– Bem, não exatamente – respondi, um pouco acanhado –, mas, já que você pergunta, são um conde e uma condessa.

Acho que alguns *croissants* de amêndoas foram jogados em minha direção. Bati rapidamente em retirada por um declive no terreno, gritando sobre o ombro que tinha sido um prazer conhecer Josephine e Carmen, desejando-lhes boa sorte, enquanto lembrava a Domingo que seu hálito ainda cheirava e que eu o veria na próxima noite em San Quirico.

Não é todo dia que se tem de atravessar por dentro de um rio para almoçar, mas foi o que aconteceu quando cheguei ao tranquilo Arbia e pisei na sequência de pedras errada. Caminhei pelos campos os oitocentos metros restantes até o Castello di San Fabiano com minhas botas encharcadas, deixando boa parte do trajeto marcado por uma trilha de pingos.

O Castello, uma enorme torre de tijolos vermelhos construída no século XIII, é um lugar encantador de beleza arcádica. Situa-se em colinas suaves em meio a carvalhos e pinheiros, em uma extensa propriedade no centro de um labirinto de caminhos de cascalho margeados de limoeiros e arbustos de lavanda.

Quando me aproximei, notei dois cachorros abrigando-se do calor sob arbustos de espirradeira. Mesmo a duzentos metros de distância, pude ver suas orelhas ficando em pé. Comecei a me perguntar como pediria a anfitriões que eu ainda nem conhecia que chamassem seus animais. Depois comecei a temer que, como o lugar era enorme, talvez eles nem percebessem que seu hóspede estava atrasado até que o suflê de queijo passasse do ponto.

"Querida, você prendeu os cachorros?"

"Não, querido, pensei que você tivesse prendido", a resposta da condessa.

Uma pausa.

"Oh..."

Mas eu não precisava ter me preocupado. Preparei o bastão, mas não houve nenhum ataque de dentes arreganhados com uma fúria de rosnados assassinos; um deles olhou em minha direção enquanto o outro se levantava lentamente e ziguezagueava meio cambaleante pelo pátio para inspecionar. Houve um latido baboso e, sentindo pouco perigo, ele grunhiu e voltou para o conforto e a quietude da sombra.

Toquei a campainha. Nada. Experimentei a porta. Trancada. Toquei de novo. Ainda nada. Quando eu estava juntando coragem para tocar pela terceira vez, ouvi passos correndo escada abaixo e a porta se abriu. Alto, refinado, com uma beleza de traços fortes, cabelos grisalhos curtos e uma tranquilidade natural, o sorridente conde Andrea Fiorentini me fez entrar. Mesmo com um começo de barba deixado deliberadamente por fazer, ele era nobre em cada centímetro. Pedi desculpas pelo atraso, mas expliquei que havia caído no rio no caminho.

Ele deu uma olhada em meu estado gotejante e concordou depressa que um banho de chuveiro e uma troca de roupa seriam a melhor coisa a ser feita.

Originalmente construído para defesa, tudo em San Fabiano acontece nos andares superiores. Fui conduzido para cima por intermináveis lances de escada decorados com esculturas, retratos, bandeiras e brasões, por corredores amplos enfeitados com escudos, alabardas e espadas até, por fim, chegar ao meu quarto.

Recuperado e parecendo vagamente civilizado, desci novamente as escadas. Quando virei uma esquina, um cão enorme, meio collie, mas mais lobo, veio ribombante pelo corredor em minha direção. Sem meu bastão e em um lugar confinado, eu estava sem defesa e com pouco espaço de manobra. Encolhi-me, temendo pelo pior, mas, bem quando o monstro peludo estava prestes a se lançar contra mim, ele diminuiu o passo, abanou a cauda e, dando um pulo, lambeu meu rosto. Aliviado, eu não me incomodei muito de ser entregue na sala de estar recurvado, com o braço na boca canina.

– Olá – anunciei, olhando para todos de minha posição humilde como Quasímodo recém-saído de seu campanário.

– Oh, Fez! – Beatrice, esposa de Andrea, gritou – Solte Harry, por favor! Eu sinto muito, nós o trouxemos como cão de guarda, mas ele é mais como um gatinho. – Mas um bem grande, pensei comigo mesmo, enquanto ele ocupava a maior parte do amplo sofá ao lado de sua dona. A condessa, com longos cabelos soltos e um bonito vestido de algodão, era o *glamour* personificado. Ela exalava a magia e a sensualidade de uma estrela de cinema dos anos 1950. Uma única palavra pronunciada em seu doce sotaque inglês e era impossível não cair sob seu feitiço.

A sala de estar elegante estava em semipenumbra, com os toldos abaixados no terraço para proteger da temperatura elevada lá fora. Éramos cinco, o conde e a condessa, seu cunhado Jonathan que morava com a esposa nas proximidades e um amigo londrino, Tim, em visita.

Andrea me serviu um *dry martini*. Era estranho segurar a delicada taça de coquetel pela haste em vez de agarrá-la brutalmente pelo meio como eu tinha me acostumado a fazer nos últimos tempos com canecas, copos e garrafas de água. Era como uma libertação temporária, um vislumbre tentador de um mundo perdido para mim meses antes, que eu recuperaria em poucos dias. A conversa era sobre Londres. A grande cidade, que estivera tão distante naqueles meses, agora parecia estar logo virando a esquina. Mesmo naquela distância, era impossível escapar de seu alcance. Uma batida à porta e a empregada apareceu para anunciar o almoço.

A sala de jantar não era grandiosa; na verdade, com o piso de lajotas e paredes ocre, tinha a simplicidade de um refeitório. Quando nos sentamos, Andrea explicou que foi "nesta mesa que *Il Duce* negociou a Concordata com o papa no final da década de 1920, levando à criação da Cidade do Vaticano como a conhecemos hoje". Lembrei da minha conversa com Richard em San Leolino algumas noites antes.

Talvez fosse adequado a família ser proprietária do lugar agora. Em 1919, os Fiorentini estabeleceram uma empresa para importar e distribuir material de construção, mas, quando o Partido Nacional Fascista de Mussolini assumiu o controle da Itália, a importação de bens foi restrita, quando não totalmente proibida, a fim de revitalizar a economia frágil e gerar trabalho para os desempregados. A empresa fez uma transição inteligente para a fabricação de tratores, retroescavadeiras, motoniveladoras e outras máquinas pesadas – em suma, as ferramentas de que Mussolini precisava para dar vida à sua visão de uma "nova República". No centro desse sonho, tanto física como espiritualmente, estava uma Roma que seria construída para ser uma herdeira digna de seu ancestral imperial. Seria motivo de inveja para o mundo.

Ao longo desse programa ambicioso, foram as máquinas dos Fiorentini que lideraram os esforços enquanto os planos grandiosos de *Il Duce* secavam pântanos, construíam autopistas e derrubavam prédios velhos para dar lugar a bulevares imponentes como a Via della Conciliazione; os contratos para tudo isso foram assinados na mesa onde eu estava prestes a almoçar.

Durante a sopa, Andrea começou a contar como, na Idade Média, os peregrinos da Via Francigena eram considerados um bem valioso, já que, por causa da extensão de sua viagem, carregavam muito dinheiro consigo, geralmente na forma de moedas. Enquanto ele explicava isso, não pude deixar de sorrir comigo mesmo porque, naquela manhã, eu havia sacado os últimos centavos de minha conta bancária. Sem nada mais para chamar de meu, "valioso" era a última palavra que alguém poderia usar para me descrever.

– ... o que, claro, era uma das fontes de renda da população de Siena. Os peregrinos e as pessoas em geral em trânsito pelo país eram incentivados a usar os serviços bancários proporcionados pelo Monte dei Paschi di Siena, que, como vocês devem estar lembrados, é o mais antigo banco do mundo ainda em funcionamento. – Todos balançaram a cabeça coletivamente em uma bem-informada concordância. Na ocasião, aquilo era uma novidade para mim, mas balancei a cabeça mesmo assim. – Você podia depositar seu dinheiro em Siena, completar a distância até Roma e, na chegada, apresentar sua carta de crédito e receber os fundos de volta. Era, como vocês dizem, um esquema "*win-win*" para o banco, ganhos garantidos – o conde falava com prazer –, porque diz a lenda que Siena controlava os salteadores que atuavam nas colinas em torno de Radicofani, de modo que, se seu dinheiro não fosse pego pelo banco, eles o receberiam de qualquer modo por intermédio dos ladrões.

– Você deve estar se referindo à *Banda dei Quattro* – eu disse, pensando no Robin Hood da Itália, Ghino di Tacco, que, com seu pai, o tio e o irmão mais novo, foi para as colinas e se lançou em uma vida de crimes por causa dos impostos excessivos cobrados pelas autoridades da Igreja de Siena. Ele acabou se estabelecendo no castelo de Radicofani. Seus métodos, embora não propriamente admiráveis, eram novos: estudantes e pobres tinham passagem livre, enquanto todos os outros eram revistados, aliviados da maior parte de seus bens de valor, alimentados e enviados de volta ao seu caminho com o suficiente para se manter.

Ghino vingou a execução de seu pai de forma dramática, quando entrou no Tribunal Papal em Roma à frente de quatrocentos homens carregando uma lança de madeira. Lá, decapitou sumariamente o juiz Benincasa, que havia sentenciado seu pai à morte em Siena anos antes, enfiou a cabeça na lança e levou-a de volta a Radicofani, onde a expôs na torre para que todos vissem.

Em uma reviravolta inesperada, a roda da fortuna virou a favor de Ghino quando ele capturou o abade de Cluny que, voltando para a França, resolveu parar em um balneário próximo para se curar de uma indigestão de que estava sofrendo depois dos excessos em Roma. Ghino trancou o desafortunado clérigo em sua fortaleza e o alimentou com uma dieta improvável de pão, lentilhas e vinho de San Gimignano. Estranhamente, isso parece ter tido o efeito desejado. O abade ficou tão impressionado que pediu que o papa Bonifácio perdoasse o bandido. O pontífice não só concordou, como ainda o nomeou Cavaleiro de São João e fez dele prior do Ospedale di Santo Spirito em Roma.

Mas o conde me corrigiu. Ghino tinha nascido duzentos anos antes da fundação do banco Monte dei Paschi di Siena no final do século XV.

– Mas é uma terra de ninguém que a Via Cassia percorre até Radicofani. Sempre foi... – ele acrescentou, passando um prato de queijo.

Nós nos reunimos para jantar no alpendre; as altas temperaturas do dia haviam se amenizado e a noite estava banhada por um calor suave, como cinzas em um fogo embalando a noite até a manhã. A Toscana parecia estar disposta em fileiras ordenadas de trigo e videiras em todas as direções, e, onde não estava, o caos verde desgovernado de bosques antigos dava um equilíbrio perfeito à ordem que reinava nos campos abaixo. O conde me recebeu com um aperitivo contendo um líquido marrom de aparência neutra, que, na garrafa errada, poderia ser confundido com óleo de motor. Uma dose do *nocino*, ou licor de nozes, feito em casa poderia mandar um foguete para a Lua. Os ingredientes eram muito simples, o conde explicou.

– Você pega umas vinte, trinta nozes verdes, na casca, acrescenta cravo, canela, casca de limão, açúcar e água. Temos uma tradição aqui, não sei por que, de colher as nozes à noite do dia de São João, 24 de junho, e fazer o licor na mesma noite.

Tomei um gole de meu copo. Era delicioso, mas eu cuspi assim que ele atingiu o fundo de minha garganta, como se tivesse sido involuntariamente lançado através da barreira do som.

Como se de repente se lembrasse, Andrea acrescentou:

– Ah, eu mencionei o litro de álcool puro também?

– Não – grunhi de volta. – Isso é 95 por cento, não é?

– Ahn, não exatamente – erguendo um dedo para dar ênfase –, para ser preciso, é 96 por cento...

Beatrice apareceu em um kaftan esvoaçante. Ela estava animada com a perspectiva do retorno de dois de seus filhos, que voltavam de carro da Baía de Nápoles, onde estiveram velejando.

Os rapazes, simpáticos, bem-humorados e cheios de entusiasmo, apareceram pouco depois e não levou muito tempo para que estivéssemos fazendo novos ataques felizes ao *nocino*. A atmosfera era deliciosamente tranquila; a lua lançava sua luz prateada sobre a escuridão solene, os grilos cantavam enquanto os sapos resmungavam e gemiam e, de tempos em tempos, o guincho de uma coruja cortava a noite. Se eu não tivesse o chamado de Roma ecoando em minha cabeça todas as noites desde o início de maio, poderíamos facilmente ter conversado durante horas até o amanhecer, tal era a companhia com quem eu tinha o prazer de estar.

De manhã, Andrea e Beatrice fizeram questão de se despedir de mim, apesar do inconveniente horário de cinco da manhã. Nós nos abraçamos, beijamos e Fez pulou. Saí pela porta, seguindo direto caminho abaixo e para dentro dos campos. Não ousei olhar para trás, de tão dolorosa que a despedida foi para mim.

Nesse aspecto, esses dias foram difíceis, ao mesmo tempo carregados de grande euforia e profunda melancolia. Durante meses, se não anos, eu praticamente não tinha pensado em outra coisa além de chegar a Roma. Agora que a meta estava quase ao meu alcance, tudo que eu queria fazer era saborear cada um dos últimos minutos da viagem antes que muito rapidamente, como grãos de areia entre os dedos, eles fossem perdidos por toda a eternidade. Para nunca mais serem substituídos.

Não muito depois de eu ter deixado San Fabiano, encontrei Carmen e Josephine seguindo na direção oposta.

– Vocês não estão indo para o lado errado? – perguntei.

– Não – Josephine respondeu, mostrando-me o ponto de referência em um guia já muito usado que elas haviam identificado corretamente, mas interpretado totalmente errado.

– Vocês deviam ir para leste, não para o norte.

– Mas nós estamos... – ela insistiu.

– Não podem estar – eu falei –, olhem para o sol.

– Mas o guia diz... – Josephine estava irredutível.

– Sim – eu disse, estudando o guia –, aqui diz realmente que o ponto de referência é o campo de futebol, mas vocês entenderam do lado errado.

– Não é possível.

– Veja – eu procurei minha bússola, pela segunda vez em que a usava em minha viagem inteira –, o norte está atrás de mim... a direção que vocês estão seguindo agora. – A agulha reluzente apontava decidida sobre meu ombro na direção em que elas estavam indo.

Josephine olhou para Carmen, que observava com um grau de desinteresse. Elas levantaram os ombros uma para a outra.

– Mas o guia...

– ... está correto. Vocês que seguiram para o lado errado.

Outra olhada para Carmen. Outro dar de ombros. Ela olhou de novo para a página desbotada quase como se tivesse sido traída. Observei as análises. Um "Ah!" coletivo como Arquimedes em seu banho e a dupla declarou que eu era um anjo e se pôs a caminho outra vez, mas agora na direção certa.

– Posso sugerir que vocês comprem um mapa? – gritei atrás delas. Foi a última vez que as vi.

Levei um século para chegar à bonita cidadezinha de San Quirico naquela tarde porque o ar estava abafado e parado, a Itália ainda nas garras de uma tórrida onda de calor. Quando finalmente cheguei, depois de uma árdua subida por uma encosta sem fim, dei de cara com uma grande movimentação; uma multidão bloqueava a rua do lado de fora da igreja – estava acontecendo um funeral. Fui passando pelo meio do ajuntamento de gente até o *ostello* escondido nos fundos de uma rua lateral; com seus prédios de arenito e ruas sinuosas, o lugar me fez lembrar os Cotswolds. Ali, desabado sobre sua mochila, coberto de suor e parecendo muito insatisfeito consigo mesmo, estava Domingo, junto com mais dois jovens peregrinos igualmente abatidos e exaustos.

– Conseguiu chegar – disse ele, mal olhando para mim.

– É – foi tudo que tive energia suficiente para murmurar, pegando as alças em meu ombro para aquele momento tão esperado em que poderia finalmente me livrar do peso da mochila. Joguei a carga no chão e procurei de imediato minha garrafa de água.

– O que estão esperando? Por que não podemos entrar?

– O padre mandou esperarmos aqui.

Ao que eu respondi, muito direto, em palavras curtas facilmente compreensíveis no idioma internacional, que não estava com humor para ser tratado como uma criança. Claro que meu estado não tinha absolutamente nada a ver com as copiosas quantidades de licor de noz consumidas na noite anterior. Mas como eu ia saber que os dois tão jovens rapazes sentados com Domingo e testemunhas de meu desabafo explosivo eram párocos da Polônia?

Kuba e Adam estavam em seus últimos meses de treinamento no Seminário Católico em Cracóvia. Não só tinham rosto angelical, como eram angelicais em caráter também. Daquele momento em diante, seus rostos sempre sorridentes seriam uma fonte constante de conforto e alegria cada vez que surgiam em uma esquina ou apareciam à vista pelo resto da estrada para Roma. Eles estavam aliviados, como soube mais tarde, por caminhar na Itália. Se tivessem tentado uma viagem similar em seu país, teriam de fazer isso com a batina completa, além da mochila. Ali, estavam "à paisana" e tão sujos e malcheirosos quanto o resto de nós.

Foi Kuba que me encontrou fazendo hora com uma cerveja do lado de fora de um bar.

– Don Gianni mandou nos chamar.

Don Gianni, com pouco menos de quarenta anos de idade, era um homem grande. Era raro encontrar um padre tão relativamente jovem. Ele era muito carismático e claramente muito amado por seus paroquianos mais velhos. Para todo lugar onde ia, um buldogue curioso e farejador, Diego, o seguia. Fomos chamados ao seu escritório e nos sentamos em cadeiras dispostas em torno de sua mesa. O tom dele era objetivo e seus modos disciplinados de fornecer informações me lembraram imediatamente das sessões de instruções antes de embarcar para operações no Exército.

Com muita seriedade e grande detalhamento, como um general enviando seus homens para o combate, ele nos explicou todos os estágios da rota até Radicofani, incluindo a crucial última oficina onde poderíamos descansar e completar nossas garrafas de água antes da subida final de nove quilômetros até o topo.

– Não peguem o caminho com os sinais – ele avisou. – Ele acrescentará cinco, talvez oito quilômetros à sua viagem e, com essa temperatura, vocês vão morrer.

Unindo as mãos confortavelmente sobre a barriga, ele nos olhou nos olhos e resumiu:

– Cavalheiros, vocês têm um longo dia pela frente amanhã.

Radicofani
...a distância, o contorno inconfundível de Radicofani
erguia-se ameaçador...

Precisarão sair cedo, porque, nas colinas, haverá apenas vocês, o calor e Deus. Na verdade, às vezes, não tenho certeza nem se Deus está lá.

    O ar estava fresco e agradável na manhã seguinte e, exceto por um ocasional cachorro latindo, uma lebre passando apressada ou uma marta intrigada em um pinheiro, tudo era silêncio quando deixei San Quirico. Parei em Vignoni Alto e olhei para o profundo vale do Orcia lá embaixo. O sol subia no horizonte e a paisagem estava envolta na reconfortante suavidade do amanhecer. Imediatamente abaixo, a encosta era cravejada de ciprestes e pontilhada de trechos de bosque. Mas, na distância, o contorno inconfundível de Radicofani erguia-se ameaçador. No cume de sua montanha, parecia uma vasilha virada de cabeça para baixo, mas, mesmo a 32 quilômetros de distância, era possível distinguir com clareza a sinistra silhueta preta da torre de vigia. Depois do rio, no entanto, não havia nada; nem uma casa, nem uma árvore – apenas a paisagem implacável partida em dois pela impassível Via Cassia dirigindo-se ao sul para Roma.

    Kuba e Adam me alcançaram na oficina, a última parada duas horas antes do topo. Domingo, sendo espanhol, não era muito fã de partidas na madrugada. Ele estaria se debatendo em algum lugar por aí no calor do dia quilômetros atrás. Não falamos muito, sabendo que devíamos poupar energia para o que viria a seguir. Normalmente, eu teria parado e esperado, mas estava no embalo. Se parasse, corria o risco de perder o pique e as pernas podiam começar a fraquejar. Além disso, não havia por que se demorar ali; o topo da montanha tinha de ser alcançado e nenhuma hora era melhor do que aquela para pôr mãos à obra.

    Vendo-me diante de uma subida íngreme, e para acabar com aquilo o mais rápido e menos dolorosamente possível, não me incomodo em admitir que peguei meu iPod, selecionei *The Best Disco*

Album in the World... Ever e pus os fones de ouvido. Envolto em meu próprio pequeno mundo de purpurina e glamour do final da década de 1970, embalado por Chaka Khan, Village People, Diana Ross e Rose Royce, despudoradamente sacudi o corpo, entrei no ritmo e dancei até o topo. Não parei nenhuma vez.

164 quilômetros para Roma.

22

De Radicofani a La Storta

> *Somos os Peregrinos, mestre; temos de ir*
> *Sempre um pouco mais além...*
>
> James Elroy Flecker, *The Golden Road to Samarkand* [A estrada dourada para Samarcanda], 1913

O barulho de Domingo acordou todos nós quando ele finalmente chegou ao Ospedale di San Pietro e Giacomo em Radicofani no fim da tarde de 1º de agosto.

Descanso agora estava fora de questão. Decidi subir até a fortaleza; ela havia sido, afinal, o foco de minhas atenções há algum tempo. Dentro da grande torre, subi a escada escura até o alto. Havia uma brisa agradável. Lá embaixo, eu ouvia as pessoas na cidade, *jazz* em um rádio e, em algum lugar a distância, os lamentos laboriosos de um trator arando os campos. Parei e refleti sobre o trajeto dos dois últimos dias, olhando sobre as ameias para o antigo feudo de Ghino di Tacco. A terra parecia banhada naquela névoa azulada de alto verão; segui com o olhar meu progresso desde a distante Siena, agora apenas uma mancha no horizonte ao norte. Para o sul, Roma ainda continuava sedutoramente fora do alcance, em algum lugar além do lago di Bolsena.

Enquanto eu observava as colinas e os bosques à minha volta, não eram pensamentos de bandidos galantes do século XIII que capturavam minha imaginação, mas acontecimentos de 22 de junho de 1944 – quando "as granadas caíam o tempo todo... E os aviões voavam sobre nossas cabeças" –, a data em que a brutalidade cruel da guerra finalmente despencou com todo o seu horror sobre Iris Origo, marquesa do Vale de Orcia. Ela foi uma mulher notável com espírito altruísta que, junto ao marido, Antonio, restaurou amorosamente a propriedade em La Foce. A partir de 1943, o lugar tornou-se um esconderijo para crianças, famílias e outros menos afortunados que fugiam das desgraças do conflito. O cenário austero que há dias havia me preocupado agora parecia sereno, calmo e pacífico ao sol de fim de tarde. Era impossível acreditar que, setenta anos antes, ele havia testemunhado caos, morte e destruição de uma magnitude que, felizmente, relativamente poucos de nós hoje em dia temos a infelicidade de experimentar.

Em seus encantadores diários, *War in Val d'Orcia*, Iris registrou como, pegos em meio ao caos de uma retirada nazista em grande escala e da intensidade do avanço dos Aliados, um oficial alemão disse-lhes que se ela e o marido partissem imediatamente "talvez conseguissem sair do alcance...". Alertados de que deveriam manter-se no meio das estradas para evitar minas e dispersar-se se os caças os confundissem com soldados, eles tiveram pouco tempo para avaliar suas opções. E assim, em um ato de grande coragem, o casal reuniu as sessenta pessoas que haviam se refugiado em suas instalações, incluindo quatro bebês e 28 crianças, e, com frequência sob bombardeio de artilharia contínuo, partiram "em uma longa fila sinuosa, com as crianças agarradas em nossas saias, meio andando, meio correndo... pela estrada de Chiancino". No final daquele dia terrível, tendo conseguido chegar a Montepulciano, a marquesa escreveu apenas: "Deixamos para trás tudo que tínhamos, mas nunca em minha vida eu me senti tão rica e agradecida como ao olhar para todas essas crianças enquanto elas dormem. O que quer que possa acontecer amanhã, esta noite elas estão seguras!".

Voltei das ameias e encontrei todos sentados em fila preparando-se para o ritual noturno de lavagem dos pés, uma tradição diária em todas as hospedarias dirigidas pela Confraternita di San Jacopo di Compostella. Entrei também na fila. Elvia, uma cabeleireira aposentada, que, com seu marido, Alberto, ex-ferroviário, ambos de Veneza, eram os hospitalários voluntários naquela semana, vieram inspecionar.

– Pés de peregrino – ela disse, esfregando mãos macias por minhas solas calosas; ela mergulhou meus pés em uma bacia de água morna salgada, enrolou-os em uma toalha limpa, secou-os e beijou-os, enquanto Alberto me abençoava. Em qualquer outro lugar, aquela cerimônia íntima e simples poderia ter parecido absurda, mas, ali e naquele momento, só senti humildade e privilégio. Depois do dia que havíamos enfrentado, havia definitivamente uma qualidade de cura no costume, como uma parada espiritual, que nos deixou renovados e revigorados.

Quando fomos chamados à mesa para o jantar, Elena, a cozinheira, havia preparado um saudável banquete em grandes quantidades, que incluía tigelas fumegantes de minestrone caseiro e coxas de carneiro em um molho espesso e muitos legumes cozidos. Juntaram-se a nós um casal de convidados locais e dois peregrinos italianos de Montecatini: Pietro, um arquiteto, e Antonio, um profissional de telecomunicações aposentado com uma barba pequena e rabo de cavalo. Por duas semanas todos os anos, a dupla descia a Itália pela Via. Eles estavam agora no penúltimo trecho de sua viagem.

Com o cansaço dos últimos dias atrás de nós e a última grande subida antes de Roma já fora do caminho, havia uma distinta atmosfera de comemoração no ar. Não me lembro exatamente como o canto começou. A mesa ficou momentaneamente em silêncio e, então, todos os olhos se voltaram de repente para Alberto que, de cabeça raspada e bíceps avantajados, lançou-se no mais inesperado tenor. Sentado ereto, de braços estendidos, ele encheu a sala de música enquanto *O sole mio* se despejava dele com grande sentimento e emoção. Quando ele terminou, estávamos todos atordoados e, por um minuto, só piscamos e olhamos uns para os outros. Não demorou, no entanto, para que nos juntássemos a Alberto no *Coro dos escravos hebreus* de Verdi; ainda que não soubéssemos toda a letra, *la la la* era um ótimo substituto.

Foi Antonio, um bufão personificado, que instigou Domingo a participar. Incapaz de recusar uma chance de cantar, meu amigo da Pamplona das corridas de touros não se fez de rogado e cantou sua própria versão de *I, yi, yi, like you very much* de Carmen Miranda, que o levou a gingar pela sala como um urso dançarino, ao som de muitas palmas, vivas e assobios. As coisas pouco melhoraram quando a atenção se voltou para mim. Nunca deixo de me surpreender com quantas pessoas no mundo, e em torno da mesa naquela noite, sabem a letra de *Roll out the Barrel*; esse foi, tenho de confessar, o resumo deplorável de toda a minha lembrança musical naquela noite. Os últimos dias tinham sido longos.

Todos cansados, a festa acabou quase tão rapidamente quanto havia começado – para a maioria de nós, pelo menos. Cerca de uma hora mais tarde, deitado no dormitório, acordei com movimento no corredor; mas parecia um andar desajeitado e indeciso.

"*I, yi, yi, like you very much*", veio o sussurro cantarolado enquanto Domingo tentava entrar no quarto sem ser notado. Cambaleando no escuro, ele conseguiu segurar na escada de metal que o levaria para a cama de cima do beliche. "*I, yi, yi, like you very much*", um gemido longo enquanto a cama acima de mim balançava, depois tremia violentamente como um navio em mar revolto quando a força para compensar o desequilíbrio faltou a Domingo e ele caiu rudemente no chão. Uma pausa, seguida por certa quantidade de contorções, alguns ataques de risos mal contidos e o circo estava pronto para ser repetido, até que alguém jogou uma bota que se conectou com um baque gratificante. Silêncio.

Na manhã seguinte, depois das bênçãos para que eu soubesse distinguir o certo do errado e a invocação de Deus para me proteger no caminho, abracei Alberto, beijei Elena e Elvia, fiz minhas despedidas e, saindo ao sol matinal, deixei a Toscana para trás.

Seguindo a rota da antiga Via Cassia, hoje pouco mais do que uma trilha de terra descendo uma encosta estéril, eu me vi caminhando por um cenário evocativo onde não morava quase ninguém, exceto uma ocasional casa de fazenda aqui e ali e filas de carneiros seguindo obedientemente pelas colinas em direção ao Lácio. Era como a charneca de Northumberland.

A atmosfera de fim da jornada continuou em Aquapendente, onde cantamos e dançamos um pouco mais, dessa vez com uma tropa de escoteiros junto ao grupo, que dividia conosco o velho e amplo convento capuchinho no alto da cidade. O lugar era administrado por duas admiráveis freiras idosas, as irmãs Livia e Amelia, que não estavam nem um pouco incomodadas com o inesperado amontoado de vida e humanidade que havia descido de repente sobre sua existência ordeira. Sensatamente, elas recusaram nossos convites para que se juntassem à festa.

Em comparação, o *ostello* em Bolsena não era fácil nem óbvio de encontrar, o que era estranho, porque o endereço para as Suore del Santissimo Sacramento era preciso: Piazza Santa Cristina 4, na frente da basílica no centro da cidade. Mas não havia nenhum número 4, apenas uma série de lojas para turistas vendendo brinquedos infláveis de formatos estranhos para as crianças brincarem no lago. Nós seis contornamos a *piazza* duas vezes, com Domingo fazendo inúteis caretas de frustração. Nenhuma placa. Por fim, sugeri que perguntássemos no banco, um prédio moderno alto e comum na frente da igreja, com janelas opacas e uma fachada uniforme de bronze. A porta estava fechada, então toquei a campainha.

Depois de uma longa pausa, houve um barulho de passos distantes, uma chave virou e o rosto sorridente de uma Suor Stella surpreendentemente jovem nos fez entrar. Era moderno, espaçoso, um pouco como a sede de uma empresa multinacional. Concordamos que aquele era o *ostello* de aparência mais improvável em que já tínhamos ficado.

Após o almoço junto ao lago, nós nos aventuramos pelos corredores escuros da Basílica de Santa Cristina, nome de uma santa que foi martirizada por sua fé no século III. Entre outras penas, conta-se que Cristina de Bolsena teria sido pendurada em ganchos, colocada em uma fornalha, posta na roda, grelhada viva, afogada amarrada a uma pedra, alvejada por flechas e atacada por cobras. O instigador desses atos terríveis teria sido seu pai, um magistrado.

A basílica era um lugar movimentado, e isso não surpreendia porque foi ali, em 1263, que o mistério que está no cerne da fé católica foi revelado a um padre alemão. Pedro de Praga havia decidido fazer uma peregrinação a Roma para reafirmar sua fé e, mais importante, sua crença vacilante na transubstanciação, a transformação do pão e do vinho da Comunhão no corpo e sangue de Jesus Cristo. Ao chegar a Bolsena, Pedro rezou no túmulo de Santa Cristina e, depois, celebrou uma missa em frente a ele. Seguindo o ritual, no momento da consagração, quando ele segurou o pão sobre o cálice, gotas de sangue começaram a cair da hóstia, pingando no corporal, o tecido quadrado de linho branco sob o cálice. Pedro ficou tão impressionado que interrompeu a cerimônia de imediato, envolveu o cálice de prata no tecido e se retirou para a sacristia, derramando mais sangue pelo piso de mármore no caminho. O papa Urbano IV comoveu-se tanto ao saber do acontecido que muitos acreditam que isso o influenciou grandemente a instituir a Festa de Corpus Christi um ano depois para celebrar o Santíssimo Sacramento.

A explicação, no entanto, pode ser mais simples. Em 1819, um médico italiano, Vincenzo Sette, descobriu o "micróbio dos milagres" na polenta, que viria mais tarde a receber o nome de Micrococcus prodigiosus. Esse organismo microscópico, cujas colônias emitem um cheiro ruim, produz uma substância marrom-avermelhada não muito diferente do sangue em aparência. Há céticos que dizem que alguns clérigos astutos na Igreja Católica podem ter tido conhecimento do fenômeno muito antes; sabendo que a bactéria proliferava em hóstias úmidas, sugere-se que – Deus me perdoe – eles podem até ter forjado "sangramentos" para obter vantagens religiosas.

*

Não muito depois de San Antonio, a Via Cassia começava a subir suavemente, passando por olivais, carvalhos e campos de feno. Logo antes de uma curva fechada para a esquerda, notei uma placa sinalizando um cemitério da Commonwealth War Graves.

Segui a trilha até alcançar um promontório de frente para o lago di Bolsena. Esse local tranquilo tinha sido, no passado, o quartel avançado do marechal de campo Alexander depois da queda de Roma, em junho de 1944. Como devia ter sido movimentado setenta anos atrás. Jorge VI o visitou em agosto daquele ano, presenteando-o com nada menos que quatro Cruzes Vitória por bravura em ação. Mas, agora, era a última morada de seiscentos marinheiros, soldados e pilotos Aliados mortos na luta para libertar a Itália. No centro desse cenário lindamente bem-cuidado, os longos galhos de um carvalho balançavam com suavidade na brisa que soprava do lago. Apoiei minha mochila na sebe e caminhei entre as fileiras de túmulos: postos de Granadeiros, Coldstream e Guarda Escocesa alinhavam-se com seus colegas de armas indianos, canadenses, australianos, neozelandeses, sul-africanos e outros britânicos. Por algum tempo, não sei bem quanto, eu apenas fiquei sentado entre eles, em casa com os meus.

Montefiascone, alta na borda da cratera, é uma vista magnífica com seu contorno de cúpulas e torres. Para mim, enquanto subia a colina, qualquer ideia de magnificência acabou abruptamente depois de uma placa que anunciava cem quilômetros para Roma. O lar para a noite era uma garagem espaçosa ao lado de uma grande igreja, que era parte depósito, parte dormitório. Tinha portas que se abriam com largura suficiente para permitir a entrada de um caminhão pequeno. Adam e Kuba, os primeiros a chegar, arrumaram suas roupas de cama sobre dois colchões no chão, enquanto eu fiquei com uma cama de campanha, e Domingo, que, como de hábito, chegou por último, acabou em um sofá que não pareceria deslocado em um depósito de lixo público.

A sala tinha pilhas até o teto de caixas de leite longa vida, espaguete e biscoitos, todos carimbados em vermelho categórico "PARA AJUDA HUMANITÁRIA". Kuba e Adam disseram "não devemos" – no entanto, com biscoito em uma mão e uma caixa de leite na outra, eu anunciei que "devemos", e, nem bem entrou pela porta, Domingo estava de pleno acordo comigo.

Por algum tempo, ele e eu apenas comemos biscoitos e bebemos leite até que, no segundo pacote e na terceira caixa, começamos a sentir, com uma crescente sensação de náusea, que a novidade havia se esgotado, e passamos a contemplar com interesse o espaguete.

– Quanto dinheiro você tem? – Domingo perguntou de repente.

– Dez euros.

– Eu também... E vocês, garotos?

Somando os dois, Adam e Kuba tinham trinta, então logo concordamos que iríamos para a cidade comprar comida e cozinhar no fogareiro elétrico que havia sido atenciosamente providenciado.

Com um diâmetro de 27 metros, a cúpula da catedral de Montefiascone é uma das maiores da Itália; o costume ditava que precisávamos visitá-la. Mas, uma vez lá dentro, uma coisa estranha aconteceu; em vez de andarmos pelo local, Domingo e eu simplesmente nos sentamos. Por uns bons cinco minutos, ficamos olhando para a frente, imóveis.

– O que você está pensando? – perguntei.
– Nada, absolutamente nada.
– Eu também.
– Acho que estou com indigestão de igrejas.

Os entalhes barrocos, as maravilhas da arquitetura, já não nos atraíam muito. Estávamos esgotados de igrejas.

Então saímos, compramos algumas obrigatórias garrafas do vinho local, *Est! Est!! Est!!!*, e voltamos para nossa garagem. No estacionamento do lado de fora, montamos uma mesa usando alguns engradados e jantamos em família e ao ar livre, à luz dos postes de iluminação da rua. Foi Adam quem resumiu a noite perfeitamente quando declarou que, com toda aquela simplicidade e com as poucas preocupações que tínhamos no mundo, provavelmente éramos, naquele momento, as pessoas mais felizes da Terra. Ele estava certo e bebemos à nossa boa sorte uma vez mais.

Isto é, até a hora de ir dormir. Eu estava prestes a apagar a luz quando algo na tampa de vidro da lâmpada chamou minha atenção.

– Ah, meu Deus!
– O quê? – Domingo perguntou.

Apontei em silêncio. Um grande escorpião movia-se de um lado para outro na tampa diretamente acima de mim. Eu não podia matá-lo porque não tinha como alcançá-lo, e, além disso, Domingo opunha-se terminantemente a tirar a vida do escorpião. Eu lembrei a ele que tudo isso era muito bom, já que não era na cabeça dele que a criatura poderia aterrissar sem ser anunciada no meio da noite. Também era consenso na sala – ou seja, Kuba e Adam – que seria impossível dormir com as luzes acesas e não havia espaço, graças à comida empilhada à nossa volta, para eu mover a cama para fora do caminho. Domingo, então, pediu para olhar melhor. Ele subiu em uma cadeira e bateu no vidro com seu bastão. Ele bateu de novo, dessa vez com um pouco mais de energia.

– Cuidado – protestei, com receio de que o escorpião pudesse escapar; pelo menos, na situação atual, nós sabíamos onde ele estava.

– Ele está morto, seu inglês imbecil! – ele declarou, pulando de volta para o chão.

– Tem certeza?

– Claro que tenho certeza.

– Ele pode estar só dormindo – acrescentei – confortável e aquecido nessa luz.

– Tente fazer ele se mover, então. Ele foi frito!

Bati meu bastão no vidro. O escorpião de fato já tinha visto dias melhores. Fui para a cama muito quieto.

Nós nos separamos depois de Viterbo, Kuba e Adam para Vitralla, Domingo para Sutri e eu para Capranica. Depois de uma longa caminhada ao amanhecer pelos bosques e riachos do Valle Mazzano, reencontrei meu amigo espanhol na manhã seguinte na movimentada estrada que saía de Sutri.

– Como você está? – perguntei.

– Bem – ele resmungou –, tão bem como é possível estar depois de dormir em uma escrivaninha com Andreas roncando ao lado em cima de uma mesa.

– Andreas, o polonês?

– Sim! Eu lhe disse que você estava por aqui, mas ele me falou que ainda está se recuperando da semana que passou com você depois de Vercelli; além disso, ele vai tirar este dia de folga. Mas eu lhe trouxe café da manhã.

– Sério?

– Sim – ele grunhiu, e pegou um saco plástico amarfanhado dentro do qual havia os restos de um objeto em forma de meia-lua que parecia ter sido atropelado.

– Quanto tempo tem isso?

– É desta manhã – ele protestou.

– Você sentou em cima dele?

– Não exatamente – ele respondeu, parecendo acanhado. – Ele meio que entalou na porta da máquina de venda automática.

Agora não havia mais necessidade de mapas. Em cada portão, poste e escada havia um conjunto louvável de setas de toda forma e tamanho imagináveis apontando o caminho para Roma. Como pombos-correio, sabíamos para onde estávamos indo. Vimos um voo da British Airways com destino ao aeroporto de Fiumicino passar sobre nós, com o trem de pouso já abaixado para a aterrissagem. Brigando por espaço ao lado das estradas congestionadas cheias de caminhões de carga e carretas ribombando em direção a Roma, a Via espremia-se em uma trilha enquanto a paisagem se alisava para uma ondulação inexpressiva de cercados de cavalos, hortas e pomares. Fomos avançando em silêncio até que Domingo de repente gritou de trás:

– Você sabia que os chocolates *After Eight* são *kosher*?

Por mais ou menos uma hora, o chocolate se tornou assunto de muito debate – o recheio de menta vinha primeiro e depois o chocolate ou o contrário? Não chegamos a uma conclusão.

*

Com apenas 34 quilômetros para andar antes do fim da viagem, Domingo e eu nos separamos outra vez na manhã seguinte quando saímos de Campagnano para La Storta. Não dissemos nada; apenas sabíamos que, em nosso último dia inteiro na estrada, queríamos estar sozinhos com nossos pensamentos. Era uma sensação desconcertante saber que o mundo a que havíamos nos acostumado tanto, de que éramos uma parte indelével, estava prestes a nos expulsar sem a menor cerimônia.

Os carros ficaram maiores, as roupas, mais caras e as casas, mais imponentes conforme Roma se aproximava cada vez mais. Eu estava colhendo amoras em uma ruela sombreada, com o sol batendo na samambaia atrás de mim, quando um homem passou em um grande Mercedes azul com a capota abaixada e um menino pequeno no banco ao seu lado. Ele parou e deu ré.

– De onde você é? – falou em um sotaque de Nova York.
– Londres.
– A pé?
– Sim, a pé, 93 dias.

Os olhos dele se arregalaram de espanto.

– Alfredo, este homem veio caminhando desde Londres – ele disse, virando-se para o filho –, 93 dias! Importa-se se eu lhe perguntar para onde está indo?
– A Roma.
– Meus parabéns, senhor. – Ele sacudiu a cabeça, engatou a marcha no carro e foi embora.

16 quilômetros para Roma.

23

A Roma!

> *Eles foram andando, pensando nisso e naquilo, e acabaram chegando a um lugar encantado...*
>
> A. A. Milne, *The House at Pooh Corner*
> [Winnie Puff constrói uma casa*], 1928

Afastado da movimentada Via Cassia, o Istituto Suore Poverelle em La Storta, um conjunto moderno de prédios em um grande jardim, era uma combinação esquisita de blocos tipo barracões, hospital e um *resort* de férias da década de 1950 com piso de pastilhas de mármore, canteiros de concreto e muitos escoteiros. A Praça de São Pedro estava agora a apenas dezesseis quilômetros de distância, mas, apesar do rugido do tráfego à nossa volta, aquele era um bom lugar para se aninhar durante a noite antes do trecho final.

LN já estava bem estabelecida quando Domingo e eu entramos pelas enormes portas automáticas. Irmã Pina, uma freira sorridente de idade avançada e vestida de branco, levou-nos a um quarto em um porão. Como todas as noites desde o começo de maio, comecei a lavar meu equipamento. Mas, nessa noite, tudo ganhou uma esfregada extra. Poli as chaves de metal que ficavam penduradas em minha mochila, limpei a capa e passei uma esponja sobre a bandeira do Reino Unido costurada atrás. As camisetas que haviam sido azul-escuras e descoloriram para lilás, o vibrante boné de beisebol

---

* A. A. Milne, Winnie Puff constrói uma casa, tradução Monica Stahel, São Paulo, Martins Fontes - selo Martins, 1994. (N. E.)

vermelho de Edmiston agora desgastado e alaranjado e as botas que haviam me trazido desde Gray, brancas de pó, tudo foi para debaixo da torneira.

No canto, os discos de identificação e o crucifixo que ficavam em meu pescoço de dia estavam pendurados em meu cajado, como em todas as noites. Olhei para eles. O São Cristóvão dado por meu amigo James Keatley, antes lustroso e reluzente, havia perdido totalmente o brilho. Segurei o cajado e deslizei as mãos para cima e para baixo pela haste de madeira; a base sobre a ponta de metal estava gasta e lascada, a madeira no alto, polida e preta de suor, e a alça, lisa ao toque de dias e dias de uso. Aquele bastão era como uma extensão inseparável de mim agora.

Tirei meu Passaporte do Peregrino de seu saco plástico vermelho. A organizada coleção de carimbos na primeira página, o timbre de Rose do correio, o Church Childe Okeford de São Nicolau, São Paulo e da catedral de Cantuária, logo haviam dado lugar a uma coleção caótica de marcas vermelhas, azuis, verdes e pretas de toda forma e tamanho, em todos os espaços permitidos de ambos os lados do documento agora amarelado – exceto um último quadrado no final. Rochester, Dover, Calais, Wisques, Camblain l'Abbé, Reims, Bar-sur-Aube, Mouthier, Lausanne, Aosta, Vercelli e Pavia eram todos lembranças distantes, alguns tão longe que eu mal conseguia lembrar onde ou quando, apenas os nomes, mas, ainda assim, paradas que haviam me levado até aquela noite, todas as quais me conduziram até o dia seguinte e Roma. Eu tinha mesmo andado toda aquela distância? Uma ideia que, cinco anos antes, parecia quase inconcebível.

Remexi a mochila e peguei o 47º e último mapa; era uma tira de aparência feia, mais marrom do que verde, a rota desaparecendo em uma teia entrelaçada de amarelos, no alto da qual estava escrito "CITTÀ DEL VATICANO" – palavras que representavam a bandeira quadriculada do trajeto. Coloquei-o em minha caixa de mapas junto à

bússola que eu havia usado tão pouco. Tudo arrumado e guardado, eu estava pronto para ir. LN apareceu à porta:
– Vamos fazer um piquenique no pátio.
Domingo tinha encontrado uma mesa de mármore no jardim, na sombra de três grandes ciprestes. Foi um jantar simples, com sardinhas, pão, tomates, queijo, algumas maçãs, uma garrafa de vinho tinto e uma de vinho branco. Estávamos estranhamente quietos, contemplativos. Era como se 9 de agosto fosse algum tipo de dia de reflexão. Imagino que, de certa forma, era mesmo. Todos estaríamos de volta ao mundo real antes do meio-dia.

LN, com o pé apoiado sobre uma cadeira de jardim, anunciou que ia pegar o trem até a cidade e caminhar a partir do Monte Mario. Domingo disse que a acompanharia, pois havia lido em um guia que era bastante aceitável deixar a ferrovia fazer os penúltimos onze quilômetros, já que a rodovia era uma rota tão tumultuada. Eu sorri e disse que era uma pena ele não se sentir em condições de caminhar o trajeto inteiro até Roma, ainda mais porque só havia começado já no meio do caminho em Cantuária, ao contrário dos poucos de nós que tinham partido de Londres. Mas ele estava irredutível e, claro, no verdadeiro estilo espanhol, isso lhe daria também mais um tempo na cama.

– E o que importa? – ele revidou. – Nem podemos entrar em San Pietro porque caminhamos esse tempo todo de bermudas. Deus se incomoda mesmo com a roupa que usamos? Foram os outros caras a pé que fizeram a estrada para nós, não a Igreja. A Igreja não poderia se importar menos. Além disso, nossa viagem já está praticamente terminada, então que diferença faz se pegarmos o trem ou não?

Sua súbita explosão me surpreendeu.

LN disse que estava ansiosa pelo dia seguinte.

– Para mim, foi uma viagem difícil. Nunca previ esses problemas com o pé e a perna em toda a minha vida. Então, chegar ao fim significa a oportunidade de ir para casa, resolver as coisas e melhorar. Será bom ver meu Alain e os cachorros. Se não fosse por vocês dois, graças a Deus, eu já teria voltado para casa há muito tempo.

Domingo, que parecia estranhamente quieto, disse que ele também estava ansioso para ver sua namorada e que, talvez, "agora seja a hora de me assentar quando eu chegar", e então acrescentou, um tanto sinistramente, "quando quer que isso aconteça...".

Quando LN e eu começamos a limpar as coisas, Domingo pediu licença para ir ao quarto. Ao terminarmos, beijei LN em ambas as faces, dei-lhe um abraço e, segurando-a nos braços, olhei-a de frente.

– A São Pedro!

Quando voltei ao dormitório, encontrei Domingo de costas para mim, agachado junto à cama, com a cabeça nas mãos.

– Você acha que as pessoas vão se importar com o que fizemos?

– Claro que não – respondi. – Lógico, vão dizer "uau" por um momento, mas depois vão falar do filme da noite passada, do novo restaurante em Chelsea ou da peça mais recente no West End. Não é que elas não se importem, é que elas não têm tempo para se importar; todos estão muito envolvidos com suas próprias vidas atualmente.

Ele continuou de costas para mim, a cabeça baixa.

– Eu não quero ficar desse jeito outra vez.

– Você não pode viver todos os seus dias fugindo e se escondendo. Tem de voltar para o mundo real em algum momento.

– Mas e se tudo isto for nada?

– Será "nada" se você escolher que seja. É você que faz que seja alguma coisa. Depois de todos esses quilômetros, os dias na estrada, a solidão, o suor, as lágrimas e a dor, todo esse esforço foi para nada? Você chegou até aqui, nem pense em desistir agora!

– Minha namorada disse que estava orgulhosa de mim, mas eu não fiz nada – suas palavras abafadas pelo travesseiro.

– A maioria das pessoas só pode sonhar com uma realização dessas. Não são muitos os que têm a determinação para caminhar tantos quilômetros. Para a pessoa comum, o que você fez, viu e experimentou é algo para se orgulhar, então faça por merecer, ainda que seja só por isso – falei. – Nós aproveitamos muito, mas agora você tem de pegar o que aprendeu e aplicar em sua vida com uma energia renovada. Foi por isso que você veio, não foi?

– Acho que sim. Tenho uma tarefa amanhã. Prometi rezar por muitas pessoas ao longo do caminho. Tenho uma lista.

– Eu também.

– Havia um homem morador de rua em Péronne com quem eu passei uma noite em uma igreja. Sabe, muitas vezes eu me senti como um vagabundo na Via, sem ninguém para cuidar de mim, descartado, inútil. E, em Pamplona... – ele deu um grande suspiro e enxugou os olhos – ah, meu Deus, com essa *crise*... Esse é o meu medo.

Eu não aguentava ver meu amigo assim. Fui até ele, segurei seu braço e o virei. Seu corpo enorme tremia incontrolavelmente em meu abraço.

– Peregrinos não desistem.

Estava escuro na manhã seguinte quando saí com cuidado do quarto. La Storta estava em silêncio total enquanto eu me aproximava de mansinho do portão. Ao chegar nele, logo percebi que não sabia como abri-lo. No entusiasmo da chegada, eu tinha esquecido de perguntar. Acendi minha lanterna. Devia haver um botão em algum lugar, pensei. Encontrei um painel de números no lado direito e apertei em vão. Ele fez bipes e acendeu luzes, mas eu parei, com receio de acordar uma freira com um alarme contra intrusos tocando em alguma sacristia distante. Pensei em pulá-lo, mas e se eu fosse preso pela polícia? Devia haver alguma saída. Pressionei mais alguns botões. Nada.

Recuei e me sentei por um momento para pensar. Eu estava trancado ali dentro. Fiquei sentado, com o queixo apoiado no ângulo do cajado, e, então, quando começou a amanhecer, notei à minha direita uma pequena estaca de metal com um enorme botão amarelo. Como algo saído de *Alice no país das maravilhas*, era quase impossível não vê-lo; só faltavam as palavras "Aperte-me". Eu apertei. Os braços hidráulicos fizeram um chiado gratificante e abracadabra, as portas se abriram e eu saí depressa na manhã.

A sinalização era clara quando entrei na Via Trionfale. O chão estava cheio de cacos de vidro, garrafas plásticas, carteiras de cigarro e sapatos perdidos enquanto eu passava por malcheirosas lixeiras municipais e fios elétricos crepitantes. Foi a via menos triunfal que percorri. Então o calçamento desapareceu de vez e eu era apenas mais uma alma lutando pelo ar entre os canos de escapamento e barulho dos romanos se apressando para o trabalho.

Observei com inveja um trem que passava veloz. Começava a pensar que talvez Domingo e LN tivessem tido a ideia certa. Então conferi meu mapa. Eu estava do lado errado da ferrovia. À frente, eu via uma autoestrada, placas azuis indicando o aeroporto. Estou na estrada errada, pensei, convencendo a mim mesmo que, se não conseguisse sair de lá, seria forçado a pegar a autoestrada e acabaria, como um voo de uma companhia aérea barata, não em Roma, mas quase em Roma. Procurei minha bússola, coloquei-a sobre o mapa e conferi. A bússola não mente. Parecia correto. Eu continuei – não que escapar da estrada fosse fácil, pois havia uma alta cerca de arame que eu teria de superar. Fiquei atento a alguma brecha; vândalos com certeza haviam feito um buraco em algum lugar – tinham conseguido pôr as mãos em todo o resto.

Felizmente, o lixo e o tráfego foram diminuindo gradualmente, dando lugar a árvores e avenidas; uma aparência de ordem retornou, mulheres bem-arrumadas caminhavam com cachorros bem-arrumados em correias delicadas. Com tempo a meu dispor, parei para tomar um café e comer alguma coisa. De pé junto ao balcão, observei o balé poético do barista que preparava os dois *cappuccinos* que eu pedi. Girando e rodopiando sobre os calcanhares, primeiro ele colocou os pires, depois colheres foram lustradas e depositadas juntas na mesma posição voltadas para a direita e esquerda das xícaras, antes que a espuma final fosse acrescentada com grande agilidade das mãos, e "pronto, senhor!". Escrevi uma mensagem de texto sobre meu progresso para minha irmã Kate, em Cúmbria.

Mais adiante, à minha esquerda, encontrei o arco de pedra no muro que vinha procurando. Passei por ele e comecei a subir a longa escada de degraus de cascalhos; como um cachorro seguindo um cheiro, eu sabia para onde estava indo. Virei à direita, agora correndo para o Monte Mario – um portão e, entre as oliveiras e pinheiros em uma clareira arenosa, avistei a inconfundível silhueta de LN em uma camisa leve de linho e calças de caminhada.

– Chegou, hein? – disse ela, quando pus o braço sobre seus ombros.

– Cheguei.

Olhamos pela fresta entre as árvores e, em silêncio, concordamos com a cabeça. Abaixo de nós estendia-se um padrão caleidoscópico de mansões, monumentos, escritórios, pontes, igrejas, o sinuoso Tibre, lojas e antigas ruínas. Enfim, Roma, em toda a sua magnificência. E, erguendo-se acima de todo o resto, reluzente ao sol da manhã, a Basílica de São Pedro; a cúpula mais alta do mundo. Linda.

Claro que Domingo rompeu o momento quando veio em seu andar arrastado.

– Ah, o mochileiro finalmente chegou, então!

Como pulamos, dançamos e rimos em total alegria enquanto câmeras apareciam e transeuntes se aproximavam para tirar fotografias.

Olhei para o relógio.

– Meu Deus, vou me atrasar!

– Quem agora? Outro conde?

– Não, um doutor em climatologia, se quer saber. Vejo vocês lá embaixo! – Nisso, peguei minhas coisas e saí apressado, corri todo o caminho de descida pelas encostas íngremes, atravessei o estacionamento e peguei a Viale Angelico. Mesmo em minha pressa, o nome me fez pensar. Será que toda aquela aventura, desde o momento em que meu *laptop* foi atingido por um raio, foi alguma forma bizarra de intervenção divina? Não tive tempo para refletir, mas, sem dúvida, Deus de fato havia me segurado na palma de Sua mão, como lhe tinha sido pedido em maio quando parti de nossa igreja em Dorset.

Três meses antes, eu tinha combinado encontrar o dr. Iarla Kilbane-Dawe, que havia estado ministrando um curso na Agência Espacial Europeia, às dez horas da manhã em São Pedro. Eu não iria me atrasar de jeito nenhum, apesar de atrasos serem um hábito para mim. Por todo lado havia ônibus, carros, pessoas e vendedores, cada um deles, homem ou mulher, insistindo que eu comprasse ingressos baratos para o Vaticano. Mal sabiam eles. Continuei correndo e virei à esquerda em direção ao grande Castelo de Santo Ângelo. Tudo estava acontecendo muito depressa. Parei, controlei-me e, hesitante a princípio, com a cabeça baixa, entrei na Via della Conciliazione. Por um momento, eu vacilei. Não suportava a ideia de olhar para a grande basílica, cuja visão significava o fim da estrada, a conclusão da aventura e a volta à realidade. Então, lembrando-me de minhas palavras para Domingo na noite anterior, ergui a cabeça. Ali, enchendo a grande avenida à minha frente, estava a imponente São Pedro.

Respirei fundo, endireitei os ombros e comecei a marchar para o meu destino, durante todo o tempo pensando no Livro de Ouro que eu havia folheado na noite anterior; norte-americanos, chilenos, russos, chineses, coreanos, belgas, franceses, suecos, neozelandeses – em suma, alguém de cada nação do mundo parecia já ter escrito naquele livro, enquanto também eles se preparavam para fazer a entrada final na Cidade Eterna. A mensagem de todos era a mesma, de agradecimento pela generosidade e o acolhimento que haviam recebido durante todo o caminho.

Enquanto eu dava os últimos passos dos 2.270 quilômetros que havia caminhado desde Londres, também concluí que, nesta época moderna em que a vida quase sempre passa correndo por nós, não há nada nesta Terra, nem riqueza, nem ganhos materiais, posição ou privilégio, que importe mais do que a bondade de um homem com outro homem e o amor da família e dos amigos.

E, de repente, lá estava eu em um turbilhão de humanidade, como um mochileiro, como um peregrino, um de milhares; não era importante como cada um de nós havia chegado ali; o fato de todos termos chegado era o que importava. Um braço apareceu de trás de uma coluna com uma taça de champanhe.

– Está atrasado, major! – a voz do bom doutor ressoou em um forte sotaque irlandês.

– Quando eu não estive? – sorri, enquanto virava o conteúdo da taça.

Então, quase como em comemoração, o magnífico sino de São Pedro tocou. Olhei para cima e ali, pousado bem alto, havia um melro, cantando a plena voz.

– Quer caminhar até o hotel? – Iarla perguntou.

Eu lhe lancei um olhar rápido e, erguendo a mão acima da cabeça, gritei:

– TÁXI!

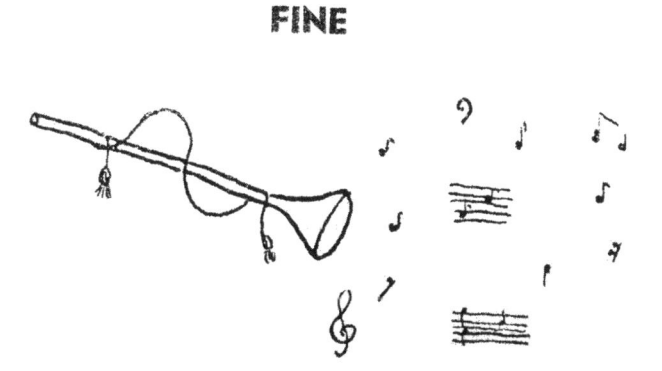

FINE

Epílogo

> *Traga-me meu arco de ouro ardente!*
> *Traga-me flechas de desejo!*
> *Traga-me minha lança! Oh nuvens, revelem-se!*
> *Traga-me minha carruagem de fogo!*
>
> William Blake, *Jerusalém*, do prefácio a *Milton a Poem*
> [Milton*], aprox. 1804

Seguiu-se um almoço de onze horas, que começou na Piazza Navona e terminou, acho, à sombra do Panteão, as palavras *M Agrippa L F Cos Tertium Fecit* para sempre gravadas em minha mente.

Na manhã seguinte, sentindo-me extraordinariamente animado e civilizado, vestido em "roupas normais", voltei ao Vaticano, fiquei na fila por uma hora e, depois de ser revistado, fui conduzido por um labirinto de corredores ao porão onde, em um escritório lateral não muito diferente da sala de espera de um médico, encontrei Andreas, Kuba e Adam. Uma senhora sorridente pediu que preenchêssemos alguns formulários e, depois de mais sorrisos, carimbou nossos passaportes e nos deu um documento impresso atestando que havíamos caminhado até Roma. Ao sair, fomos levados para ver o túmulo de São Pedro. Não vimos nenhum padre.

Domingo e LN juntaram-se a nós para a Missa dos Peregrinos, rezada por um padre francês visitante, assistido por Adam e Kuba. Todos nós havíamos chegado, mas talvez o ditado realmente esteja certo: é a jornada, não o fim, que importa.

---

* William Blake, *Milton*, tradução Manuel Portela, São Paulo Nova Alexandria, 2009. (N. E.)

Foi Reto, com quem eu atravessei o Passo de Cisa, que disse que uma peregrinação é composta de duas partes: a primeira, penitência, enquanto ordenamos nossos pensamentos; e a segunda, absolvição, quando caminhamos com a mente limpa. Mas eu acredito que há também uma terceira parte, que é tristeza pelo buraco na vida que a empreitada deixa ao chegar ao fim. E os outros?

Sylviane, em sua cadeira de rodas, eu soube que chegou a Roma alguns dias antes. Reto ainda dá aulas na Suíça. De vez em quando ele ameaça vir para a Inglaterra nas férias.

Carmen e Josephine chegaram em segurança a Assis e voltaram sem a ajuda de mapas, enquanto Brian Mooney atravessou o portão de seu jardim em Essex ao encontro de sua esposa, Gail, em 16 de setembro de 2012. Alain, com quem eu parti de Cantuária, mas teve de voltar para casa, finalmente chegou a São Pedro mais tarde naquele ano, em 26 de outubro, enquanto Pietro e Antonio, que encontrei em Radicofani, completaram o último trecho de sua peregrinação em 5 de agosto de 2013.

LN pendurou o cesto e vendeu seu balão em fevereiro de 2014, depois de quarenta anos no esporte. Ela ainda está acolhendo peregrinos na estrada para Reims e planeja caminhar para Assis e Roma, novamente, nos próximos meses.

Santo Espiridião de Corfu fez seu trabalho para Carole Thomson em Martigny; ela venceu o câncer e vem caminhando para a recuperação total.

Depois disso, eu parti para as Ilhas Gregas. Quando finalmente voltei para casa, algumas pessoas perguntaram se eu havia mudado. "Mudado em que sentido?", pensei comigo. Eu continuava quinze minutos atrasado para tudo, se fosse isso que eles estavam perguntando, mas talvez eu me sinta um pouco mais tranquilo em deixar a roda da vida girar em seu próprio ritmo.

E Domingo? Ele ainda não se assentou, como disse que faria, mas está feliz e é isso que importa. Mantemos contato de tempos em tempos; na última notícia que tive, ele estava em algum lugar na França.

Mas, voltando àquele mapa no *ostello* de Costa Mezzano e minha conversa com Oliver, o dono da *trattoria* no Capítulo 17 – o que eu não contei foi que a linha pontilhada continuava para o sul depois de Roma, passando por Corfu, Creta e Rodes até Chipre, Acre e, por fim, Jerusalém. Assim eu peço desculpas, querido leitor, porque, embora eu tenha chegado ao meu destino proposto, desde aquele momento tive a perturbadora sensação de que talvez esta seja a história de uma jornada contada apenas pela metade. Talvez, quem sabe?

Quando a missa terminou, nosso trabalho completado, saímos todos em busca de um bar e, sentando-nos do lado de fora em uma mesa longa, pedimos bebidas. Eu propus um brinde "aos finais felizes". Todos rimos e, quando levantamos nossos copos, LN interveio: "não, aos inícios felizes!".

Grazie.

1ª **edição** agosto de 2016 | **Fonte** Book Antiqua
Papel Norbrite 66 g/m² | **Impressão e acabamento** Cromosete